講談社文庫

嶽神伝《がくじんでん》　死地《しち》

長谷川 卓

JN179780

講談社

目次

嶽神伝　死地

《主要登場人物》

柴田家　柴田勝家
　　　　小谷《おだに》の方《かた》（お市《いち》の方）
　　　　中村文荷《ぶんか》斎《さい》（勝家侍臣）

羽柴家　羽柴（豊臣）秀吉

鏰一族　龍爪《りゅうそう》（棟梁）
　　　　玄達《げんたつ》
　　　　青目《あおめ》
　　　　朱鬼《しゅき》
　　　　白牙《びゃくが》
　　　　天魔《てんま》
　　　　迦楼羅《かるら》
　　　　久米《くめ》

北条家　北条幻庵《げんあん》
　　　　空木《うつぎ》（幻庵の娘）

風魔　風魔小太郎（棟梁）
　　　　嘉助《かすけ》
　　　　須雲《すくも》の久六《きゅうろく》
　　　　鬼堂《きどう》
　　　　スグリ

南稜七ツ家《なんりょうななつや》　勘兵衛《かんべえ》（束《たば》ね）
　　　　源道《げんどう》（小頭《こがしら》）
　　　　金剛丸《こんごうまる》
　　　　四釜《しかま》
　　　　ヤマセ
　　　　甚伍《じんご》
　　　　泥目《どろめ》
　　　　橋三《はしぞう》
　　　　二《ふた》ツ
　　　　千太《せんた》（二ツが人市で
　　　　見付けた子供）

一　依頼

風が熄《や》み、山が息をひそめた。

静かだった。

山襞《やまひだ》を縫うように峠道が延び、そこだけ微《かす》かに暮れ残っていたが、闇《やみ》が押し寄せて来ていた。

北庄《きたのしよう》城城主・柴田勝家《しばたかついえ》の侍臣《じしん》・中村文荷斎《ぶんかさい》は、脂の浮いた顔を曇らせた。

越前と近江《おうみ》の国境《くにざかい》にある栃ノ木峠《とちのきとうげ》に来て、五日になる。

（本当に、現われるのか）

相手は、得体《えたい》の知れぬ山の者だった。

五年、十年と一か所に留《とど》まって狩りをした後、その地を捨て、いずこかへと流れて行く。しかし、どこに移ろうとも山の稜線《りようせん》の南側に七軒の家を構えるところから、《南稜七ツ家《なんりようななつや》》と呼ばれている者たちであった。

七ツ家は他の山の者と違い、狩りをするだけではなかった。山の暮らしから得た知恵を生かして山城への兵站《へいたん》を請け負った。その技量を買われ、いつの頃からか敵城から人質などの囚《とら》われ人《びと》を落とすことを生業《なりわい》とするようになり、ために《落としの七ツ》の異名があった。

——どうだ。羨《うらや》ましき生き方とは思わぬか。

確かに殿は、そのように仰《おお》せになられたが、どれ程の者どもなのか。信ずるに足る者どもなのか。

文荷斎は、闇に沈みかけている峠道から手許《てもと》に目を移すと、小枝を中空に放り上げ、太刀《たち》を閃《ひらめ》かせた。

小枝が三つに切断されて、落ちた。初太刀を振るった次の瞬間、太刀を返し、斬り上げたのだ。

文荷斎が《千鳥《ちどり》》と名付けた剣技《わざ》だった。

手を止め、見蕩《みと》れていた供の者に、文荷斎は夕餉《ゆうげ》と露宿《ろしゆく》の仕度をするよう命じた。

夕餉と言っても、何程のこともない。

袋から焼米《やこうめ》を取り出し、口に放り込めば、夕餉の大半は終わった。後は小さく丸めて乾かしておいた味噌玉を湯に溶かし、啜《すす》るだけである。

焼米は、ふかした籾種《もみだね》を一度冷ましてから焙烙《ほうろく》で炒《い》り、臼《うす》で搗《つ》いて籾殻を取った陣中食だった。

文荷斎は床几《しょうぎ》に腰を降ろすと、焼米を口に含み、ふやけるのを待ちながら、連絡の取り方に間違いはなかったのかと、供の者の傍《かたわ》らにある鏑矢《かぶらや》に目を遣《や》った。

七ツ家と連絡を取る方法は、二つしかなかった。

各所にある道祖神に《七ツ》と書いた木札を結わえておき、七ツ家の誰かが気付いてくれるのをひたすら待つか、峠から鏑矢を射続けるか、だった。急ぎの場合は、後者に頼る他はない。

(果たして、栃ノ木峠で良かったのか)

いや、と文荷斎は、心の中で首を横に振る。信ずることだ。儂《わし》も殿のように、現われると信じてみよう。

文荷斎は思いを新たにして、暗い峠道に目を凝らした。

峠を通る街道は、京街道とも北国《ほっこく》街道とも呼ばれている北陸街道だった。中山道《なかせんどう》六十三番目の宿・鳥居本《とりいもと》を起点に、琵琶湖沿いに近江を北に抜け、越前、加賀、越中を通り、越後に至る全長千二百七十三里（約五百キロメートル）を超す街道である。

それ程の街道なのだが、国境にある栃ノ木峠は、柴田勝家が安土《あづち》への要路だからと改修するまでは、虎杖崩《いたどりくずれ》と言われる難所でもあった。

（彼《か》の者どもは来る。必ず来る）

だが、その夜も暮れ、六日目となった。


何かが動いた。

文荷斎は、微かな気配を読み、瞼《まぶた》を開けた。

朝もやの中に黒い影が佇《たたず》んでいた。

影は、微動だにせずに文荷斎を見詰めていた。

（不覚！）

疾《と》うに気付いていなければならない間合《まあい》だった。

（何としたことか！）

心の中で舌打ちをし、立ち上がろうとした瞬間、はた、と文荷斎の思いが至った。

（そうか、七ツ家か、七ツ家が来てくれたのか……）

文荷斎は笠《かさ》と蓑《みの》の紐《ひも》を解くと、膝回りに掛けていた油紙を除《の》け、床几から腰を上げた。その間隙《かんげき》を衝《つ》いて、供の者が刀の柄《つか》に手を掛け、文荷斎の背後から左右に飛び出した。

男が右に動いた。右の薮《やぶ》の方が濃かった。文荷斎も足を踏み出した。男の背が微かに覗《のぞ》いた。木製の鞘《さや》に納められた長鉈《ながなた》が背帯に差されていた。

「待て。手出し致すな」

文荷斎は両の手を広げて供の者を制しながら、改めて男を見た。

男は柿渋《かきしぶ》を塗り重ねた笠を被《かぶ》り、藍《あい》で染めた刺し子で身を包み、黒い股引《ももひき》を穿《は》いていた。そして手甲《てっこう》と脚絆《きゃはん》を着け、左の腰には刃渡り八寸（約二十四センチメートル）程の山刀を下げ、手には立木の枝を払ったのだろう、生木の杖《つえ》を持っていた。

「七ツ家……殿か」

男に尋ねた。

「いかにも」

男の薄い唇が小さく動いた。供の者から、安堵《あんど》の息が漏《も》れた。

「…………」

文荷斎は、七ツ家の武家然とした物言いに一瞬戸惑いを覚えたが、思いを隠して蓑を脱ぎ、笠を外すと、供の者に男の床几を用意するよう命じた。

その時になって、男の佇んでいたところに足跡が印《しる》されていることに気が付いた。

朝露に濡れもせず、白く乾いていた。

「いつから、あれに？」

「一刻《いっとき》（二時間）程になりましょうか」

「気付かなんだ」

「ようお休みでした」

「見ておったのか」

「お蔭で、悪意のある呼び出しではないことが分かりました」

「そうだったのか」

文荷斎はここに至って、何ゆえ男の気配に気が付いたのか、感得した。わざと気配を発し、起こしたのだ。

「流石《さすが》、七ツ家だの」

「とんでもないことです」

文荷斎は、鋭い視線を男に向けたまま、

「峠を見張っておれ」

供の者を左右に散らした。十分に離れるのを待ち、

「申し遅れた。某《それがし》は」

と、主名と自身の姓名を名乗った。

「七ツ家の二ツと申します」

「二ツ……？」

文荷斎の目が、二ツを探るように見た。左手に傷痕《きずあと》があった。親指と人差し指を残し、中指と薬指と小指がもぎ取られていた。傷痕からして、火薬で飛ばされたものと思われた。

（それで、二ツか……）

二ツの身体《からだ》には、無駄な脂はなかった。引き締まっていた。風雪に晒《さら》された樹木を思わせた。

（しかし……）

若くはなかった。想像していたよりも、遥《はる》かに年齢がいっていた。

五十を幾つか超えているだろう。

「約定《やくじょう》成った時は、其《そ》の方《ほう》が采配《さいはい》を振るうことになるのか」

「そのように、束《たば》ねから言い付かっております」

「其の方の上に、束ねと申すのか、その者がおるのだな？」

「左様で」

「では、なぜ束ねが来ぬ」

「決まりで、初見《しょけん》の場に束ねが参ることはございません」

「依頼は殿が直《じか》に仰せになるが、その折には、束ねが来るのであろうな？」

「やはり手前にございます」

「何ゆえだ？　当家を軽く見ておるならば、許さぬぞ」

行きたくとも、束ねは隠れ里から動けなかった。

数年前に鉄砲で腰の骨を砕かれ、歩行にも難渋する身体になっていたのである。にも拘《かか》わらず束ねの座に留まっていたのは、その心根を慕う者が多かったためと、束ねを支える三人の小頭《こがしら》の力に、頼もしいものがあったからだった。

務《つと》めの依頼が来る。依頼人に裏がないと分かったところで、時には小頭が代行する場合もあったが、束ねが依頼を聞き、小頭を指名する。選ばれた小頭は、束ねとともに依頼に相応《ふさわ》しい者を数名選び、務めを果たす。流れはそのようになっていたのだが、当代の束ねは務めを受けるか否かの断を下すだけで、小頭が全てを任されていた。自然と小頭の言葉に重きがおかれるようになってきていたが、閥《ばつ》が生まれ、七ツ家が割れるという心配は、まだなかった。務めに出られる男が総勢十九名、女が六名の七ツ家では、気心は知れていたのである。

二ツは小頭ではなかった。

だが、年齢と経験と腕と出自から別格扱いされ、小頭と同等と見做《みな》されていた。

出自――。

二ツは七ツ家で生まれたのでも、育ったのでもなかった。甲斐《かい》と信濃《しなの》の国境近くにある龍神岳城《りゅうじんだけじょう》の城主・芦田虎満《あしだとらみつ》の嫡男《ちゃくなん》であり、名を喜久丸《きくまる》と言った。

信濃を狙う武田晴信《たけだはるのぶ》（後の信玄《しんげん》）に唆《そそのか》された叔父の芦田満輝《みつてる》の謀叛《むほん》により、二親《ふたおや》と姉を殺され、自身の命も危なかったところを七ツ家に助けられたのは、十四歳の時だった。それから一年、山に籠《こ》もって鍛練した後、七ツ家の助力を得て仇討ちを果たし、七ツ家に加わった。更に武田の忍びである透波《すっぱ》と、透波から選び抜かれた《かまきり》との戦いを経て、七ツ家の隠れ里で暮らすようになっていたのだが、武家の、それも城主の嫡男であったことは、七ツ家の面々との間に垣を生じさせていた。出自などに関わりなく心を通わせていた者の殆《ほと》どが、《かまきり》との一戦で死んでしまっていたことも、二ツにとっては痛手だった。

当時の束ねは、そうした二ツの気持ちを慮《おもんぱか》り、務めの時は行動をともにするが、務めのない時は隠れ里の外で暮らすことを許していた。それは、代を重ねても続いていた。

「怪我を負い、身動きが不如意ゆえでございます。他意はございません」

「実《まこと》であろうな？」

「お疑いは無用に願います。我らには嘘を申し上げても益はございません。それでもお疑いとあらば、この話なかったことに……」

「待て」

文荷斎は、太い息を吐くと、剣の柄をぽん、と叩いた。

「其の方に任せられるのか、腕を知りたい」

「お雇いになるのは、そちら様にございます。好きになさるが、よかろうかと存じます」

「申したな。手加減はせぬが、よいのだな？」

「構いません」

文荷斎は供の者たちに、手出し致すなと叫ぶと、腰を割り、ゆるりと刀を抜いた。

夜明けの明かりを集めて、刀身に光が流れた。

切っ先が地に落ち、光が消えた。次の瞬間、刀が跳《は》ね上がった。二ツの胸許を掠《かす》めて、空を斬り裂き、中天で止まった。

「よう躱《かわ》した。が、いつまで続くかな」

しかし二ツは、文荷斎の太刀に殺気がないことを見抜いていた。

「それでは斬れません」

「何！」

「殺気がございません」

「相分《あい》かった……」

上段に振《ふ》り翳《かざ》したまま、一呼吸措《お》いた後、裂帛《れっぱく》の気合とともに太刀が振り下ろされた。太刀筋に殺気が漲《みなぎ》っていた。二ツの杖が、中程から真っ二つに断ち切られた。

二ツは大きく飛《と》び退《の》くと、山刀を抜いた。刃渡りは八寸（約二十四センチメートル）。短い。だが、並の山刀と柄が違っていた。筒状になっている。二ツは山刀の柄に杖の先を差し込むと、襟許《えりもと》から太めの楊枝《ようじ》を取り出し、目釘孔《めくぎあな》に挿《さ》した。山刀と杖が、見る間に手槍《てやり》と化した。

「それが、七ツ家の武器か、面白い」

文荷斎は剣をだらりと下げると、上半身を前に傾け、滑るように足を踏み出した。二ツとの間合が消えた。

文荷斎の剣が地表を掠めて、斜めに奔《はし》った。危うく寸で躱した二ツが、文荷斎の胸許に突きを放った。

（これまでだ）

文荷斎が太刀を横に払った。手槍が二ツの手から撥《は》ねた。

(口程にもないの)

二ツの肩目掛けて、太刀が振り下ろされた。二ツの耳を掠めた太刀は、肩に食い込んだかに見えたところで止まった。

「うっ」

声を漏らしたのは、文荷斎だった。

弧を描いて閃いた二ツの長鉈が、文荷斎の首筋の手前で、寸を残して止まったのだ。

長鉈は、山刀と並ぶ、七ツ家の武器だった。

刃渡りだけでも一尺(約三十センチメートル)、柄を含めれば一尺七寸にもなった。肉厚の刃は、切っ先に向かって、ゆったりと逆〝く〟の字型に曲がっており、普段は背帯に差した木製の鞘《さや》に納められていた。

「よう寸で止めた」

「中村様こそ」

文荷斎は小さく笑うと、太刀を肩口から引いた。二ツも長鉈を鞘に納めた。

「いい腕だ。其の方を信じよう」

「手前も、中村様を信じましょう」

「うむっ」

文荷斎は頷《うなず》いてから、口を開いた。

「殿は羽柴秀吉《はしばひでよし》と一戦を交えるために、近々この峠を越えられる」

峠を越える際には、必ず峠の頂で休息するのが柴田軍の慣《なら》いだと、文荷斎は言った。

「御休息と称して、殿が人払いをされる。その間に、依頼の内容を伝えることになろうが、それでよいな？」

「心得ました」

「その時のことだが……」

文荷斎は細かく指示を出すと、供の者を呼び寄せ、出立《しゅったつ》の用意をさせた。

峠に立ち、文荷斎を見送りながら二ツは、羽柴秀吉の名を呟《つぶや》いていた。

羽柴秀吉。幼名、日吉《ひよし》。

秀吉とは、《日吉》《叔父貴《おじき》》と呼び合い、山を駆け回っていたことがあった。山の者は、他の集落の者でも年上の男は叔父貴、女は叔母と呼んだのである。

三十五年前になる。

　武田晴信が北信濃の豪族・村上義清《むらかみよしきよ》と小県郡上田原《ちいさがたごおりうえだはら》で争った時、戦乱に紛れて《かまきり》の支配であり、武田家の職《しき》（家老職）であった板垣信方《いたがきのぶかた》の首を刎《は》ねた。その足で山を流れ歩いていた時に、日吉のいた赤間《あかま》の集落に行き着いたのだった。

　二ツが二十歳で、日吉は十二歳だった。

　その日吉が、木下藤吉郎《きのしたとうきちろう》となり羽柴秀吉になったことは聞き知っていた。よう出世したと褒《ほ》めてやりたくもあったが、反面、いつかは敵味方に分かれて戦場で見《まみ》える日が来るのではないか、と恐れてもいたのだった。出来れば戦場で会いたくはなかった。

　二ツは、猿に似た日吉の容姿を思い浮かべた。

二　賤ヶ岳

天正十一年（一五八三）三月九日。

北庄を発《た》った柴田勝家は、栃ノ木峠で休息した後、北陸街道を南下し、十二日に柳《やな》ヶ瀬《がせ》の北北西にある内中尾山《うちなかおやま》に陣を張った。柳ヶ瀬と秀吉の本陣のある木之本《きのもと》との距離は約二里十一町（約九キロメートル）。二里余の距離を挟《はさ》んで、両軍の睨《にら》み合いが始まった。

膠着状態《こうちやく》に陥った時、織田信孝《おだのぶたか》が岐阜城で兵を挙げ、秀吉の背後を揺さぶった。怒った秀吉が十三里（約五十一キロメートル）離れた美濃大垣《みののおおがき》に二万の兵を動かしたことで、兵力の均衡が破れた。

万を超す兵を戻すには、急いでも丸一日はかかる。また戻ったとしても兵は疲労の極《きわ》みに達しており、とても戦《いくさ》には使えぬ。好機到来とばかりに、奇襲を申し出たのは、柴田勝家の甥《おい》・佐久間盛政《さくまもりまさ》だった。

大岩山砦《おおいわやまとりで》、岩崎山砦《いわさきやま》を攻略した盛政軍は、更に賤ヶ岳《しずがたけ》を攻撃しようと奪い取った砦を中心に兵を配して留《とど》まった。

この奇襲により、柴田勝家と羽柴秀吉との、織田信長《のぶなが》亡き後の後継の地位を賭けた戦いの火蓋《ひぶた》が切られたのである。

世に言う《賤ヶ岳の合戦》である。


余呉《よご》の湖を囲む山々の稜線が、色を失い始めていた。

夜が来たのだ。湖面は既に闇に閉ざされている。

余呉湖。

琵琶湖の北に位置する面積一・八平方キロメートルの小さな湖である。

この湖の周囲には賤ヶ岳、大岩山、岩崎山などの低山が散在し、山間《やまあい》を北陸街道が延びていた。

佐久間盛政は大岩山の砦にいた。砦守備隊の壮絶な最期を見て心騒がせていた兵たちも、落ち着きを取り戻したのだろう、勝家からの六度目の使者を返した頃には、砦は昼の戦闘が嘘のように静かになっていた。

直《ただ》ちに引き返せ。使者の口上は六度とも同じだった。

奇襲を終えたら撤退する。その約束で勝家に許された奇襲だったが、盛政は賤ヶ岳をも攻めるべきだ、と異を唱えたのである。

ある。

「叔父御《おじご》は、なぜ分かってくれぬ」

歯噛みをしている盛政の陣を抜け出した、一つの影があった。影は大岩山の砦を後にすると足を速めた。尾根道を走る訳にはいかない。盛政が見張りを立てていた。尾根道を降り、藪《やぶ》の薄いところを南へ、鉢ケ峯《はちがみね》へと直走《ひたはし》ったのである。

影の走りを特徴付けているのは、杖だった。

走りながら手頃な枝を探し、伐《き》り、いつでも手槍として使えるように素早く目釘孔を穿《うが》ち、それで拍子を取りながら先を急いでいた。

まだ稚拙ではあったが、七ツ家の走りだった。

やがて、尾根道から外れ、深い藪に入った。自身が木肌に刻んだ印を探した。印を見付け、後はそれを頼りに走りさえすれば目指すところに着く。迷い、僅《わず》かに時を失したが、影は印を見付けると、勢いを付けて走った。藪を扱《しご》くようにして駆け上った影の視界が開けた。藪の切れ目に出たのだ。そこからは、木之本の宿と大垣に続く美濃街道が見下ろせた。

「叔父貴、二ツの叔父貴」

影が、辺りを見回しながら低い声を発した。

影の背に、木の実が当たった。

振り向いた影は、そこに四つの黒い影を認めた。中の一人が訊《き》いた。

「どうだった？」

二ツだった。

呼気を整えながら、甚伍《じんご》が答えた。

「柴田の軍勢は、狐塚《きつねづか》に陣を移してからは動きません。動くどころか、玄蕃允《げんばのじょう》（佐久間盛政）に帰陣するよう何度も使者を送っています」

「で、玄蕃は？」

「やはり、動く気配はございません」

「玄蕃は」と、影の一つ金剛丸《こんごうまる》が言った。「血の気が多いからな。まず、動くまいよ」

「留まることが、吉と出るか、凶と出るか。叔父貴は、どう思われます？」

四釜《しかま》が、二ツに問うた。

「柴田勢は兵を分けるべきではない。勝つためには、玄蕃に合流するか、玄蕃が戻るかだろうな」

「俺なら」と金剛丸が言った。「玄蕃に賤ヶ岳を攻めさせますが」

「落とせるか」黙って聞いていたヤマセが、口を挟んだ。「僅か一刻か二刻で」

「それは無理だ。丸一日は掛かるわ」

「それでは、間に合わぬ。そう言いたいのよ、叔父貴は」

「間に合わぬとは？」

「筑前《ちくぜん》（羽柴秀吉）が戻って来るのよ」

「しかし、筑前は美濃に……」

「ヤマセが言った通り、筑前は戻って来る、今夜中にな」

それを、と二ツが言った。

「見届けるために、美濃街道が見渡せるここにいるのだ」

半刻（一時間）が経《た》った。

巽《たつみ》（東南）の方角の空が、仄明《ほの》るんでいるのに、見張りをしていた甚伍が気付いた。

「あれは、どうしたのでしょう？」

「何だ？」

聞き付けた四釜が、立ち上がり、木《こ》の間《ま》越しに視線を放った。それまで、夜の闇に溶けて見えなかった山容がくっきりと稜線を浮かべていた。

「叔父貴」

二ツは既に、二人の後ろにいた。

「速かったな」

大岩山の砦が落ちたのが巳《み》ノ中刻《ちゆうこく》（午前十時）、と二ツは刻を数えた。木之本の本陣からの走り馬（早馬）が着いたのが、早くて午《うま》ノ中刻（正午）。様々な下知《げち》をし、出立したのが申《さる》ノ中刻（午後四時）として、今が戌《いぬ》ノ下刻（午後九時）だから、十三里の道を二刻半（五時間）で走ったことになる。

「この速さが、筑前に天下を取らせるのかもしれんな……」

五つの影が見詰める中、最初の火が、山間《やまあい》の底にぽつりと見えた。火は揺らめき動いている。

松明《たいまつ》を掲げ、走っているのだ。

闇の底から、二つ目の火が生まれた。火の点が溶け合い、燃え盛《さか》る瓢箪《ひようたん》のように見える。次いで三つ目の松明が現われた。火の帯が出来ようとしていた。

ヤマセ、四釜、金剛丸と甚伍は、少しずつ光の帯が木之本に向かって延びて来る様を凝《じ》っと見ていた。

――其の方らに頼みたいのは、小谷《おだに》の方《かた》のことだ。

二ツの耳に柴田勝家の声が甦《よみがえ》った。勝家の室《しつ》・小谷の方は、織田信長の妹で絶世の美女と謳《うた》われた、お市《いち》の方だった。

――儂が勝てば、この話忘れよ。しかし、勝負は時の運。万が一にも儂が敗れた時は、あの筑前にだけは渡したくないのだ。落としてくれような。

栃ノ木峠に設けた帷幕《いばく》の中だった。側近の者も遠ざけ、中村文荷斎のみが陣幕の中に控えていた。

――戦いを前にして、勝ちを信じぬのかと思うかもしれぬが、何としても渡したくない、その一念なのだ。

――どこに落とされるか、お決めでございましょうか。

――それも、其の方らに考えてもらいたいのだ。恥を晒《さら》したくはないゆえ、文荷斎に落とさせることも考えたが、武家が落とす先は、猿に嗅《か》ぎ付かれてしまうような気がしてな。其の方らに頼むという訳だ。其の方らがことは、越中の佐々内蔵助《さっさくらのすけ》から聞いたことがあった。信用出来る者だ、とな。

越中府中《ふちゅう》城城主・佐々内蔵助成政《なりまさ》。

信長の側近である黒母衣衆《くろほろしゅう》から越中一国の主《あるじ》となった成政からは、越後の上杉謙信《うえすぎけんしん》との争いの中で、二度依頼を受けたことがあった。ともに支城への兵站を目的としたものだったが、最初の依頼を二ツが受けていた。裏表のない、率直な物言いをする武将であった。

——しかし、この件は、飽くまで万一の時の備えだ。必ず勝ってみせるゆえ、どこぞで高みの見物でもしておってくれ。

勝家は、鬼柴田と呼ばれた武将に相応しく、豪快に笑って見せた。


松明が、数を増していた。

街道を揺らめきながら延びる火の帯は、光る蛇を思わせた。

長蛇の列に、鉢ヶ峯山頂の見張りがようやく気付いたらしい。慌《あわ》ただしい声が聞こえて来た。

「いつ玄蕃が退却し、いつ筑前が追い始めるかで、筑前が追い付くかどうかが分かる」

と二ツは、皆に聞こえるように言った。

「追い付けば、逃げる兵と追う兵の勝負は見えている。問題はそれからだ。筑前は勝ちに乗じて北庄殿を襲うつもりだろうが、敗走して来る玄蕃の兵に北庄殿の兵が惑わされれば、大崩《おおくずれ》が起こり、この戦の勝者がここで決することになるかもしれん。急いで、双方の動きを探って来てくれ」

二ツは、金剛丸を玄蕃允盛政のいる大岩山砦へ、四釜と甚伍を秀吉の本陣へ、そして押さえとしてヤマセを勝家の本陣へ走らせた。

(炊《た》き出《だ》しの飯が、勝敗を決するか……)

大垣から駆け戻って来る兵に、街道に炊き出されている飯を必ず携えておけ、と命じておけば、腰兵糧《こしひょうろう》の懸念はなくなる。暫《しば》しの休息で、追っ手として駆り出すことも出来る。それだけの報酬を約し、また自身が先頭に立てば、兵は動く。

(あの日吉なら、そうする)

新たな火の帯が延びて来ていた。長浜《ながはま》からの火の帯だった。

二つの火の帯が木之本で合流しようとしている。何千、何万の松明と篝火《かがりび》に照らされ、木之本の空が異様に明るくなった。

(祭りだ……)

祭りの間は、眠らずとも疲れなど感じない。

(そして、兵どもの昂《たか》ぶりが極まったところで、一気に追う算段か)

どうしてだ？　どうして、そこまで、人の心を、衆の動かし方を知り抜いているのだ、と二ツは少年の頃の日吉を思い浮かべた。

浅黒い肌に皺《しわ》の目立つ少年は、瞳《ひとみ》と歯を光らせて、

——叔父貴は、と言った。殿様になろうと思えばなれたんだろう？

赤間の集落を一年振りに訪ねた時だった。長老の許しを得、岩棚を登り、集落の守

り神とされている滝の上から村を見下ろしていた時に訊かれた。日吉は十三歳になっていた。

──なのに、武士を捨て、山の者になった。おれには、そこが分からん。

──武士は、よいか。

決まっているわ。日吉が言い放った。

──おれは上に立ってみてえ。

──上に立てば、下の者の面倒を見てやらねばならん。もう少し下の者にも何かを与えてやろうと思えば、戦を仕掛けて奪い取ることになる。

──勝てばいい。

──負けたら？

──おれなら負けん。

二ツは笑い声を上げると、滝を掠めて飛ぶ岩燕《いわつばめ》を目で追いながら、

──私は、と言った。権力《ちから》の亡者《もうじゃ》になりたくなかったのだ。

そう決意したのは、十五の時だった。

十三歳の日吉には分かる筈《はず》だと、言葉を続けた。

──叔父の謀叛《むほん》で父と母と姉が殺されたことは聞いているな。

日吉が頷いた。

――叔父は、豪胆で剣に秀《ひい》でた、頼りになる仁であった。だが、権力を目の前にして人が変わってしまった。城主の嫡男に生まれ、物心が付いた時には、皆にかしずかれていた私には分からなかったが、権力とは身内の者を殺してまでも手に入れたいものであるらしい。私はな、その時、権力から一番遠いところに居ようと決めたのだ。

――それでか……。

日吉の表情と声が、突然大人びたものに変わった。

――何だ?

――読めたのだ。叔父貴が七ツ家に加わった訳が。

日吉の目が、悪戯《いたずら》っぽく動いた。

――《落としの七ツ》だからであろう?

どうだと言わんばかりに、日吉の顔が笑み割れた。表情が再び少年のものに戻っている。

確かに、それもあった。七ツ家に入れば、戦の、権力の犠牲となった人質を、囚われ人を助けることが出来た。

――鋭い奴だな、日吉は。

しかし、七ツ家に加わった理由は、それだけではなかった。ともに山河を駆けてみたいと思わせた者たちがいたためだった。そう思わせた者たちは皆、武田との戦いで死んでしまっていた。三十一年前のことになる。

——叔父貴だから言うのだが。

日吉が、駄々をこねる童《わっぱ》のように足をじたばたさせた。

——おれは武士になりたい。城を持ちたい。殿様になってみたい。

——日吉は殿様になって何をしたいのだ？

——皆が米の飯を鱈腹《たらふく》食べられるようにしたい。それだけだ。他には何もいらぬ。

——そうか。その気持ちがあるなら、なれるとよいな。米の飯を皆に鱈腹食べさせたいという思いなど、私にはなかった。それが当たり前であったからな。

——………。

数羽の岩燕が、白い腹を見せ、日吉の足を掠めるようにして飛び上がって来た。日吉が目を丸くして二ツを見て笑った。笑い合った二人とも、まさか日吉が武士になり、一国一城の主になろうとは、思ってもいなかった。

（その男が、天下を摑《つか》み掛けている……）

木之本の空を見詰めていた二ツの思いが不意に破られた。誰かが近付いて来る。

気配を読んだ。拙《つたな》い走りと正確な走りが混ざり合っている。四釜と甚伍だった。

「筑前は追撃の時刻を丑《うし》ノ中刻（午前二時）と下知して仮眠を取っています」

「分かった」二ツは答えてから言った。「戻ったところで済まんが、見張りに立ってくれ」

「承知しました」

二人が見張りに立って間もなく、金剛丸とヤマセが相次いで戻って来た。

盛政は、亥《い》ノ下刻（午後十一時）には退却を始めるよう奇襲を掛けた兵らに命じていた。勝家の陣中は、盛政の奇襲を軽挙とする者と擁護派に分かれ、分裂の兆しを見せてはいたが、動きに別条はなかった。

「多く見積もっても一刻半（三時間）の差か。追い付くな」

「恐らくは」

ヤマセが答えた。

「見届けねばなるまい。儂らも二刻程眠るとするか」

「見張りは交互に立ちますので、叔父貴はお休み下さい」

「儂が寝ている間のことだが」

追撃のどさくさに紛れ、筑前方の足軽を襲い、五人分の身ぐるみを剝《は》いでおくように、とヤマセに申し付けた。

「走りますか」

「真っただ中をな」

「叔父貴の風に乗るのは、五年振りになります」

「そうか」

「楽しみにしています」

「頼んだぞ」

ヤマセと金剛丸が木之本に発《た》った。二ツは短い眠りに就《つ》いた。

二刻が過ぎた。

「どうなった?」

「ようやく追撃が開始されたところです」

「ならば、もう少し眠るとするか」

更に一刻経ったところで、二ツは起き出すと、

「仕度をするか」

見張りに立てていた甚伍を呼んだ。

「着替えるぞ」

ヤマセと金剛丸が、筑前方の足軽から剝いで来た具足を、それぞれの足許に置い

た。

「いいか、甚伍」とヤマセが言った。「これから戦場《いくさば》を走り抜けるぞ」

「戦場を、直中《ただなか》をですか」

甚伍が目を剝《む》いた。

「お前は叔父貴と組むのは初めてだから知らんだろうが、叔父貴は戦の流れを知るために戦場を走り抜けることがあるのだ」

戦場を見渡せる高台に上れない時は、足軽の姿で戦場を駆け、戦の流れを読むのである。敵でも味方でも、兵に出会った時は、

――おらの殿様はどこだア？

と叫びながら走っていれば、失笑されるに留まることが多かった。それでも敵兵の場合、度胸付けにと掛かって来る者もいたが、それらの兵は迂闊《うかつ》に関わった己《おの》が不明を瞬時に悟ることになった。

「…………」

「心配するな。叔父貴は風を招《よ》ぶ。その風に乗って走り抜けるだけだ」

甚伍が口を開けたまま二ツを見た。

「だがな、矢弾は己が裁量で躱すのだぞ」

四釜が指で弾道を作り、雨霰《あめあられ》のように降り注がせた。

「脅かすんじゃやない」

ヤマセが四釜から甚伍に目を移した。

「流れ弾に気を付けていれば、大事はない。叔父貴は流れ弾を読めるから、叔父貴が止まったら止まる。伏せたら、伏す。そうしておれば、まず大丈夫だ」

「流れ弾を、読めるのですか……」

二ツの持って生まれた不思議な力だった。危難を身体が予知してしまうのである。


「ぼんやりするな、急げ」

ヤマセに促され、甚伍は着ていたものを脱ぎ捨てた。

筒袖の鎧下着《よろいしたぎ》に手を通し、前身頃《まえみごろ》を合わせる。股引を穿き、脛巾《はばき》の緒を結んでから帯を締め、襷《たすき》を掛ける。次いで、肩から手首までを守る両籠手《もろごて》を着け、刀を差し、胴を纏《まと》い、草摺《くさずり》の裏で繰締《くりじめ》の紐を結ぶ。後は、頭に手拭《てぬぐい》を巻き、陣笠を被《かぶ》れば足軽の姿となった。

着ていた刺し子などは、小さく畳んで腰兵糧に見せ掛け、山刀と長鉈は刺し子に包み込むこともあれば、腰に吊るしたり背帯に差すこともあった。甚伍は皆の遣り方に倣《なら》い、山刀を腰に吊るし、長鉈を背帯に差した。

「では、行くぞ」

二ツは木之本を見下ろす見張り台まで歩くと、目を転じて空を見上げた。

傾いた月に雲が掛かろうとしていた。

「いい雲だ」

二ツは暫《しばら》く凝っと見詰めていたが、やがて目を閉じると、口を窄《すぼ》めて、息を吐いた。

寒々とした乾いた音が立った。二ツが空を見上げ、耳を澄ました。気配がないのか、また息を吐いた。更に二度吐き出した時、遠くから木立のざわめきが聞こえて来た。風が渡って来たのだ。

《風招《かざおき》》と呼ばれる七ツ家の技だった。風を招び、風に乗り、走る。かつては、七ツ家の者ならば誰もが出来、遠駆けする時には必ず用いたものだった。今では七ツ家の中でも、この技を使える者は大叔父と呼ばれる年老いた者が二人いるだけであった。

二ツは、この技を二十五歳の時に習い覚えた。

「続け」

二ツの足が地を蹴《け》った。

四釜が、金剛丸が、甚伍が、ヤマセが二ツの呼吸に合わせて、一筋の風となった。

三　北庄城

賤ヶ岳の合戦を制した秀吉軍は、府中を経て、翌々日には北庄に入り、柴田勝家の居城・北庄城を攻め立てた。

敗走する勝家を見限り、兵が次々と脱したため、残る柴田軍は総勢僅かに三千。その数で本丸、二の丸、三の丸を守り切るなど無理なことだった。波のように押し寄せる秀吉軍の前に、先ず三の丸が落ち、次いで二の丸が落ち、残るは天守のある本丸だけになっていた。

そして、この時になって漸《ようや》く、勝家からの合図が上がったのだった。

——籠城《ろうじょう》と決まった時には、天守に金の御幣《ごへい》の馬標《うまじるし》を掲げるゆえ、城に入り、室《しつ》を落としてくれ。

そう言ってはいたが、籠城どころか、二の丸も落ち、落城を目前にしての呼び出しであった。

(何を躊躇《ためら》っておられたのだ。儂らとて、不死身ではないのだぞ)

怒りを鎮《しず》めながら、二ツは手庇《てびさし》を翳《かざ》して天守を見上げた。白地に雁金《かりがね》の幟《のぼり》が林立する中に金の御幣の馬標が翻《ひるがえ》っていた。

二ツは、糸のような黒煙を上げてくすぶる二の丸の一隅にいた。

ヤマセらは、暗薬《あんやく》（煙幕弾）を仕掛けに二の丸御殿に走っている。

既に半刻（一時間）が経っていた。

戻っていい頃合だった。

二の丸の石垣の外れから、四人の足軽が隊列を組んで拙い走りを見せている。

ヤマセらであった。

気取《けど》られぬよう、息を乱して走らせる細やかさが、ヤマセにはあった。

「四半刻（三十分）にしておきましたので、間もなくでしょう」

火縄が燃え尽きるまでの長さだった。火縄は、樟脳《しょうのう》と松脂《まつやに》と椿油《つばきあぶら》を練ったものを竹で編んだ縄に塗って作った。それを竹筒に詰めた暗薬に繋《つな》げて火を点《つ》け、時が至るのを待つのである。

無駄口が絶えた。甚伍が、しきりに唇を嘗《な》めている。

本丸の堀の前に篝火が置かれ、火が点いた。

火の粉《こ》が弾《はじ》け、ゆらゆらと城に向かって飛んでいる。予想していた通りの風向きだった。

（これで城に入れる）

頷いた二ツが、そろそろ刻限だ、と言い掛けて言葉を切った。気配を、何かの気配を、感じたのだ。

(何だ!?)

気配を読んだ。殺気は感じられなかった。だが、確かに何やら得体の知れない気配があった。

微かに額《ひたい》に汗が滲《にじ》んだ。

(見ている。儂らを見詰めている……)

二ツは、そっと背後を見回した。次の攻撃までにと、負傷した兵が運び出されている。その合間を縫って、多数の雑兵《ぞうひょう》どもがあちこちで群れを作り、隊将の指図を待っていた。

(気のせいか)

思いを振り切ろうとした時、また視線を感じた。

「叔父貴、どうしました?」

ヤマセだった。

「何か感じないか」

肌に粘り付くような不快な気配があった。

「誰ぞに見られているような気がするのだが」

ヤマセの表情が引き締まった。全身で気配を読み取ろうとしている。

「……分かりません」

ヤマセが張り詰めていたものを解いた。

「儂の読み違いだろう」

二ツが言った。

「殺気のないところからすると、ただ見ていただけかもしれん」

「だと、よいのですが」

「驚かせた。済まん」

いいえ、とヤマセが、四釜と金剛丸、甚伍にも聞こえるように言った。

「叔父貴の読みに狂いがあったことはありません。背後に気を付けることにしましょう」

隊伍の中程に引き出された組上勢楼《くみあげせいろう》の上から、二ツらを見詰めている六つの目があった。

「まさしく」

「気付きおったの」

車輪の付いた台座に四本の柱と横木を渡し、最上部に板の床と壁を設けただけの簡略な櫓《やぐら》が組上勢楼である。勢楼の三人も、足軽の姿をしていた。

三人は、大垣から美濃街道を直走《ひた》った兵を先導した者たちだった。足軽ではない。七ツ家が山の民であるなら、森の民であった。飛騨《ひだ》の山深くにある錣《しころ》の森を本拠としているところから、錣一族《しころいちぞく》と呼ばれていた。

棟梁《とうりよう》は、錣龍爪《りゆうそう》。代を重ねて八代目となる。先代に当たる七代目の時に木下藤吉郎時代の秀吉に仕え、以来忍びとして、秀吉を支えている。

「流石に」と、中央の男が言った。「油断のならぬ奴どもだの」

「ご存じなので？」

「あの姿を見ろ」

と中央の男が、陣笠の下から射るような視線を走らせた。

「背帯に差した長鉈。腰から下げた山刀。山刀の柄は筒状になっており、立木を伐って差すと、手槍となる。ここまで言うて、まだ分からんか」

「七ツ……」

「それよ。七ツ家と見て間違いあるまい」

「では、誰ぞを落としに？　修理《しゆり》（勝家）殿でございましょうか」

右側の男が訊いた。

「あれは鬼と呼ばれた剛の者だ。生き恥は晒さん」

「すると、……お市様？」

「そうだ、小谷の方様だ。そして、三人の姫御《ひめご》であろう」

「落とせましょうか」

「この囲みを抜けることは出来ん」

「とは思いますが……」

「殺《や》りますか」

左側の男が、薄い唇を動かした。

「城は」と、中央の男が諭《さと》すように言った。「十重二十重《とえはたえ》と取り囲まれており、誰ぞを落とすどころか、己を落とすことも適《かな》わぬわ。それでも死地に入りたいと申すのだから、行かせてやれ」

「殺ろうと思えば、いつでも殺れますからの」

左側の男だった。

「また直ぐに攻めが始まろう。彼奴《あやつ》らが動くなら、今を措《お》いてない。矢弾を背にしては動けぬからな。いかにして城に入るか、手並みを見てやろうではないか。後々戦わぬとも限らんしな」

中央の男が言葉を切るのと同時に、二の丸御殿でくぐもったような破裂音が四つ続いて起こった。

「棟梁！」

右側の男が振り向いて、黒煙の上がった御殿を指さした。

「調べて来い」

中央の男が、勢楼の下で控えていた四人に叫んだ。四人が御殿に走った。

御殿のあちこちから大量の黒煙が吹き出している。

黒煙は、渦を巻くようにして下りると、やがて地を這い、二ツらを包み、本丸への石橋を覆い尽くした。

「今だ」

二ツを先頭に、四人が続いた。

既に城中の中村文荷斎には矢文《やぶみ》で知らせてあった。

二ツらが櫓門に到着するより早く、潜戸《くぐりど》が内側に開いた。

五つの影が吸い込まれるようにして城中に消えた。

「してやられたの」

龍爪が呟いた。

「だが、生かしては帰さん」

四　落城

「よう来てくれた」

中村文荷斎に導かれ、本丸御殿の庭先を通り、天守へと急いだ。

御殿の漆喰《しっくい》の壁には、至るところに矢弾の痕が付いていた。火矢を柱に受けたのか、軒が黒く煤《すす》けているところもあった。

本丸周辺は、死傷者を収容する兵でごった返していた。指図しているのは、誰ぞ名のある重臣の妻女なのだろう、気丈な面差《おもざ》しをしている。顔面を血に染めた兵が担ぎ込まれて来た。気付いた妻女が駆け寄り、侍女《じじょ》に何やら指示を与えている。手桶《ておけ》が届いた。妻女が声を掛けながら傷口を拭い始めた。

城に残っていることは、妻女らにとって、死を意味していた。攻め殺されるか、自害するか、辱《はずかし》めを受けて死ぬか、いずれかの一つしかなかった。だが、恐れる気配など微塵《みじん》も見せず、傷兵の手当に没頭している。勝家の治世が、優れたものであったことを窺《うかが》わせた。

本丸の外にいる秀吉軍が、俄《にわか》に騒々しくなった。懸《か》かり鉦《がね》が鳴り、押太鼓《おしだいこ》が打ち鳴らされている。鉄砲の発射音が続いて起こり、鬨《とき》の声が上がった。攻撃が始まったのだ。

鉛の弾丸が漆喰の壁を砕き、板壁を貫いた。

頭上で、夥《おびただ》しい数の鳥が羽ばたくような音がした。

見上げた。満天の星が、火を噴き、動いていた。

火矢だった。無数の火矢が、暮れ掛けた空を焦《こ》がして飛んで来たのだ。やがて火矢は、大粒の雨が大地を叩いて渡るように、地を、廊下を、板壁を刺し、屋根瓦を叩いた。北庄城の屋根瓦は、冬の厳しい寒さと積雪に耐えられるように石で出来ている。石瓦に跳ね返り、雨垂れのように落ちて来る火矢を、本丸御殿の軒下に入って避《よ》けながら、

「儂はの」

と文荷斎は、自らに言い聞かせるように言った。

「この雪に閉ざされる城が好きであった。真冬になると訪れる者もなく、またどこにも行きようがなくなる。それを嫌がる者もおったが、熊のように冬籠もりするのは悪いものではなかった。儂は剣のことばかりを考えておった……」

文荷斎は鼻の先に皺を寄せ、声に出さずに笑うと、

「今少しは持ちこたえられよう」真顔になって言った。「御方《おかた》様のこと、頼むぞ」

「何ゆえ、もそっと早くに合図を？」

二ツは抱《いだ》いていた疑問を口にした。

文荷斎は、小さく唸《うな》ってから、

「恥を申すようだが」と言った。「馬標を探しておったのだ」

「はっ？」

馬標は、戦場で総大将の居場所を示す目印である。それが、無くなるなどということがあるのか。思わず二ツは、ヤマセと顔を見合わせた。

「殿を狐塚の陣から逃がそうとて、小姓頭《こしょうがしら》が馬標をくれと言うてな。その心根に打たれ、持たせたのだ。お蔭で儂らは城に戻れたのだが、予備の馬標が見当たらぬではないか。納戸《なんど》奉行の姿は見えぬし、合図は送れぬしでの。天守に翻っておるのは、急遽《きゅうきょ》作った間に合わせのものだ」

「御無礼を申し上げました」

二ツに倣ってヤマセらも頭を下げた。

「なんの。負ける時は、そのようなものだ」

文荷斎は、二ツらを促すと、軒下から飛び出した。

天守の鉄門が、軋《きし》むような音を立てて閉まった。

入り口もここだけなら、出口もここだけしかなかった。

（気付かれずに、この門から落とせるか……）

勝家からの合図が、いかにも遅きに失した。

（せめて一日、いや半日でもいい。筑前軍の態勢が整わぬうちならば……）

だが、何を言っても詮無《せんな》いことだった。二ツは腹を括《くく》り、陣笠を外し、文荷斎の後から階段を昇った。

柴田修理亮《しゅりのすけ》勝家は、天守の五階にいた。

鎧《よろい》を脱ぎ、直垂《ひたたれ》に大口袴《おおぐちばかま》を穿《は》き、足許を脛巾《はばき》で拵《こしら》えたままの姿で、文荷斎を、その背後に控えた二ツらを見た。

老いていた。

栃ノ木峠で会ってから、僅か二月《ふたつき》弱の間に、数年の歳月が経ってしまったかのような錯覚を、二ツは覚えた。しかし、それは勝家に限ったことではなかった。落城を前にした城主は、皆が皆、濃い焦燥と深い絶望の中にいた。

「よう猿の目を掠《かす》めた」

勝家が、快活に振舞って見せた。

「これで室を落として貰えれば、少しは気が晴れるというものだが、実《まつこと》落とせるのであろうな？」

「入れたのでございますから、出ることも出来ようかと」

と答えはしたが、自信はなかった。秀吉の兵の数が多過ぎた。四万の兵が、城を取り囲んでいるのだ。

「いつ落とす？　城は永《なが》くは保《も》たぬぞ」

機会は、一度しか考えられなかった。

「明朝、恐らく総攻撃が始まりましょう」

それに耐える兵力は、もう城には残っていなかった。時を経ずして鉄門は破られ、秀吉方の兵がなだれ込んで来ることは明らかだった。逃げるとすれば、

「その時かと……」

混乱に乗じて、敵兵の中に紛れ込むしかなかった。

「合図が遅れた落ち度は儂にある。しくじりがあったとしても、恨みには思わぬ」しかし、と言って、勝家は声を潜《ひそ》めた。「何としても、生きて猿には渡すな。渡すなら、殺せ」

「……承《うけたまわ》りました」

勝家は深く頷くと、一つ大きく息を吐いて、さすれば、と言った。

「最後の宴《うたげ》を催そうではないか。文荷斎、どうだ？」

「よろしゅうございますな」

「それぞれの櫓にも酒と肴《さかな》をな」

「持ち場を交代し、皆必ず宴の席に臨むよう、申し伝えさせまする」

「それでよい」

勝家は、胸に込み上げて来るものを抑えようとしたのか、きつく目を閉じている。

文荷斎が近習《きんじゅ》の者を呼び、宴の用意を命じた。

「何も残すな。食《しょく》せるものはすべて、酒肴《しゅこう》として並べるのだぞ」

「心得ました」

宴の意味を悟ったのだろう、近習の者が慌てて階下へと去った。

宴が終わってから半刻（一時間）近く経っていた。

時折、勝家と正室である小谷の方の言い争うような声が聞こえて来たが、まだ階上《うえ》からの呼び出しはなかった。

（説得は、済んでおらなんだのか。それとも……）

心変わりでもしたのかと、ふと不安がよぎったが、二ツは敢《あ》えて小谷の方のことは考えないことにした。たとえ務めの一件が反故《ほご》になろうとも、

（この城からは脱け出さねばならぬ）

為すべきことは同じであり、それしか生き延びる術《すべ》はなかった。

突然階段を駆け降りて来る足音がした。書状を手にした若侍が、二名の供を連れて階下へと走り抜けて行った。いずれも勝家の近習の者だった。

ヤマセが物問いたげな顔をして二ツを見た。二ツは首を横に振り、窓枠の陰から本丸の鉄門を見下ろした。

天守から駆け出した近習の者たちを、鎧姿の兵が取り囲んだ。若侍が書状を見せている。鎧姿の兵が、一人の兵を呼んだ。呼ばれた兵が、矢に細く折り畳んだ書状を結び付けている。

「口に合ったかな」

文荷斎が階上から降りて来ながら言った。二ツらにも、少々の酒と煮物とむすびが振舞われたのだった。酒を残し、他の物はありがたく頂戴《ちょうだい》していた。

「久し振りに美味《うま》いものを食しました」

二ツに続いて七ツ家の四人が頭を垂れた。

「何の、待たせてしもうて済まぬな。殿が今まで説得しておられたのだが、御方様はどうしても落ちるとは仰せにならぬのだ」

撃ち込まれた弾丸が、窓を通り、天井板を砕いた。土埃《つちぼこり》が舞った。

「そのようなこともあろうかと案じておりました。すると、矢文には何を？」

「見られたか」

文荷斎は窓格子に顔を寄せてから、

「御方様はな」と言った。「姫君方だけは助けたいと仰せられての。筑前からすれば、亡き右大臣様（信長）の妹君の御子たちだから主筋に当たる訳だ。粗略には扱わぬ筈《はず》と踏み、筑前に姫君の行く末を託されたのだ。良い返事が来れば、姫君方は今夜中に城を出ることになろう」

「それは、ようございました」

「このようになるとは、思うてもみなんだ。其《そ》の方らを騙《だま》すという考えはなかった。それだけは信じてほしい」

「分かっております。それに、我らだけならば、何とかなりますゆえ」

「済まぬ」

文荷斎は腰を折り、膝に手を当て、頭を下げた。

半刻程して秀吉からの返事が届いた。三姉妹の身柄、確かに引き受けるという内容であった。三姉妹は城から落ちて行った。夜半《よわ》を疾《と》うに過ぎた刻限であった。

地鳴りのような喊声《かんせい》が起こった。懸かり鉦と押太鼓が打ち鳴らされ、銃声が響き、重いものがぶつかるような音が続いた。本丸櫓門を破ろうと、破城槌《はじようつち》を打ち当てているのだ。

時刻は寅《とら》ノ中刻《ちゆうこく》（午前四時）。筑前軍の総攻撃が始まったのである。

銃弾に砕かれた石瓦が、屋根から滑り落ちた。

階上から読経《どきよう》の声が聞こえて来た。側室や侍女ら、まだ天守に居残っている女たちが階上の五階に集まり、経を唱え始めたのだ。

読経が一刻も続いた頃、怒号《どごう》が波のように伝わって来た。

本丸の櫓門に向かって、勝家の兵が慌てて駆けて行く。

（破られたか……）

天守が孤立するのは刻《とき》の問題だった。

読経の声が大きくなった。ヤマセが天井の梁《はり》を見上げ、溜め息を吐《つ》いた。

「七ツ家殿」

近習の若侍が五階から降りて来て、殿のお召しにござる、と大人びた口の利き方をした。前髪の下の顔は血《ち》の気《け》が失《う》せたように白かった。

「我らが」と四釜が、甚伍を見て言った。「見張りに立っております」

「頼む」

一度は頷いたが、二ツは踏み出し掛けた足を止め、四釜と甚伍に言った。

「御家臣の方々が警戒に当たっておられる。二人とも来い」

敗れ、散っていくのは、織田家の筆頭家老の地位にいた豪の者である。後々七ツ家の中枢を担《にな》っていく四釜にも、まだ務めの場数を踏んでいない甚伍にも、落城の様を見届けさせたかった。階段を上がると、沈痛な面《おも》持ちをした文荷斎が、そこに、と手で座る場所を示した。二ツらは指し示された板床に腰を降ろし、胡座《あぐら》をかいた。

「其の方らを見込んで頼みがある」

勝家が、話すのももどかしげに言った。

「何なりと」

「よう言うてくれた」

勝家が直《ただ》ちに老女の名を呼んだ。

「松橋《まつはし》」

一人の老女が膝を前に進めた。

「この松橋を連れて落ちてくれぬか」

(何と)

まさかそのような申し出があろうとは、夢にも思っていなかった。二ツは即答するのに窮した。

(老女に敏な立ち居振舞いは求められぬ。すると……)

混乱に紛れて脱する策は使えなくなる。

「松橋は弁が立つゆえ、城の最期を見届け、多くの者どもに話して聞かせて貰いたいのだ。天正三年に建てられた城が、僅か八年の後、どのような末路を迎えたか。その時、儂は、室は、皆の者はどのような最期であったか、嘘偽りの話で汚《けが》されたくはないのだ」

「松橋様をいずこに落とせばよろしいので?」

「任せる。とにかく生きて城を出して貰えればよい」

「松橋様を伴《とも》なったのでは、荒っぽい手立ては使えません。逃げられぬ時は、筑前に引き渡しますが、それでよければお引き受け致しましょう」

「筑前だと!?」

「此度《こたび》の戦で筑前は卑怯《ひきょう》な戦法は用いておりません。松橋様の話に脅《おび》える懸念はない筈。さすれば、松橋様を迎えてくれるかと存じますが」

「その時には、其の方らは筑前の陣まで送り届けてくれるのか」

「置き去りにする訳にも参りますまい」

「其の方らの命は」と、文荷斎が尋ねた。「助かるのか」

「生き延びる算段がなければ、申し上げません」

ヤマセらが顔を見合わせている。案ずるな、儂に任せろ。二ツは頷いて見せた。

「相分かった。儂らの辞世の歌は松橋に託してある。後のことは頼むぞ」

「心得ました」

「されば、儂らの最期、篤《とく》と見ておけ」

勝家は片膝を立てると、脇差を抜き、小谷の方と向き合った。

「最早《もはや》、何も言わぬ。済まぬ。許せ」

「殿様との北庄での日々、忘れませぬ」

「儂もだ」

脇差を持つ手に力が込められた。刃先が震えている。小谷の方が目を閉じた。勝家の肘《ひじ》が上がり、脇差が突き出された。

「うっ」

勝家が声を上げ、脇差を取り落とした。右の手の甲に細く長い棒のようなものが突き刺さっていた。棒手裏剣だった。文荷斎と二ツが勝家を庇《かば》うように御前《ごぜん》に走った。

ヤマセらが弾かれたように飛び退《の》き、身構えながら辺りを見回した。

「遅い、遅い。疾うにここにおるわ」

階下に続く階段の際《きわ》に五つの黒い影が並んでいた。

気付かなかった。

（油断であった！）

二ツは唇を噛んだ。鉄門は健在であり、階下には家臣の者がいるからと、見張りを立てないでいた。気配がすれば読み取れる、という驕《おご》りもあった。

（しかし）

階下の者をどうしたのか。音も気配も立てずに倒したのだろうか。城外からの喊声や銃声などに気配を散らす技といい、影らの腕は並のものではなかった。二ツの背に悪寒《おかん》が奔《はし》った。

「何者だ？」

文荷斎の問いに、中央の黒い影が冷ややかな声で答えた。

「錣《しころ》一族の棟梁・錣龍爪《りゅうそう》」

「存じておるか」

飛騨の山奥の地を本拠とし、専ら忍びの技を用いて仕える者どもに、そのような名の一族がいたことを、二ツは思い出した。手短に文荷斎に話した。

「錣一族とやら、何用あって参った？」

「七ツ家の衆から横取りするつもりでおったのだが、落ちぬとあらば是非もない。お市の方様を頂戴に参ったのでござる」

「猿が手の者か」

勝家の口から唾《つば》が飛んだ。

「御方様、我らが殿の許に参られい。栄耀栄華《えいようえいが》は思いのままにござりまするぞ」

「猿に申し聞かせよ」小谷の方が、凜《りん》とした声を発した。「浅井《あざい》家の嫡男・万福丸《まんぷくまる》を串刺しにした恨み、忘れておらぬ、とな」

「何を今更《いまさら》。その殿に姫君様の行く末を頼まれたは、御方様ではござりませぬか」

一歩前に踏み出した龍爪に合わせ、二ツが背帯から長鉈を引き抜きながら前に出た。

「ヤマセと四釜は殿と御方様を、金剛丸と甚伍は御老女方をお守りしろ」

文荷斎が二ツに続いた。

「御方様は渡さん」

二ツは、低く身構え、言い放った。

「ならば、其の方どもを倒してくれるわ」

龍爪が刀を抜いた。反《そ》りのない直刀だった。

「儂もおるぞ」

文荷斎が脇差を抜き払った。

文荷斎を脇の固めにして、二ツが更に前に進み出た。二ツと龍爪の間合が消えた。どちらかが飛び込めば、一方の血が噴き出す距離だった。

「待ちや」

小谷の方の手には懐剣《かいけん》が握られていた。

「無駄な争いは止《や》めるのじゃ。其の方らが退《ひ》かぬと申すなら、わらわは自害致すぞ」

懐剣の切っ先が唇に触れている。

「お止めなされ。死ぬと言うて死んだ者を見た例《ためし》がございませぬ」

「織田の血筋を侮《あなど》るでない」

小谷の方は懐剣を口に入れると、躊躇いも迷いもなく横に引いた。

頬肉を切り裂き、血潮とともに懐剣が滑り出た。

「これでも猿奴《め》はわらわを所望か」

再び懐剣を口に含むと、もう一方の頬を切り裂いた。血潮が口から溢《あふ》れ、下顎《したあご》を濡らし、襟を染めた。小谷の方の膝が崩れた。

「御方様」

口々に叫びながら、老女たちが擦《す》り寄《よ》った。それより早く、勝家が小谷の方を抱き留《と》め、呼び掛けた。

「天晴《あっぱれ》な御覚悟、流石、右大臣様の妹御にござりまするぞ」

「主殿が……またそのような物言いを……」

言葉を発する度《たび》に、血潮の塊《かたまり》を吐き出しながら、小谷の方が作った笑みを零《こぼ》した。

「いかが致す？　まだお連れすると申すか」

二ツが龍爪に鋭い声を浴びせた。

「…………」

龍爪は値踏みするような目で小谷の方を見詰めていたが、やがて、ゆっくりと刀を

鞘に納めると、片膝を突き、

「我ら」と言った。「御方様に負けましてござりまする」

二ツは半歩身を引いて、低く構えた。企《たくら》みがないとは言い切れない。龍爪が、再び口を開いた。

「数々の御無礼、御容赦の程願い上げまする。されば七ツ家の衆、縁があらば、また会おうぞ」

龍爪は後退《あとじさ》ると、四つの影とともに天守の階段を駆け降りて行った。

姿と気配が消えるのを待ってから、二ツは長鉈を鞘に納めた。

「御方様」

切迫した文荷斎の声に、二ツは振り向いた。

勝家の腕の中で、小谷の方が苦しげに眉根を寄せている。傷口から溢れた血潮が気道を塞《ふさ》いでいるのだ。

「殿……」

勝家が小谷の方の背を起こした。小谷の方の口から夥しい血潮が流れ落ちた。

「待たせたな、参るぞ」

小谷の方が目を閉じた。

脇差を拾い上げた勝家が、一息に小谷の方の心の臓を刺し貫いた。

老女らの嗚咽《おえつ》と読経が重なった。

勝家は側室の前まで行くと、片膝を突き、十二人それぞれに一言ずつ言葉を掛けてから心の臓を刺し、次いで居並んだ侍女を刺した。

脇差の柄は、自身の傷口から流れ出た血と刃を伝った血でぬめり、刃は血糊《ちのり》で光を失っていた。

「この者たちも、儂らと同様、たとえ骸《むくろ》と言えど猿に渡すな。必ず火を放ち、焼き尽くすのだぞ」

「心得てござりまする」

文荷斎が答えた。

勝家は掌《てのひら》を合わせると、小谷の方の側に戻り、膝頭を広げて正座した。

「さらばじゃ」

「おさらばにござりまする」

文荷斎が、勝家の愛刀雲切丸《くもきりまる》の鞘を静かに抜き払った。

勝家は一つ大きく息を吸うと、血潮を拭い、懐紙《かいし》を巻いた脇差を左脇腹に突き立て、そのまま息を詰め、腹を真一文字に切り裂いた。

文荷斎が爪先で勝家ににじり寄った。

「まだだ。慌てるでない」

勝家は右脇腹から脇差を引き抜くと、鳩尾《みずおち》に刺し、丹田《たんでん》まで切り下げた。食《は》み出《だ》して来た腸《はらわた》が手に、腕に零れている。

「文荷斎、そろそろよかろう」

「御免」

雲切丸が閃き、一筋の光の線となった。

刀を背に回し、片手で拝んだ文荷斎は、膝を伸ばすと油の樽《たる》を引き出して来た。

「松橋殿もここまで見ればよいであろう。後は儂に任せ、其の方らは落ちてくれい」

「では」

二ツはヤマセに、老女を連れて先に外で待つように、と言った。

「叔父貴は？」

「文荷斎様の介錯《かいしやく》を済ませたら、直ぐに行く」

「し、しかし、外には筑前の兵が……」

「儂は総大将殿の叔父だと言え。さすれば、手出しはせぬ」

「叔父貴が筑前の？」

「まさか。血の繋がりはないわ」

ヤマセと四釜が、金剛丸と甚伍が顔を見合わせた。

「筑前を知っておるのか」

文荷斎が訊いた。

「まだ童の時でございますが」

「どのような子であった？」

「はしこい子でございました」

「さもあらん。見えるようじゃ」

階下から激しく軋《きし》むような音と怒号が聞こえて来た。

天守の鉄門が破られたのだった。

「急げ。刻はないぞ」

二ツはヤマセらに、陣笠を取り、足軽装束《あしがるしょうぞく》を脱ぐように言い、自身も脱ぎ、七ツ家の刺し子に腕を通した。身に着けていれば、どこで手に入れたか、問われることもある。

「よいか。誰に何を言われても無駄に騒ぐのではないぞ。『筑前の叔父に逆らうのか』と脅して儂を待つんだ」

「やってみましょう」

ヤマセらを見送ると、文荷斎が笑い声を立てた。

「上手《うま》くいくかの？」

「何とかなりましょう」

怒号と絶叫に交じり、甲冑《かっちゅう》のぶつかり合う音と刀を切り結ぶ音が徐々に近付いて来た。

「世話になった。形見を取らせたいのだが、受けてくれるか」

「……しかし」

「儂が編み出した秘太刀を、そなたに受け継いでもらいたいのだ。さもなくば、誰にも知られずに埋もれてしまうであろうからの」

「手前に出来ましょうか」

「其の方の技量は存じておる。出来ぬ者には言わぬ」

「承知」

うむっ。文荷斎は雲切丸を手に取ると、

「掛かって参れ」素早く正眼《せいがん》に構えて言った。「呼吸を、動きを、目に焼き付けるのだぞ」

やり直す暇《いとま》は無かった。二ツは中指、薬指と小指をなくした左手で山刀を、長鉈を右手に持ち、斬り掛かった。文荷斎が踏み込んで来た。山刀一本で受けたのでは指の握りが甘く、弾き飛ばされてしまう。山刀と長鉈を交差して受け、背後に回り込んだ。二ツの動きを追い、雲切丸が円弧を描いた。

(貰った!)

長鉈で太刀を撥ね上げながら掻《か》い潜《くぐ》り、山刀を打ち込んだ。そこに文荷斎がいる筈だった。手応えがある筈だった。

だが、打ち込んだ先に文荷斎はいなかった。慌てて振り向こうとした二ツの左手首を、雲切丸の峰が捕らえた。小手を打たれた二ツは、山刀を取り落としていた。

「《無跡《むせき》》。対手《あいて》を間合のうちに引き込み、思うたように動かし、先《せん》を取り、斬る。己が動きは悟られず、跡も残さずにの。《無跡》と名付けた訳《わけ》は、そこにある」

「確《しか》と受け止めましてございます」

「お主《ぬし》に会えてよかったわ」

「勿体《もったい》のうございます」

階下の兵はあらかた倒されたのだろう。荒々しい足音が昇って来ている。

「儂は腹を切る。急ぎ油を撒《ま》き、火を放ってくれい」

文荷斎が襟を広げ、胸と腹を露《あらわ》にした。

二ツは樽の栓を抜き、骸に掛け、板床に撒いた。

文荷斎の腕が左から右に走った。血は油に溶けずに縞《しま》を描いて流れた。

「介錯を」

近寄ろうとした二ツを、文荷斎は血糊の付いた手で制した。

「無用だ。燃え落ちるのを見届けてくれようほどに、早《はよ》う火を……」

階段が軋んだ。秀吉方の兵は直《す》ぐ下まで来ていた。

二ツは懐中から火種の入った竹筒を取り出すと、中のものを床に放った。

炎が立ち、渦を巻いた。

噴き上がる炎の向こうで、文荷斎が頽《くずお》れた。

「さらばでござります」

振り向いた二ツの目の前に、鎧《よろい》兜《かぶと》の兵が立ち塞《ふさ》がった。

手槍と刀を構え、斬り掛かろうとしている兵を睨《にら》み付けると、二ツは大声を発した。

「儂は、筑前の叔父だ。総大将の許《もと》に案内《あない》せい」

五　再会

二ツは鎧兜の兵に促され、天守の階段を降りた。

刃に倒れた兵や、勝家の後を追い、割腹して果てた兵の遺骸が、階を降りる毎《ごと》に増え、それだけ血が濃くにおった。

秀吉方の兵が、切腹した武者の腸《はらわた》に足を取られて転び、血達磨《ちだるま》になって叫び声を上げた。その兵も、やがて腸や血を見ても何も感じなくなるのだろう、と二ツは思った。

濃密な空気が薄れて来た。外気が流れ込んでいるのだ。

鉄門のある天守の入り口に出た。

鉄門の潜戸の閂《かんぬき》はへし折られ、それを防ごうとした勝家方の兵が屍《しかばね》を重ねていた。主を無くした手足や臓腑《ぞうふ》が、其処彼処《そこかしこ》に散らばっている。

天守の一部が轟音《ごうおん》とともに燃え落ち、火の粉を撒き散らした。

火の粉と灰神楽《はいかぐら》の中から、煤《すす》に汚れた武将が現われ、二ツの行く手を遮《さえぎ》った。暫《しばら》くの間二ツの顔を見詰めると、

「付いて来るがよい」

二ツに背を向け、本丸の櫓門《やぐらもん》へと歩を進めた。櫓門の手前に破城槌があった。丸太を抱え、門に激突して破る。元は、先を尖《とが》らせた丸太のみであった。それに車輪と弾《たま》除《よ》けの小屋をすっぽりと被《かぶ》せたものが破城槌と呼ばれる巨大な槌だった。丸太の先は潰《つぶ》れ、小屋の壁は受けた矢弾の痕で埋め尽くされていた。

櫓門を抜け、石橋を渡った。石橋の袂《たもと》に、兵に囲まれたヤマセらと老女がいた。

「叔父御と言うておるが、誰ぞ分かる者を呼んで参れ」

武将が配下の者に命じた。

「叔父貴」

ヤマセが小声を発した。

「何も話すな。黙っておれ」

武将の手にした鞭《むち》が空を切って鳴った。戦塵《せんじん》にまみれながら指揮を執《と》る者の隙のなさが窺《うかが》えた。

(日吉と会えるとは限らぬな)

二ツは、万一の時の逃げ場を探した。その場合、松橋様をどうするか。置き去りにするのか、それとも……。

「丹羽《にわ》様」

二ツの背後で、駆け寄って来た足音が止まった。

「おう、佐吉《さきち》殿か」

石田佐吉。二年後治部少輔《じぶのしょう》に任ぜられる三成《みつなり》である。この時、三成二十四歳。賤ヶ岳、北庄と続く戦いでは、間者《かんじゃ》を駆使し、柴田勢の動向を探る他、兵糧や武器の調達に才を見せ付けていたが、まだ二ツの知るところではなかった。今の二ツにとって気を付けなければならない相手は、隙を見せぬ丹羽と呼ばれた武将であった。

丹羽五郎左衛門長秀《ごろうざえもんながひで》。勝家と並ぶ信長の重臣であり、秀吉が付けた羽柴の姓は、丹羽と柴田から一字ずつ頂戴したものだった。長秀、この時四十九歳。秀吉より二歳年上で、二ツより六歳若い。

「どうだ、分かるか」

「申し訳ございませぬ」

佐吉は丹羽五郎左に頭を下げると、二ツに向き直り、

「そなたのような」と言った。「叔父御がおわしたとは、ついぞ聞いたことがない。名は何と申す？」

二ツが名乗った。

「何だ、それは？」

「だから、名でござる」

「ふざけておるのではあるまいな？　聞いたこともないわ」

この才気走った男を怒らせたらどうなるか。この場に居続けて首実検されるのを待つよりは、逃げる機会を得られるかもしれない。二ツは怒らせることにした。

「小利口そうな面差しをしておるが、御手前は相当なうつけだの」

「無礼な!?　何をもってそのような」

才で生きて来た佐吉にとって、才を否定されることは耐え難いことだった。我を忘れて、食って掛かった。

「万一にも叔父御でなかった時は、そのままには捨ておかぬぞ」

「御手前が幾つになるのかは知らぬが、儂より年上ではあるまい」

「当たり前だ」

「ならば、我らの情誼《じょうぎ》を御手前が知らぬのは、それこそ当たり前のことではないか」

「…………」

佐吉が言葉に詰まった。顳顬《こめかみ》に青筋が奔《はし》っている。

「無駄だ、止《や》めい」

丹羽五郎左が、微かに眉根を寄せて言った。

「怒らせたとて同じことだ。止めたがよかろう」

手の内は読まれていた。しかし、他の手立てはなかった。

「佐吉殿も落ち着かれい」

丹羽五郎左に応《こた》えている佐吉に、二ツが言った。

「筑前に会わせてくれれば分かることだ。早く手筈《てはず》を付けてくれ」

「そなたに害意がないと、どうして言える？」

「防げぬのか。それだけ雁首《がんくび》を揃えておって」

「何!!」

「儂は、口は悪いし、無くすものもない。筑前に会わせなければ、一生後悔することになるが、それでもよいか」

「武器は、全て取り上げるぞ」

「好きにせい」

「取り上げい」

佐吉が配下の者に顎で指示した。

二ツは、山刀と長鉈を差し出しながら、ヤマセらの腰回りを見た。既に取り上げられていた。

「他にもあろう。隠さずに出せい」

佐吉が二ツに腕を延ばした。二ツが鋭く睨《にら》んだ。佐吉は躊躇《ためら》い、延ばした手を宙に漂わせた。

「石田様」

遣《や》り取りを離れて見ていた兵の中から、男が滲《にじ》み出るように進み出て来た。男は数人の者を従えていた。

「御安心下され。儂らが貼り付いておりますれば、その者どもに手出しはさせませぬ」

錣《しころ》一族の棟梁・錣龍爪《りゅうそう》と配下の者たちだった。

山刀も長鉈もなく、敵兵のただ中におり、しかも見張ると言い出したのは、まともに戦っても、勝てるかどうか分からぬ者たちである。逃げ出す手立ては封じられたも同然だった。二ツと龍爪は間合を保ったまま、視線を絡《から》ませた。

「存じておるのか」

佐吉が龍爪に尋ねた。

龍爪は答えようともせずに、凝《じ》っと二ツを見ている。

「いかがした？　答えられぬのか」

「……見たことのなき者どもにござります」

「そうか」

佐吉は、それ以上尋ねようとはせず、丹羽五郎左に丁重な挨拶をすると、先に立って歩き始めた。

秀吉は足羽山《あすわやま》の陣を引き払い、城下の外《はず》れに新たな陣を張っていた。陣と言っても、青天井ではない。居室と寝所を備えた組立式の陣屋を建てていたのである。

二ツらは、陣屋の中庭の筵《むしろ》に座らされ、秀吉を待った。城から陣までの屋敷はごとごとく火を放たれ、燃え落ちていた。余燼《よじん》が二ツらの鼻孔をくすぐった。


半刻が経った。

この間、二ツらの背後に立った錣一族は、呼気を読ませないでいた。背後の敵である。動きや隙を知るには呼気を読むしかなかった。それが、まったく摑《つか》めないのだ。ヤマセらに緊張が奔っていた。

(焦《あせ》るでない。方法はある)

相手の口を開かせればよかった。

「龍爪殿」

二ツが鋑一族の棟梁に声を掛けた。

「松橋様と話してもよいかな？」

「……構わぬ」

二ツは松橋に聞いた。

「寒うはございませんか」

松橋は正面に向けた顔を動かそうともせずに、毅然として答えた。

「御殿様や御方様のことを思えば、何のこれしきのこと」

しかし、筵の下は土である。冷えが足から這い上って来ているのは明白だった。

「済まぬが、龍爪殿」

「何だ？」

「松橋様に、何か敷く物か膝当てを頼めぬか」

二ツの申し出を断ったのは、松橋自身だった。

「気遣いは無用に願いまする。敵の情けは受けませぬ」

「……分かりました」

案ずるな。二ツはヤマセらに目で知らせた。

「御老女」

龍爪が口を開いた。

「小谷の方様も御立派であったが、御老女も流石でござるな」

「…………」

松橋は堅く口を閉ざしたまま、答えようとしない。

「何ゆえ」二ツが龍爪に尋ねた。「先程は儂らを知らぬと言ったのだ？」

「あれか」

龍爪が、低い含んだような声で言った。

「面倒であったのだ。彼奴は細かくてな、話すと根掘り葉掘り聞かれる」

「それで、よう務まるものだな」

「儂らは殿に仕えておるのであって、あの者に仕えておるのではないからの」

言い捨てた龍爪の足が下がり、気配が沈んだ。と同時に、陣屋の廊下奥から、軽い足音が聞こえて来た。

(日吉か……)

十代の日吉を思い描いた。小柄であった。あのままの体型ならば、足音の軽さは頷けた。

「妙な真似をしおったら、斬る」

膝を折って控えた位置から、刀を振り抜き様《ざま》に斬る。二ツは龍爪が、それに適した間合を取ったのだ、と悟った。

小柄な男が、廊下奥から躍り出て来た。鳥獣文様の派手な陣羽織に包まれているのは、日吉に違いなかった。

三十四年振りだった。人相風体《ふうてい》は変わっていなかった。ただ年を取ったのと、眼光が鋭くなったことだけが、違っていた。

「叔父貴か、実《まこと》二ツの叔父貴か」

「おうよ」

二ツが頷いて見せた。答を聞くのと同時に、確信を得たのだろう、「叔父貴」と、顔をくしゃくしゃに崩して、「お久し振りにございます。日吉でございます」

秀吉は二ツの手を取ると、涙を浮かべた。

「懐かしいのう」

「最早今生《もはやこんじよう》でお会い出来るとは思うてもおりませなんだ」

「立派になられたものだの」

「家来もたくさんおります」

「そうだの」

「数えられませぬ」

「そうか」

「はい」

笑いながら涙を拭った秀吉は、二ツが筵に引き据えられていることに気が付いた。

「床几《しょうぎ》をお出しせぬか」

怒鳴られたのは、佐吉だった。佐吉は、配下の者に床几を命じた。人数分の床几が出され、二ツらが腰を乗せた。

「お身内衆かの？」

秀吉がヤマセらを見渡した。

「七ツ家の若い者たちだ。身体の動かぬ儂を助けてくれている」

秀吉は素早くヤマセらの手足、股、胸を目で探った。

「役に立ちそうな衆だの」

値踏みをしてから言った。

「どうだ龍爪、今この場で立ち合《お》うたら、錣一族と七ツ家ではどちらが強い？」

「殿は儂らの力をご存じの筈《はず》。沉《ま》してや、武器を持たぬ相手に負けたことなどございませぬ」

「相手に武器があったら、どうだ？」

「儂と四人衆が揃うておりますれば、負けることは考えられませぬ」

龍爪の言葉に合わせて、ヤマセらの背後にいた錣一族が鋭い視線を七ツ家の四人に投げ掛けた。

「と言うておるが、どうだ？」

「恐らく正しいかと」

「謙虚だの？」

秀吉は気持ち良さそうに笑うと、

「して、叔父貴がなぜ城におったのだ？」

「儂らが城に入る目的は一つ……」

「誰ぞを落とそうとしたのだな？」

誰かは、やがて松橋の口によって語られてしまう。隠しても無駄だった。

「御方様でござる」

「聞いた。自害なされたそうだの」

「立派な御最期でございました」

「あの御方は、儂の夢の証《あかし》であった……」

秀吉は、暫《しば》しの間瞑目《めいもく》してから、老女を目で指した。

「あれは、何だ？」

連れている訳を話した。

「日吉に預けたいのだが？」

「引き受けよう。粗相のないように致すぞ」

「かたじけない」

「困ったのは、叔父貴らのことよ」

「殺すか」

「それが出来れば楽なのだがの」

「では、腕の一本でも斬り落とすか」

「叔父貴、約束してくれぬか。二度と儂の城攻めには関わらぬ、と」

「出来ぬな」

「嘘でもよいのだ。この場だけ、関わらぬと言うてくれればよいのだ」

「出来ぬ」

「やはり叔父貴は、武家の出だのう」

「分かっていて、嘘はつけぬ」

「叔父貴は変わらぬわ。昔のままだ」

「当たり前だ。人はころころと変わるものではない」

「その物言いよ」

秀吉が懐かしげに呟いた。

「儂は叔父貴が来るのを楽しみにしていた」

峠を越え、集落へ続く藪を抜けると、どこで見ていたのか、日吉が手を振り、小躍《こおど》りしながら出迎えてくれた。

「儂は、あそこでは浮いておった……」

「………」

「誰もまともに相手をしてくれなんだ時に、叔父貴だけは儂の話を聞いてくれた。嬉《うれ》しかった」

秀吉は涙を指の腹で払い、鼻水を拳《こぶし》で横殴りに拭《ぬぐ》うと、

「あの時の礼だ」と言った。「次に戦場《いくさば》で会《お》うた時は、命はないと思え」

「覚えておこう」

一つ、と二ツが秀吉に聞いた。尋ねてもよいか。

「何だ？」

「まだ、皆が米の飯を鱈腹食べられるようにしたいと思っているか」

「……勿論じゃ」

秀吉の目が微かに泳いだ。

「……ならば、よい」

秀吉は、この五か月後に検地と大坂城の築城を本格的に開始する。検地を行ない、土地の広さを調べ、米の収量を把握した秀吉は、収穫の三分の二を年貢として取り立てた。米と、名だたる鉱山を支配して得た膨大な金銀で、秀吉は難攻不落と言われる大坂城を築くのである。

「叔父貴も息災でな」

「日吉もな」

「言うておくが、儂は昔の日吉ではない。たとえ叔父貴であろうと、二度と日吉と呼ぶことは許さぬからの」

「……分かった」

秀吉は二ツを見据えると、佐吉を呼び、

「見送れい」

廊下に駆け上がり、奥へと消えた。軽やかな身のこなしだった。だが、二ツの見知っていた日吉ではなかった。

六　千太

二ツが、人買いの市《いち》に出会《でくわ》したのは偶然だった。

北庄城が落ちてから五か月、秀吉が大坂に巨大な城を築いていることは、里の風聞で知っていた。

（あの日吉が、どのような城を造るのか……）

城の形はしていなくとも、切り開かれた広大な土地を一目見ておきたくて、大坂に出たのだった。手ぶらで出ることはない。切り傷や打ち身、水中《みずあた》りに効く薬草を摘み、葉や根を乾かし、売り、塩や味噌を求め、普請の進み具合を見、再び山に戻ることにした。その帰路で市の噂《うわさ》を聞いたのだった。

戦による混乱の中、敗れた国からさらい、買って来た男女や子供を市に出して売る。そのような市があることは、二ツも知っていた。直ぐ近くを通ったこともあった。だが、市に入ったことはなかった。

市の四囲は筵《むしろ》で覆われ、屈強な男どもが見張りに立っていた。入るためには、金子《きんす》が要った。薬草の売上の一部で賄《まかな》える額だった。

た。

それくらいの気持ちだった。

（覗《のぞ》いてみるか）

笠を脱ぎ、入った。笠は、陣笠に幾重にも柿渋を塗った紙を貼り付けたものだった。

二ツの髪は、僧侶のように剃《そ》られていた。これは賤ヶ岳の後に始めたことで、なぜか髪が煩《わずら》わしく感じられたので剃ったのだった。剃る手間は要ったが、剃ってみるとさっぱりし、やめられなくなっていた。

「お坊様ですかい？」

木戸口の男に聞かれた。

「いや」

「そうですかい」

当てが外れたのだろう、男の顔が曇った。坊主なら懐は潤《うるお》っている。舌打ちとともに、背を押された。

二ツの目を射たのは、若い女の裸だった。

商品は裸に剝《む》かれ、台に上げられ、品定めをされていた。

美醜や年齢《とし》により、売り値に天と地の開きが出ることは見ていて分かった。美しく若い女と屈強な若い男には、驚く程の値が付いていた。

次から次へ男女が競《せ》りに掛けられ、子供になった。

何人目かに、右肩に傷痕のある小僧が台上に現われた。ひどく痩《や》せていた。

競り人から、流れ弾に当たった旨の口上があった。

「右手は使えるのか」

人足の元締でもしているのか、色の黒い太った男が訊いた。太った男は女を二人に男一人と子供一人を、既に買っていた。

「もう少しで、治ると思われやすが」

競り人の歯切れは悪かった。

「何でもいい。その童《わっぱ》に物を持ち上げるか、投げさせてくれ」

「……ようがす」

競り人は脇に控えていた男に顎で命じた。男は台に上がると、小僧の足許に子供の頭程の石の入った持《も》っ籠《こ》を置いた。

「持ち上げろ」

小僧は左手で縄を束《たば》ね、右手で握った。しかし、指先が萎《な》えているのか、持ち上げることは出来なかった。

「この無駄飯食らいが」

小僧の姿が台の上から吹っ飛んだ。

「御無礼しやした。もう殆ど治ったと吐《ぬ》かしたもんで」

競り人は腰を屈《かが》めて詫《わ》びると、

「もしよろしかったら、おまけに付けますんで、お連れになりやすか」

「その身体じゃあいらねえが、生きてるんだ。飯くらい食わせてやれ」

「……あっしらも商売でやすからね」

小僧が鼻から血を垂らしながら左手を支えにして立ち上がった。

「目障《めざわ》りだ。引っ込んでろ」

競り人は次の子供を台に乗せた。

市は半刻程続いて終わった。

二ツは外に出てから裏に回ってみた。

積み上げられた筵の陰に小僧がいた。着物を取り上げられているのか、裸のままだった。

「何か用ですかい？」

二ツに気付いた若い男が、肩を揺すりながら近付いて来た。

「そこの小僧だが……」

二ツは筵の陰を指さした。

「お買いになりやすか」

「……うむ」

買おうと考えていた訳ではなかった。しかし、買わずに見捨てれば、小僧の行く末は見えていた。

(《五木《いつき》》に預けるという手もある)

《五木》とは、七ツ家を出、山から降り、里に居着いた者たちのことだった。七ツ家には、入るは赤子のみ、という厳しい掟《おきて》があったが、出る許しを得るのは入るより遥かに容易《たやす》かった。抜けたいという意向を伝えておけば、新たな隠れ里に移る前に、許しが下りたのである。それは新たな隠れ里を秘すためであった。

「肩の傷を見せて貰えるか」

「千太《せんた》」

男が小僧を呼び寄せた。

「千太と言うのか」

「利発そうな名でござんしょ?」

　千太が黙ったまま二ツの前に立った。

　銃弾は肩の付け根を胸側から背に抜けていた。傷痕の治り具合と肉の盛り上がり方から見て、三年は前になるだろう。

「幾つになる？」

「………」

　小僧が男を見上げた。

「手前で答えろ」

　男の拳が小僧の頭に飛んだ。小僧が目を閉じ、首を竦《すく》めた。だが、男の拳は千太の頭には届かなかった。二ツの掌が中空で受け止めていた。

「無闇《むやみ》に叩くではない」

「……坊さん、只者《ただもの》じゃございませんね」

　男は拳を収めると、腰を引いた。

「修験《しゅげん》の者だ。鍛練で山を駆け回っている。それだけだ」

「成程《なるほど》」

　男は頷くと、

「八歳になりやす」

千太を顎で指した。

二ツは千太の右手を摩《さす》りながら、空を見上げると、

「あっ」

と叫んだ。

小僧と男どもが空を見上げた。その瞬間、素早く襟から目釘《めくぎ》用の楊枝を抜き取り、小僧の手の甲に刺した。痛みを僅かに感じたのか、千太がびくっ、とした。

「何をしやがった？」

男が叫んだ。

「済まん」二ツは小僧に言った。「だが、案ずるな。儂が手を治してやろう程にな」

「治るんで？」

男どもが顔を見合わせてから、二ツに聞いた。

「上手《うま》くすると、だ。温泉で養生《ようじょう》して四、五年は掛かるだろうがな」

「何を悠長なことを」

男は、顔を背《そむ》けて唾を吐き捨てると、

「買うのか買わねえのか、はっきりしろい」

「何ぃ声を荒げているんでい」

市の元締なのだろう、眼光の鋭い男が筵を上げて現われた。

「実は」

と応対していた男が経緯《いきさつ》を話した。

「治るんで？」

元締が尋ねた。

「直ぐに、とはいかんだろうがな」

「時折、動くことがあるようなのですが」

「筋の殆《ほとん》どが切れているのだろうが、身体が出来れば筋もどうにかなるかもしれん」

「治るとは言い切れないんでやすね？」

「人の身体は治るように出来ている」

「……ようございます」

元締が頷いた。

「お坊様に拾われれば、此奴《こいつ》の運も開けるというもの。お代は結構でございます。お連れ下さい」

「よいのか」

「二言《にごん》はございません」

「済まんな」

「物心が付いた時には二親を殺され、己も傷を負い、今まであっしらと共に回国の旅をしておりやした。一生分の苦労はしておりますので、お含みおきを」

「承知した」

「着るものを」

元締が、継《つ》ぎ接《は》ぎだらけの着物を箱から取り出した。二ツは手で制して、小僧と市を出た。

古着屋が直ぐ近くにあることを、二ツは覚えていた。

千太は従順だった。買い与えられた丈の短い刺し子を着、伸び放題になっていた髪を剃られても、黙って従っていた。それが、従順と言うよりは、二ツの様子を見ているだけだということを、二ツは知っていた。だが知っていながら、素直だ、と褒《ほ》めた。

大人の顔色を窺《うかが》って大きくなって来た千太の心を開かせなければ、誰かとともに暮らすことなど出来はしない。ここ暫《しばら》くは様子を見ているだけにした。

――なぜおいらを貰ったの？

草庵で迎えた最初の夜、千太が二ツに問うて来た。

——儂も助けられたからだ。

二ツは、十四の時二親と姉が殺されたことや、危ういところを七ツ家の市蔵《いちぞう》に助けられたことを話した。

——市蔵は生きる術を教えてくれた。お蔭で、こうして生き長らえている。

二ツは、続けた。

——今度は儂の番だ。お前に生きる術を教えてやる。しっかりと生きろ。生きていれば楽しいことは、ある。

「腕は治るのかい？」

千太が心細げに訊いた。

「分からん。が、痛みを感じるのだから、治る目はある筈だ」

「嘘じゃないね？」

「儂を信じろ」

千太が僅かに顎を引いた。

「手始めに、明日は薬草を教えてやる。一度に覚えられるものではない。ゆるりと覚えればいい。薬草を売って金にして、何ぞ美味いものを喰おう」

千太の目が輝いた。

いつになく冬が早かった。

冷たく乾いた風が木の葉を散らし、里の秋が駆け足で行き過ぎていった。

二ツは丸めて背に回していた熊皮の袖無し羽織に腕を通した。

(山は雪かもしれん……。急がねば)

千太を連れての旅が半月近く続いていた。

五指に余る務めをともに果たした九兵衛《きゅうべえ》は、数少ない友と呼べる者だった。その九兵衛は子供が生まれた時に七ツ家を去り、《五木》となって越後の山里に住み着いた。六年前に訪ねた時は、竹で箕《み》を作り、村の衆とも溶け合っていた。だからこそ、九兵衛に千太を預けようと山里を訪ねたのだが、廃屋が遺《のこ》されていただけだった。

土地を移る時は、道祖神の首から板を下げ、その旨書き記すことになっていた。しかし、九兵衛は何も書き残さずに山里から姿を消していた。

二ツが口の重い里の衆を脅すようにして聞き出したことは——。

九兵衛の息子の参吉《さんきち》が里の娘に恋をした。だが、《猿喰い》の家に娘はやれぬと断られ、参吉と娘が駆け落ちをし、ために一家が山里から叩き出されたのだった。

——猿を喰うてはならぬのか。

——儂らは喰わぬ。猿を喰うは外道《げどう》だけじゃ。

猿は山では馳走《ちそう》だった。だからと言って里の者を殴り飛ばしても、どうなるものでもなかった。

九兵衛を訪ねた分だけ遠回りをしたことになった。

七ツ家に連れて行くことは、掟がある以上、出来なかった。

（では、どこに……？）

二ツが思い付いたのは、赤間谷だった。谷の底に、戸数十五戸程の集落があった。赤間の集落である。そこしか、千太を託せるところはなかった。

赤間谷——。

木曾駒《きそこま》ヶ岳《たけ》から宝剣岳《ほうけんだけ》に続く稜線が、丁度中程で刺《とげ》のように突き出している。それが急峻な岩から出来た鳥越山《とりごえやま》だった。季節に追われた渡り鳥が、必ず山頂を掠《かす》めて飛翔するところから鳥越と名付けられていた。

赤間谷は、その麓《ふもと》にあった。岩を嚙むように流れる赤川《あかがわ》が、断崖《だんがい》で尽き、瀑布《ばくふ》となって流れ落ち、谷底の集落を潤し、やがて天龍川《てんりゅうがわ》に呑み込まれて消える。冬の寒さが、一際《ひときわ》厳しいところでもあった。

越後を発った二ツと千太は、千国《ちくに》街道を通って信濃に出、伊奈《いな》街道へと折れた。ともに海のない信濃へ塩を運ぶための塩の道と呼ばれる街道は、賑《にぎ》わいを見せていた。伊奈街道に入った二人は天龍川に沿って南に下った。宮田《みやだ》まで下り、後は赤川をどこまでも遡《さかのぼ》れば、赤間の集落に行き着くことが出来た。

歩いた。少しずつ一日の道程を延ばしながら、歩いては食べ、食べては眠った。米や味噌は、採り集めた薬草や仕留めた鳥や小さな獣と換えた。食べられる木の実や草、そして鳥などを捕らえる遣り方は、その都度《つど》教えることにしていた。

露宿を重ねた。一月《ひとつき》近く一つのものを二つに分けて食べている間に、寡黙に従っていることの多かった千太が、話し、聞き、尋ねるようになっていた。

——あの……。

——何だ?

——何と呼べば、よいのじゃろうか。

——儂を、か。

千太が頷いて見せた。

——皆は叔父貴とか二ツの叔父貴と呼ぶが、千太もそうするか。

——なぜ、二ツなの?

二ツは火薬で三本の指を落としたことや、七ツ家のこと、掟のことなどを話した。
――二ツ、は付けなくてもいいんだね。
――構わんぞ。
――叔父貴は、子供がいるの？
――いや。
――お嫁さんは？
――おらぬ。
――じゃ、誰もいないの？
――そうだ。
――いつから？
――ずっとだ。
――お嫁さん、ほしくなかったの？
――十五の頃に一度あったが、それからはないの。
――すっごく昔の話だ。
――そうだ。もう覚えていないくらい昔の話だ。
千太が、年相応の笑顔を見せた。それから十日程が過ぎ、知らず知らずのうちに、

「叔父貴」と呼ぶようになっていた。

赤川と天龍川が合流する宮田の宿外れに着いた。

「土産《みやげ》を考えんとな」

暇を見ては会いに来るとしても、千太を預ける日数は一月や二月では済まなかった。山で暮らすにせよ、いずれは里に降りるにせよ、一人で生きて行く知恵を授けるのには、五、六年は掛かる。九兵衛に預けるのなら、取り敢えず急場のためにと襟に縫い込んである金の粒を渡せばよかったが、身内でもない赤間の者に頼む以上は、金の粒の他に古着や塩などの土産を調えなければならなかった。

宿の外れで露宿をし、鳥や獣を捕まえ、求める物と交換するか、売って銭か米に換えるのである。少なくとも七日は留まることになるだろう。二ツは草庵を編むことにした。雲の流れが、風の冷たさが、いずれ数日の間に雪が来ると告げている。

山に分け入り、場所を決めた。

周りの草を刈り、日当たりのよい場所を選んで干した。干した草が、二人の寝床になった。

初めての草庵作りではない。千太も手順を飲み込んでいた。

千太が草を干している間に、二ツは木の枝で骨組みを作り、屋根に雨漏り避《よ》けの渋紙を敷き、その上に草を並べ、蔓《つる》で縛り付けた。簡素なものだったが、これでなかなか居心地はよかった。一畳半程の床を三つに分け、右が二ツ、左が千太の寝床となり、真ん中には囲炉裏《いろり》を切った。暖も取れれば、煮炊きも出来、蓬《よもぎ》を燻《いぶ》せば虫除《よ》けにもなった。

焚《た》き付《つ》け用の枯れ枝を集め、狩りに出掛けた。

獣道を見付けると、糞などからどの獣かを当てさせ、罠《わな》の張り方を教えた。一度に覚えられるものではない。根気よく繰り返し教えることで、ようやく身に付くのだ。忘れたり分からない時は手本を見せ、千太に罠を仕掛けさせ、更に歩を進めた。

「食べるか」

真っ赤に熟《う》れた莢蒾《がまずみ》の実が、枝先にたわわに実っていた。

「あれは、不味《まず》かった」

秋口に食べさせたことがあった。赤く熟れてはいても、酸味が強く、とても食べられたものではなかった。

「よく覚えていたな。偉いぞ」

ところが、冬を間近に控えた頃になると、甘くなるのだ。

「騙《だま》されたと思って、食べてみろ」

千太の左手がおずおずと伸び、引っ込んだ。

「大丈夫だ」

二ツはひょいと実を摘《つ》まむと口に放り込んだ。

「甘い？」

「甘い」

千太は眩《まぶ》しげに目を細めると、腕を伸ばし、実を取った。思い切ったのだろう、口に入れ、目を瞑《つむ》った。口が動いた。噛んでいる。目が大きく開いた。

「甘いねえ」

「そうだろ。たんと喰え」

二ツは枝を折ると千太に渡した。千太は右手をだらりと下げたまま左手で受け取ると、

「ありがとう」

歯でしごくようにして実を食べている。二ツは実の付いた枝先を摘まみ、袋に入れた。

「行くぞ」

「あそこ」

千太が叢《くさむら》を指差した。

十五間（約二十七メートル）程先の下草の陰で、兎《うさぎ》がせわしなく口を動かしていた。

「よい眼《め》をしているな」

狩りをする上で一番大切なことだった。

「でかしたぞ」

二ツが鉈《なた》の柄《え》を摑んだ。もう少し近付きたかったが、枯れ葉や小枝を踏まなければ前には進めなかった。相手は音に聡《さと》い兎である。気配を悟られて逃げられるよりは、仕留められるかどうかは分からないが、鉈を投げてみようと二ツは思った。

「叔父貴」

と千太が、二ツの顔を覗き込むようにして言った。

「おいらにやらせておくれよ」

「遠過ぎる。もそっと近い時に頼むから、見ておれ」

「これくらいなら、仕損じたりしないさ」

千太が顎を突き出すようにしている。見たことのない表情だった。

「よし、任すが、鉈は重いぞ」

「おいらは、これさ」

千太が握り締めていた掌を開いた。

子供の掌に収まる程の平たい小石だった。千太はそれを利かぬ右手に握らせると、懐から別の小石を取り出した。それもまた平らな小石だった。

「幾つ持っているのだ?」

「五つ」

「いつもか」

千太が頷いた。

「気付かなんだ」

「隠していた訳じゃないけど、投げるのを誰かに見られるのが嫌だったんだ」

「一人だけの遊びだったのか」

千太が、もう一度頷いて見せた。

「当たるのか」

千太は兎との間合を計り直すと、

「絶対」と言った。「外さん」

「投げてみろ。もし仕留めたら、褒美《ほうび》をやるぞ」

「本当!?」

「嘘はつかん」

千太は左肩を軽く回すと、石の縁に人差し指を掛け、斜め上から投げ降ろした。小石は空中を微かに円弧を描いて飛んだ。二ツは小石を追い、行き着く先を見た。耳を立て、気配を探っている兎がいた。

(動くな)

小石は、めり込むようにして兎の後頭部に当たった。兎が撥ね飛ばされたのと同時に、千太の顔が内側から弾けた。

「凄いぞ」

二ツは千太の坊主頭をゴシゴシと撫《な》でると、もう一度だ、と言った。

「投げてくれ」

「いいよ」

「次は……」

兎のいた奥に椿の古木があり、枝が三つに分かれていた。

「真ん中の枝を狙ってみろ」

「分かった」

千太は右の掌から小石を抜き取ると、狙いを定め、斜めに投げ降ろした。小石は、矢のように真っ直ぐ飛んで、中央の枝を折った。

「今のは真っ直ぐだったが、前のはちと曲がっていた。どうしてだ？」

「真っ直ぐ投げると音がして兎に気付かれちまうじゃないか。だからさ」

「そうか」

二ツは千太の両脇に手を滑り込ますと、グイと持ち上げた。

「お前は、凄い奴だ。大したもんだ」

千太の顔がくすぐったそうに崩れている。

「その腕を磨け。狩人として立派に生きていけるぞ」

二ツは半分肩の荷を降ろしたような気になりながら、千太を降ろした。

成り行きで引き取りはしたが、どうやって一人前の山の者にしたらいいのか、考えあぐねていたところだった。

千太の目から涙が溢れた。頰を伝い、やがて号泣へと変わった。堪《こら》えて来たものを全て吐き出しているのか、泣き止む気配も見せずに泣き続けている。二ツは千太の頭を抱え、泣くに任せた。

千太の左手が刺し子を握り締めている。右手も摑もうとしているのか、微かに動いていた。

七　赤間谷

千太の腕は素晴らしかった。

二十間（約三十六メートル）離れると、可成《かなり》怪しくなるが、十五間までなら、十中八、九的《まと》を捕らえることが出来た。千太は、その技を独りで身に付けたのである。二ツは舌を巻いた。

千太の働きもあり、思っていたより早く、多くの獲物を得た二ツは、旅籠《はたご》にそれらを持ち込んで銭や米に換え、古着や塩などの土産を揃えた。味噌や藁沓《わらぐつ》など足りないものも買い調えることが出来た。

「行くぞ」

宮田から赤川沿いに鳥越山目指して進んだ。

二ツの足で二日、千太の足ならば五日のところに赤間の集落はあった。

しかし、集落があると悟られることを嫌い、足の踏み跡すら遺《のこ》さぬため道らしい道はなかった。

（確か、この辺りだったが）

二ツは前方を見遣《みや》った。楠《くすのき》の巨木の枝先が、木立の向こうに微《かす》かにのぞいた。その根方《ねかた》に空洞《うろ》があった。雨露を凌《しの》いで眠るには格好の広さだった。二ツが赤間へ立ち寄る時は、必ず使う場所だった。

「もう少しで、今夜の塒《ねぐら》だぞ」

千太が、突然速足になった。

「慌てるな」思わず二ツは、笑い声を上げてしまった。「同じ呼吸で歩け」

千太が足の運びを緩《ゆる》めたのは束《つか》の間《ま》で、直《す》ぐにまた速くなった。

空洞は健在だった。広がりもせず、狭《せば》まりもせず、吹き寄せられた枯れ葉が厚く積もっていた。

「一晩厄介《やっかい》になる。儂《わし》と小僧の二人だ。よろしゅう頼み入る」

二ツは、はっきりと木に聞こえるように話し掛けた。

――塒を借りる時は、必ず木に言え。さすれば、雷は落ちぬ。

七ツ家に入って、まだ日が浅い頃に言われた言葉だった。山の神すら信じない七ツ家にしては、珍しいことだった。

(それだけ塒探しが難しい、ということか……)

独りで山に分け入って初めて、実感したのだった。

二ツは、枝を大きく広げている楠を見上げた。

何十年も前からあり、

（儂が死んだとて、何も変わらずに立ち続けるのだろう……）

一瞬、幼い頃の事どもが、二ツの脳裡《のうり》をよぎった。

己が、今ここにいることの不思議が、胸を締め付けた。

二ツは太い息を吐くと、河原を指さしながら千太に言った。

「夕餉《ゆうげ》の前に、久し振りに風呂にでも入るか」

千太は、答える代わりに飛び跳ねた。

千太が流木や枯れ枝を拾い集めている間に、二ツは藪《やぶ》に分け入り、食べられる茸《きのこ》や草を探した。

里人の手が余り入っていないのか、初冬にも拘わらず、実りは豊かだった。手早く蔓《つる》で籠《かご》を編んだ。

橅《ぶな》の倒木からは栗茸《くりたけ》と滑子《なめこ》を、立ち枯れた桑や榎《えのき》の根元からは榎茸《えのきたけ》を採り、雪の下の葉を毟《むし》り、零余子《むかご》を摘まんだ。雪の下は茹《ゆ》でて水に晒《さら》し、零余子は塩茹でにすればよかった。

余分には採らない。食べる分だけを採る。

最後に蔓を枝からしごき取り、輪にして肩に掛け、河原に戻った。

千太の集めた枝が山になっていた。

手順は心得ている。千太が駆け寄って来た。

「籠を編んでくれ」

「任せるぞ」

千太に蔓と山刀を渡すと、二ツは河原に降り、火を熾《お》こし、その上に石を積み上げた。次いで、川辺の石を退《の》けて窪《くぼ》みを作り、いつもは使わない特大の渋紙を窪みの上に広げた。石が焼ける間に、屋根に使う渋紙で川の水を掬《すく》い上げ、渋紙の湯船に移した。

「編めた」

千太が蔓の籠を二つ差し出した。右手は添えるだけで、左手一本で編んだものだった。

「よく編めているぞ」

「運ぼう」

「よし」

棒で積み上げていた石を崩し、蔓の籠に入れる。焼けた石が蔓を焦《こ》がす。素早く二本の棒を編み目に差し込み、持ち上げ、湯船にそっと降ろす。湯気が立ち、水の底から泡が噴き上がって来る。二つ目の籠を入れている間に、最初の籠からぬるくなった石を抜き取り、焼けた石を入れて沈める。

「温かくなって来たよ」

更に数度繰り返して、風呂が熱くなった。

「入っていいぞ」

千太は着物を脱ぎ捨てると、足先からそっと湯に沈んだ。

「どうだ？」

「気持ちいい」

「そうか」

「上手《うま》かった？」

千太が訊いた。何が上手かったのか、二ツには分からなかった。千太が石を投げる真似をした。

（あれか）

褒め言葉は言い尽くしてある筈だった。もう一度聞きたいのか。二ツは大仰《おおぎょう》に言った。

「上手かったぞ。大したものだ」

「そうかなあ」

千太が照れ臭そうに肩を揺すり上げた。

「儂も入るか」

二ツは焼いた石を風呂に入れると、長鉈と山刀を湯船の縁の石に置き、湯に浸った。足や手指の先から湯が染み透って来るような気がした。顔を洗い、頭から湯を被《かぶ》り、空を見上げた。黒い雲が西空を覆っている。

(明日は崩れるか……)

「右手を」と千太に言った。「見せてみろ」

千太が半身になった。二ツは千太の右の二の腕を掴み、肩からそっと揉《も》んだ。

「儂が触ったのが分かるのだから、気長に鍛練と養生をすれば、今よりもっともっとよくなる。焦《あせ》るなよ」

湯がぬるくなるまで揉んだ。

「ありがとう」

焼けた石を二つ沈めて暖まり、湯を落とした。

「さあ、飯だ」

焼け残った石をコの字型に並べ、水を注いだ鉄の陣笠を置き、薪《まき》を足した。鉄の陣笠は、戦場で得たものだった。竹筒に米を入れ、水を差し、笹で蓋《ふた》をし、焚《た》き口近くに立て掛けた。

湯が沸いたところで、雪の下を茹で、次いで塩を加えて零余子を茹でた。

陣笠を取り除き、平らな石を乗せる。陣笠には水を入れ、茹でた雪の下を晒した。

十分に石が焼けたところで取り出し、竹筒の水を掛ける。焼けた石が水を弾《はじ》く。弾くついでに、灰を洗い落とした。

「並べるぞ」

石の縁のぐるりに味噌をのせ、内側に採って来た茸や野草を置いた。

後は飯が炊けるのを待てばいい。

「摘まんでいていいぞ」

竹筒の先から湯気が吹き出している。

「あちっ」

千太の口から茸が飛び出した。

「慌てるな」

二ツも茸を摘まんだ。

「あちっ」

口の中で転がして冷ました。味噌が絡んで、いい味になっていた。

西空の黒雲が広がって来ている。

急いで夕餉を終えると、雨に降り込められた時の備えに、薪を渋紙に包んで空洞の入り口に置いた。

長めの枝を二本切り出し、空洞にハの字に差し込み、その二本の枝を大きな渋紙でくるみ、蔓で木に縛《しば》り付け、雨避《よ》けにした。

空洞の中では――。

木っ端《こっぱ》を敷き、二ツが胡座《あぐら》をかいて座った。千太は二ツの膝の中にすっぽりと嵌《はま》って眠るのである。渋紙を掛ければ隙間風は入らない。千太の温《ぬく》みが二ツの身体を暖め、二ツの温もりが千太を暖めた。二ツは眠りに陥る瞬間に、雨の音を聞いた。

夜半に、急に冷え込んできたらしい。首筋の寒さで二ツは目を覚ました。

雨は降り続いていた。

突然、閃光《せんこう》が奔《はし》り、辺り一面が昼のように明るんで見えた。

数瞬の後、雷が鳴り響いた。

初冬の雷は雪を呼ぶ。冬になるのだ。

(目を覚まさねばよいが)

二ツは安らかな寝息を立てている千太の気配を窺《うかが》った。

寝息が変わらずに続いている。

（人の子の親になるとは、このような心持ちを言うのだろうか……）

遠ざかる雷鳴を聞きながら、二ツは再び眠りに落ちた。


いつの間にか、雨は雪に変わっていた。しかし、雪の量は案ずる程ではなかった。

「食べ終えたら、出立《しゅったつ》するぞ」

火を熾こし、食べ残しておいた飯の入った竹筒に水を差し、枝を削って作った箸《はし》で掻《か》き回し、塩茹でした零余子を蓋代わりに詰めた。竹筒が暖まる間に、渋紙を片付け、藁沓に履《は》き換えた。

朝餉を食べ、空洞に一夜の礼を告げ、二ツと千太は赤川を遡った。

「ぼんやりと歩くな。獲物を探しながら歩くのだぞ」

「分かった」

緩やかな坂が続いた。しかし、道なき道である。枝を払わなければ歩けない。枝や葉には雪が積もっている。

「少し離れて付いて来い」

二ツは山刀に枝を差して手槍にし、渋紙を引き回しのように羽織って、枝を切り払いながら歩いた。

「枝は拾うな。濡れると疲れやすいし、乾かさねばならんからな」

「絶対、拾わないよ」

「杖がほしいか」

「ほしい」

「よい枝があったら、切ってやるから待ってろ」

千太が雪に足を取られながら飛び跳ねた。

沢を回り、岩を登り、更に一刻《いっとき》近く歩いた。

二ツの背に雪玉が、ぽこん、と当たった。振り向いた二ツに、千太が木立の手前に出来た吹き溜まりの陰を指さし、左の掌を頭の上に立てた。兎がいると言っているのだ。

（いるのか）

（いる、いる）

千太が二度頷《うなず》いた。

（やってみるか）

（やる）

（そこから狙《ねら》えるか）

（大丈夫）

十七間（約三十メートル）は離れていた。千太は懐から小石を取り出すと、音を立てぬようそっと近付いた。踏み締められた雪が、微かに鳴いた。と同時に、兎が陰から飛び出した。

千太の左腕が撓《しな》り、小石が指先から離れた。小石は弧を描いて、兎の後を追った。

（やった）

千太の顔がほころんだ瞬間、兎が宙に跳ね、小石を躱《かわ》した。

（…………！）

直《す》ぐさま二の石を左手に持ち替えた千太の耳に、鉈《なた》の飛ぶ重い音が響いた。鉈は降り積もった雪を掃くように飛び、立《た》ち竦《すく》んでいた兎の首を正確に捕らえた。兎は周囲の白雪を朱《あけ》に染めて撥《は》ね飛んだ。

「兎は前脚が短いため、慌てて下り道を駆けると転ぶ。だから咄嗟《とっさ》の時、兎は高い方に逃げる。儂は、そう教えた」

「だから、兎が逃げる方に石を投げたんだ」

「そこまでは合っている。間違ってはおらん。あそこで兎が跳ねようとは、誰にも分からんからの」

「でも、叔父貴は当てた」

「儂は兎が臆病な生き物だと知っていたからだ。兎は鷲《わし》や鷹《たか》の羽音を聞くと立ち竦《すく》むのだ。それゆえ、わざと鉈を音立てて投げた、という訳だ」

「石では、あんな音はしないよ」

「今は、な」

「音がするようになるのか」

「工夫次第だ。それで千太が、狩人として一人前になれるかどうかが決まる」

唇をきつく結んで頷いた千太の目が大きく見開き、叫んだ。

「盗《と》られた！」

兎を銜《くわ》えた狐《きつね》が、どうだ、と言わんばかりに胸を張り、駆け足で木立の中に逃げ込んで行った。

「やられちゃったね」

「獲物を狩ったら、直ぐ捕りに行かねばの」

「あの兎、美味《おい》しそうだったね」

「よいわさ。狐の子供が喜ぶだろうよ」

「悔しいな……」

千太は、暫《しばら》くの間、同じ言葉を口の中で繰り返していたが、やがて二ツの付けた足跡に従いながら次の獲物を探し始めた。

四日目の昼過ぎに赤間の集落に着いた。

集落は、風向きが変わっても水量豊かな赤間の滝の飛沫《しぶき》を浴びぬようにと、小高い土手の陰にひっそりとうずくまっていた。

突然姿を現わした二ツらに臆するでもなく、子供たちが集まって来た。

「長《おさ》に挨拶したいのだが、おられるかの？」

子供たちに尋ねた。年嵩《としかさ》の子供が、付いて来な、と言って先頭に立った。

長に薦《すす》められた家は、集落の外れ近くにあった。一人暮らしをしている老婆・ハルの家だった。二人の娘のうち長女は、山一つ隔てた集落に嫁《とつ》いでおり健在だったが、ハルと暮らしていた次女は一昨年の冬に風邪をこじらせて亡くなっていた。

ハルは土産の餅《もち》と古着を見て、これで大威張りで娘に会いに行ける、と涙を流して喜んだ。

その夜は、長や集落の皆に、鳥獣の肉を振舞ったこともあり、歓待され、二ツはハルの家で千太と一夜を過ごした。

二ツは翌朝、千太を滝を見に誘った。

滝の落ち口から飛び出した水が、つんのめるようにして落ちて来る。

口を開けて見上げている千太に、

「儂は」と、二ツが言った。「七ツ家に顔出しせねばならん。暫くの間、赤間の者と暮らして待っていてくれ」

「どれくらい？」

「恐らく一月程で戻れるだろう」

戦の噂はどこからも入って来ていない。務めがあるとは思えなかった。

「だが、儂は七ツ家の者だから、戻って来たとて、ここでは暮らせん」

「…………」

「会いに来るという形しか取れん」

「ずっと？」

「千太が一人で山で暮らせるようになるまでだ」

「今でも平気さ」

「そうかも知れん。だがな、儂は務めで出掛けることもある。千太はここに留《とど》まって、生きて行くのに必要なことを五、六年でしっかりと身に付けるのだ。それまでの辛抱だ」

「本当に、会いに来てくれる？」

「勿論《もちろん》、毎年何回かは会いに来る。一緒に山に入ろう。儂が知っていることは、皆、山で教えてやる」

「必ず来るんだね？」

「必ずだ」

「なら、待っている」

「強い童《わっぱ》だ」

二ツは、心得ておけ、と言って、知らぬ人の中で暮らす骨《こつ》を教えた。

「一つ、相手より先に挨拶をしろ。二つ、決まりは守れ。どんなに嫌な決まりでも、お前は客人だ、守れ。三つ、飯は後から食べ、先に終われ。四つ、自分より年下の子供を泣かすな。そして、石を投げる腕を磨け。隠すことはない。それで獲物を捕ってやれ。重宝がられ、居心地はずっとよくなる筈だ。分かったな」

「覚え切れんかった」

「情けないことを言うな。もう一度言うぞ」

二ツは噛んで含めるように言った。

「叔父貴も、そうしたの？」

「した」

七ツ家の助力を得て、両親と姉の仇を討った二ツは、当時の束ねが特別に七ツ家へ入ることを認めたため、十五の歳《とし》に初めて隠れ里を訪れた。

——必ず、守れ。

と、守役《もりやく》を命じられた市蔵が細々《こまごま》と教えてくれたことだった。

「お蔭で随分と楽に暮らせた」

そうではなかった。やはり、元城主の嫡男という目で見られ、それが息苦しくて、隠れ里から出てしまっていた。

「おいらも守る」

「そうしろ」

「石投げも上手くなってる」

千太は小石を拾い上げると、辺りを見回し、

「あの白い棒に当てるよ」

十三間（約二十三メートル）程離れたところに、白いものが見えていた。朽ち果てた白い骨となった鹿の肋骨《あばらぼね》だった。

小石は風を切って真っ直ぐに飛び、肋骨を砕いた。

「骨だ」

駆け寄った千太が、大きな声を出した。

鹿の胴体だけが、そこにあった。骨の枯れ具合からして去年や今年のものではなさそうだった。

「熊が引《ひ》き擦《ず》って来たのかな？」

五間程先の古木の陰に、骨だけになった頭があった。

「熊ではなさそうだな」

獣に食い千切られたものではなく、何か鋭いもので断ち断られたもののようだった。

「祭りの供え物かもしれんな」

「後で訊いてみようかな」

「そうだ。訊いて、教わり、礼を言う。大切なことだぞ」

翌日、二ツは赤間の集落を離れ、四日の後七ツ家の隠れ里に戻った。

隠れ里は、甲斐と駿河《するが》を分ける青崩《あおくずれ》峠から山中に一日入ったところにあった。

この時から二ツは、秋葉《あきは》街道と伊奈街道を足繁《しげ》く往復することになった。

そして六年の歳月が過ぎ、天正十七年（一五八九）の五月となった。

千太十四歳、秀吉五十三歳、二ツは六十一歳を数えていた。

八　大坂城・山里曲輪

天正十一年（一五八三）に始まった大坂城の本丸普請は、僅《わず》か二年後の天正十三年に完成した。五層六階、地下も加えると八階に及ぶ壮大な天守と、広大な表と奥の両御殿は、この年関白の地位に就いた《天下人《てんかびと》》に相応《ふさわ》しい贅《ぜい》を尽くしたものだった。

次いで秀吉は、翌十四年二月、京都に政務を司《つかさど》る聚楽第《じゅらくだい》の造営を始めるとともに、大坂城の二の丸と外堀の普請に取り掛かった。外堀は二年後の十六年に完成を見たが、堀だけ見ても幅二十間（約三十六メートル）、深さ十五間（約二十七メートル）、石垣の高さ十四間（約二十五メートル）という、とてつもないものであった。

この間秀吉は、十四年に最大の脅威である家康を取り込み、正親町《おおぎまち》天皇より豊臣姓を賜り、名実ともに頂点に上り詰めた。翌十五年に九州を平定し、残すは関東の北条《ほうじょう》氏と奥州の伊達《だて》氏のみとなっていた。この年、聚楽第も完成した。秀吉は大坂城から絢爛《けんらん》たる殿舎を備えた聚楽第に引き移ったのである。

秀吉は狙いを北条氏に絞った。関東を平定してから、奥州に攻め上ろうというのだ。

天正十六年、秀吉は北条氏に上洛を命じた。

拒めば、討伐するという脅し付きの命令だった。

しかし、盛時の上杉謙信や武田信玄の攻撃に耐えた小田原城を、難攻不落だと信じて疑わない北条氏は、臣従を意味する上洛要請を拒否したのである。

そして、天正十七年五月――。

一向《いっこう》に上洛する気配のない氏政《うじまさ》・氏直《うじなお》父子に痺《しび》れを切らした秀吉が、戦仕度《いくさじたく》を命じた時、朗報が飛び込んで来た。側室の淀殿《よどどの》が、淀城で世継ぎの棄《すて》を産んだという知らせだった。早速に淀殿を見舞い、労をねぎらった秀吉は、聚楽第には戻らず人坂城に行き、随行して来た主立《おもだ》った者を御書院に集め、北条征伐の延期を伝えた。

「常と同じでいようと思うたが、駄目じゃ。嬉しゅうて、戦どころではのうなってしもうたわ」

そして、

「棄のことだが、三月《みつき》が後、淀城よりこの大坂城に移す。よい日取りを選び、修築し、柱には綿を巻くなど当たっても転んでも痛くない座敷を拵《こしら》えるよう直ちに手配致せ」

喜色を満面に湛《たた》え、口速《くちばや》に命じた。

御書院は表御殿の南端に位置する八畳一間の執務のための座敷だった。数寄屋《すきや》風の造りになっている御黒書院と渡り廊下で繋《つな》がっている以外は庭に囲まれており、秀吉は大坂城にいる時は好んで表御殿の御書院を使った。

祝詞を受け、機嫌よく騒いだ秀吉は、一人石田三成を残して皆を下げると、龍爪を呼ぶよう三成に命じた。


「北条も、運がよいですな」

龍爪が石田三成に言った。唇の端が微《かす》かに吊り上がっている。

「まさに……」

三成は応えはしたが、龍爪に付《つ》き纏《まと》う得体の知れぬ闇が好きになれなかった。粘る唾を飲み下した。

(物言いこそ丁寧だが、腹の中はまったく分からぬ)

何ゆえ殿は、このような者を近付けるのだ、と三成は、にこやかな笑みを浮かべ、御世継《およつ》ぎ様の寝顔の愛らしさを語って飽きぬ秀吉の話に聞き入っている振りをしていた。

(無位無冠どころか武家でもない忍びには、それなりの遇し方があるであろうに)

亡き右大臣様（信長）は、地下人《じげにん》の木曾川並衆《かわなみしゅう》などを用いられた。だから殿は右大臣様に倣《なら》い、忍びを用いられたのか。

墨俣《すのまた》の一夜城の頃から使い出した、と何かの折に黒田官兵衛《くろだかんべえ》殿がお話し下されたことがあったが、それからはお側《そば》近くにあり、中国大返しや大垣大返しなどなど、鎰一族がおらなんだら出来なんだことは確かにあった。

手柄は立てた。それは認める。だが、それだけではないか。豊臣の百年先まで考えてはおらぬ筈。そのような者どもを近付けるべきではないのではないか。

強く頷いた三成と秀吉の目が合った。

「治部《じぶ》も、そう思うてか」

「はっ……？」

聞いていなかった。己の思いに捕らわれていた。冷や汗が吹き出した。その時だった。

「太閤《たいこう》殿下は、流石《さすが》天下人であらせられます」

と龍爪が、口を開いた。

「御世継ぎ様御誕生で浮かれておいでかと思いきや、ここ一月《ひとつき》の間に北条の刺客《しかく》が来ると読まれるとは、勝ち抜いて天下を取った御方は違いまするな。のう、治部殿？」

そういうことか。話の流れに追い付いた三成は、心ならずも龍爪にそれと分かる程度に会釈し、切り出した。

「北条と申せば、風魔《ふうま》。手練《てだ》れにございます。ここ暫くは聚楽第よりもこちらにおられたがよろしかろうかと思われます。それにこの御書院ですが、塀に近く危のうござりますゆえ、執務は御座《ぎょざ》の間で……」

秀吉の弾けるような笑い声が、三成の言葉を遮った。

「治部、それでは天下は取れぬ。天下は、死地に身を置いてこそ取れるものぞ。よう、覚えておけ」

「はっ」

秀吉は咽喉《のど》の震えを納めると、だが、と言って三成を見た。

「治部の申すこと分からぬではない。必要の無い限り、この城におるとしよう。棄が大きうなるまでは死ねぬからの」

「仰せの通りにございます」

三成に笑って応えた秀吉は、笑顔を振り捨てると龍爪に、あの老人は、と問うた。

「幾つに相なった？」

「九十七かと」

「箱根山の霞《かすみ》でも喰ろうておるのかの」

「……どうでございましょうか」

「あの年で風魔を動かしておるとは実《まこと》か」

「まだまだ矍鑠《かくしゃく》としておるやに聞いております」

漸《よう》く三成にも、二人が誰のことを話していたのかが分かった。

北条氏の始祖・早雲《そううん》の四男に生まれたが、父の命で僧侶となり、箱根権現の別当であった北条長綱《ちょうこう》。天文十年、北条二代を継いだ兄の氏綱《うじつな》が没してからは幻庵宗哲《げんあんそうてつ》と名乗り、三代氏康《うじやす》、四代氏政、五代氏直の陰となり、風魔を自在に使い、北条氏の諜報活動を一手に取り仕切っている北条一族の最長老だった。

「彼奴《あやつ》に狙われたとなると、ちと厄介だの」

「我ら錣一族がおりますれば、殿下には指一本触れさせるものではございませぬ」

「風魔を侮《あなど》るではないぞ」

「風魔が手強《てごわ》かったのは、二代前の六代小太郎《こたろう》までにございます。当代は少し落ちまする」

「調べたのか」

「そのために、殿下のお側におるのでございます」

「抜かりはないの」

「些《いささ》かも」

秀吉は気持ちよさそうに、どうだ、と三成に言った。

「抜かりはないの。些かも。これが主従のあるべき語らいと言うものぞ」

「確《しか》と心に留め置きまする」

「それでよい」

秀吉は頷くと、龍爪に尋ねた。

「氏政父子だが、幻庵との関係《あいだ》は、どうなっておる？」

「年寄りと決め付けているのか、それとも煙たがっているのか、毎月二の日と十七日に行なう評《ひょうじょう》定にも加えておらぬ様子にござりまする」

「北条の先は見えたようだな」

「よう五代も続いたものでござりまするな」

「治部、よう覚えておけ。賢い者は己より出来のよい者を近付け、愚か者はそれを煙たがり、遠ざける。そこから国は傾くのだぞ」

「治部殿、そのように仰せになる殿下であればこそ、我らはお側近くにいられるのでござるよ。そうは思われぬか」

「ななな何と、某《それがし》そのようなことは露程も思うては……」

三成が、口を尖《とが》らせて否定した。

「龍爪」と秀吉が、小さな顔を皺だらけにして言った。「治部をからかうでないわ」

御書院を辞した龍爪は、御黒書院へと繋がる廊下で三成と別れた。

三成が見送る中、龍爪は石塁の上に築いた多聞櫓《たもんやぐら》に飛び上がると、屋根の向こうにふわりと消えた。東門に至る坂道に飛び降りたのだ。多聞櫓から六間（約十一メートル）はあった。

（見せ付けおって）

三成は、軽く舌打ちをしてから、再び足を踏み出した。

（山里曲輪《やまざとぐるわ》か）

それは龍爪が向かった東門の先にあった。

抜け穴を掘らなかった大坂城にとって万一の際の抜け道は、山里曲輪から東下ノ段帯曲輪に抜け、埋門《うずみもん》を通り、井戸曲輪から東門、二の丸玉造門を経て算用曲輪と出る道筋だった。龍爪は東門からその道を遡《さかのぼ》ることになる。

（あの老婆を訪《おとな》うつもりであろう）

秀吉は山里曲輪に秘薬の調合所・待月庵《たいげつあん》を建て、一人の老婆を住まわせていた。老婆は、京の陰陽師《おんみようじ》の許《もと》で秘薬調合の法を修行したと言われており、山城殿とかお婆様《ばば》と呼ばれていた。髪は白く、皺も深く、年の頃は八十に近いのだろうが、眼光鋭く、声にも老いは表われていなかった。

秀吉がまだ織田信長に仕える前、針売りをして暮らしを立てていたことがあった。その頃、病に倒れたところを山城殿に救《たす》けられたのが縁だ、と三成は秀吉から聞いていた。その山城殿の亡き夫が先代の龍爪であり、妻の引きで錣一族が秀吉の側に影のように寄り添うようになったとのことだった。

待月庵に入れるのは、秀吉と龍爪ら錣一族だけで、他の者が訪れたという話は聞いたことがなかった。三成は、一度だけ秀吉の使いで戸を叩いたことがあった。僅《わず》かに垣間見《かいまみ》た待月庵の中は、薄暗く、異様な臭《にお》いが立ち籠《こ》め、瓶《かめ》がところ狭しと並べられていた。

(胡散臭《うさんくさ》い者どもよ)

三成の性に合わぬ者どもであった。

(天下人として関白の位をお受けになられたからには、あのような輩《やから》は遠ざけなければ)

三成は秀吉にどうやって言上《ごんじよう》しようかと考えながら、御黒書院の廊下を渡った。

龍爪は朱三櫓《しゆさんやぐら》の前で一旦《いったん》足を止め、東下ノ段帯曲輪を振り返った。見張りの配置に、寸毫《すんごう》の油断も隙もなかった。龍爪は頷くと、山里曲輪に歩を進めた。

山里曲輪――。

大坂城の本丸北側にある曲輪で、庵や茶室が設けられていた。山城殿のいる待月庵は、曲輪の入り口にある朱三櫓と北東の角にある菱櫓《ひしやぐら》の中間にあった。

わび・さびの曲輪と呼ばれている山里曲輪に相応《ふさわ》しく、待月庵は百姓家を模した落ち着いた佇《たたず》まいを見せていた。

龍爪は待月庵の引き戸をそっと叩いた。返事はない。なくて当然だった。返事はしない決まりになっていた。引き戸を叩いたのは、来たと知らせるためだった。龍爪は、軒先まで積み上げられている薪と雪隠《せっちん》の脇を抜けて待月庵の裏に回った。夥《おびただ》しい数の薬草が竹竿《たけざお》に吊るされ、干されていた。殆《ほとん》どの薬草は見知っていたが、中には名さえ知らない草もあった。薬草などがほしい時は、錣の者を使うように言ってあるのだが、恐らくは城を抜け出して摘んで来たのだろう。

（達者なものよ）

龍爪は左手を前に伸ばし、板壁を軽く押した。壁がくるりと回り、龍爪の姿が待月庵に呑まれて消えた。

温気《うんき》が籠もっていた。蠟燭《ろうそく》の炎が、揺れて騒いだ。

待月庵には外の光を採り入れる障子窓はなかった。外見上は障子になっていても、開けば厚い板が打ち付けられている。

龍爪は炎が静まるのを待ち、待月庵の内部を見回した。山城殿の姿は、どこにもなかった。気配を探った。生き者の気配は、まったく感じられなかった。

また抜け出したのかとも思ったが、何かが違った。それが何かは分からなかったが、潜んでいる者に合わせて、庵も息を殺しているような、どこか嘘くさい静けさがあった。

（地下とも思えぬし、喰えぬ母者《ははじゃ》だの）

気を集中した。気配と言えぬくらいの気配が、壁際の台の辺りに漂っていた。三方を柵で囲まれ、床から一尺の高さに設けられた台は、山城殿が寝床に使っており、熊の毛皮が無造作に敷かれていた。

その台は、地下の間への降り口でもあった。台床の板を外し、更に台底の板を除《の》けると地下へと降りる梯子《はしご》があった。

地下の間は、薬草の保管蔵であった。

石畳の中央に四つ脚の付いた台を二脚置き、ぐるりを取り囲んでいる石壁には棚が設《しつら》えてあるだけの、八畳程の簡素な一間だった。棚には大小の瓶が並び、干した薬草が貯えられていた。

龍爪は刀を抜くと、逆手《さかて》に持ち替え、足をにじった。

「やめい。毛皮に穴が空くわえ」

台床の板が二枚程外れ、毛皮がめくれた。

「腕試しをする齢ではございますまいに」

近付いた龍爪は、言葉を呑んだ。台底に布を敷き、山城殿が身体を丸めて横たわっていた。

「如何《いかが》されました？」

「吸うてしもうた……」

「まさか」

四つ脚の付いた台の上に、三本の太い竹筒が立ててあった。切り口に油紙を被せ、細紐できつく縛《しば》ってある。毒薬《どくぐすり》と見受けられた。

「よう効いたわ」

「毒消しは、飲まれましたか」

「案ずるな。わしは毒では死なぬ」

「それはそうでしょうが、しかし……」

「半刻も横になっておれば治るゆえ、その頃参れ」

「毒は出来上がったのですな？」

「後は試すだけじゃ」

「重畳《ちょうじょう》にございます」

「分かったら、早《はよ》う行け。寝られぬではないか」

龍爪は声には出さずに笑って見せると、上の棚から絹物を降ろし、老婆の身体に掛け、台床を閉め、めくれた毛皮を直して待月庵を出た。

山城殿は寝顔を見せることを極度に嫌った。それは龍爪の幼い頃からの習い性だった。理由を聞いた覚えはなかった。聞いて答えるとは、思えなかったからに過ぎない。半刻程見回りをし、再び待月庵に戻ると、山城殿は起きて薬湯を飲んでいた。

――戦を変えてくれるわ。

語気鋭く言い放ったのは、五年前になる。小牧《こまき》・長久手《ながくて》の戦いで、家康との決着をつけぬまま和睦《わぼく》した秀吉の戦振りを怒って発した言葉だった。

――敵の陣に一発見舞えば、全員の息が絶える。さすれば、戦の度《たび》に足軽どもを掻き集めることなどいらなくなるのじゃ。

それだけではないわ。老婆の唇の端から泡が飛んだ。

――攻め立てられ、天守に逃げ込んだ時にそれを撒《ま》けば、取り囲んだ敵兵が一瞬のうちに死に絶える。どうじゃ、凄いであろう？

――そのような毒が、あるのですか。

――作るのよ、わしが。

薬湯を勧められ、龍爪は口に含んだ。

「味は、なかなかであろう？」

「甘草《かんぞう》を使《つこ》うてますな」

「甘草と黒豆を煎《せん》じたものに、福寿草と山牛蒡《やまごぼう》の根から採った汁を加えておる」

「何に効くのでしょうか」

「毒消しじゃ。そなたは、吸うてはおらぬ筈じゃがの。まっ、念のためじゃ」

龍爪は、椀の中の濃厚な液を飲み下すと、

「相当」と言った。「強い毒のようですな？」

「犬猫や鳥などは身体が小さいので直ぐ死んでくれよるが、人は大きいのでな。しかも、飲ませるのではなく、吸わせて殺すのだからの」

山城殿が台に置いた竹筒を手に取り、龍爪に手渡した。握り飯五、六個分程の重さであった。

「大国火矢《おおくにひや》に括《くく》り付《つ》けて、風上から飛ばすか、火薬を付けて爆破させるか、どちらかでしょうな」

大国火矢は、矢に火薬を詰めた筒を括り付け、火薬の力で矢を飛ばすもので、十町(約一・一キロメートル)は飛んだ。

「大国じゃ」

言下に山城殿が答えた。

「敵陣に撃ち込み、殺す。そのために、少しの風にも乗《の》り易《やす》い粉の毒を作ったのだからの」

試す場所じゃが、と老婆が言った。

「少し遠いのだがの……」

「構いませぬ」

「山奥の集落で人目に付かぬ。地形《じなり》といい、家の並びといい、打って付けと言えようて」

「して、そこは?」

老婆が唇だけを動かした。

「…………！」

その地を龍爪は、訪れたことがなかった。しかし、この二十余年の間に何度か耳にした土地の名だった。

「よろしいので？」

「天下様の身辺を綺麗《きれい》にするのに、何憚《はばか》ることがあろうぞ」

「このこと、殿下には？」

「まだ言うてはならぬ。折が来たら、わしの口から言う。それまでは、そなたの胸に納めておけ。頼むぞ」

「心得ました」

山城殿は、手早く懐紙に略図を描いて、龍爪に示した。

「この川に沿うて遡るのだが、分かろうな？」

「滝の手前ですな」

老婆は目だけで頷くと、訊いた。

「いつ参る？」

「明朝にも」

「屍《しかばね》一つ遺《のこ》すでないぞ」

九　小田原・幻庵屋敷

小田原城から北西に二十四町（約二・六キロメートル）の久野《くの》に、北条一族の最長老・幻庵の屋敷があった。

北条家臣団で最も多い所領役高（五千四百五十七貫文）を得ている幻庵が住む屋敷にしては、微塵《みじん》の奢《おご》りもなかった。無骨な屋敷が立ち並び、中央にある中屋敷に幻庵は起居していた。

風魔を自在に操り、太守の陰となって戦国乱世の舵取《かじとり》をして来た九十七歳の男の目には、今北条氏が置かれている立場の危うさが透けて見えていた。

なぜ、分からぬのだ。時勢に疎《うと》い氏政・氏直父子に対する怒りが込み上げて来た。

──猿面冠者《さるめんかじゃ》（秀吉）は、身の程を知れ。

──上杉、武田を追い払《はろ》うたは、我ら小田原衆。力を見せ付けてくれるわ。

身の程を知らねばならぬのは、どちらなのか。

上杉とも武田とも、秀吉は違う。氏育ちの違いは、戦振りに表われている。秀吉には、武家相手の戦い方では通用しない。籠城で対抗したとしても、こちらの兵糧《ひょうろう》が尽きるまで、秀吉は何年でも小田原の地に留まり、城を囲み続けるだろう。万一にも、そこで内通者が出れば、北条は瞬《また》く間《たま》に滅亡に追い込まれるに相違ない。

上洛し、恭順の意を表わしておけばよいものを、どうしてここまで逆ろうたのだ。

（そうさせたのは、我らが罪か……）

一族の大伯父《おおおじ》として、甘やかしていたのかもしれぬ、と幻庵は、今更ながら臍《ほぞ》を噛む思いだった。

幻庵は末娘の空木《うつぎ》を呼ぶと、

「急ぎ、棟梁を」と言い、付け加えた。「そなた自身で行くがよい」

「直《ただ》ちに」

空木は腰を上げるが早いか、足音も立てずに板廊下に下がると、幻庵の前から消えた。

幻庵は、開け放たれた障子から庭の木立を見ていた。

つい半年前までは、葉を落とし、小枝の先を針のように尖らせ、寒風に耐えていた木立が、盛大に葉を茂らせている。

我らも冬を乗り切れるであろうか。木立が見せる生きる力に、心を奪われそうになっている己がいた。

気配がした。

表から奥へと、その気配は近付いて来ていた。

(空木か……)

自在に気配を立て、消す術《すべ》を心得ている。

八人いた娘の中で生き残っているのは、婿を取った姉と空木の二人だけだった。他の六人は、年若くして没している。

空木は、幼女の頃から風魔に預けた三人のうちの一人だった。年月を経て、十代の末まで命を保てたのは、空木のみになっていた。

襖《ふすま》の向こうで気配が止まった。

「棟梁をお連れしました」

「うむ」

襖が開いた。

「風魔小太郎、御召しにより参上つかまつりました」

煮染《にし》めたような手拭を腰に挟んだ百姓姿の男が、板廊下で平伏している。後ろで束ねた髪には白いものが混じっていた。

「入れ」

小太郎の身体が宙を滑るようにして襖の内側に移った。

「遠いの。もそっと近くに」

小太郎の膝が動いた。

「空木、そなたもおれ」

「はい」

空木が敷居を越え、腰を落として襖を閉めている。それぞれの動きが止まるのを見定め、幻庵が、

「棟梁」と言った。「其の方の命、儂にくれい」

小太郎の頬骨の張った顔がぐいっ、と上がった。

「もとよりこの命、幻庵様に預けておりますれば、何なりと御命じ下さい」

「そうか」

幻庵は、炯々《けいけい》と光らせていた目を絡ませると、

「人一人」と言った。「殺してほしいのだ」

「どなた様でござりまするか」

「猿と呼ばれておる」

「猿とは、まさか、あの……」

「その、まさかだ」

「…………」

「無理な注文であるのは百も承知だ。だが、殺さねば、明年《みようねん》には北条は滅びる」

「首尾を果たせば？」

「滅亡まで、暫《しば》しの時を得られよう」

「では、いずれにしても」

「滅びる。天下を掌握しようと思う者には、北条は邪魔なのだ」

関東の覇者として、領有する土地が広過ぎた。もし北条が誰かと組めば、天下を脅かす一大勢力となってしまう。

「徳川殿を頼みとしていた時期もあったが、あの男は情では動かず利で動く者ゆえ、信ずるには足らぬ。此度《こたび》の上洛の一件でも、猿奴《め》の耳に届くよう、秀吉に従えと言うて来るだけで、動こうとはせぬ」

「何ゆえ御屋形様（氏直）は上洛なさらぬので？」

「大屋形（氏政）が秀吉を侮っておられるからよ。大坂から兵を差し向けても、長征《ちようせい》で使いものにならぬ、とな」

「我ら風魔、これまでにも明智光秀《あけちみつひで》との一戦がことなど、つぶさにお知らせして参りました。秀吉の力の程は、幻庵様は御存じの筈、なぜ大屋形様にもっと強く……」

「言うた。何度も言うた。が、聞かぬのだ」

「しからば……葬るしかござりませぬな」

一瞬幻庵は、小太郎が誰を殺そうと言ったのか測りかねたが、

「そうだ」と素振りにも出さずに、尋ねた。「猿が命、取れようか」

「某《それがし》の代で、風魔を潰すことになるやもしれませぬ……」

「かもしれぬな」

「恥ずかしながら、某の目から見ても、衆に優れた手練《てだ》れは僅か五名しかおりませぬ。この五名は、誰が棟梁になろうとも、それぞれが棟梁の名に恥じぬ働きの出来る者たちでございます。某と、その五名で、御役目を果たして参りましょう」

「秀吉には錣一族という忍びの警護が付いておるそうだが、勝てるか」

「分かりませぬが、我らも風魔、むざむざとは殺《や》られませぬ」

「錣は石田三成と相性がよくないと聞いておる。その辺りは役立たぬものかの？」

「三成邸に潜らせておる者もございますが、細工をするには、刻《とき》が足りませぬ」

「そうだの……」

「他に、御指示は？」

「ない。遣り様はそなたに任せる。何か入り用のものがあらば申すがよい」

「さすれば、大坂城の縄張り図を」

「聚楽第ではないのか」

「嫡男棄殿誕生以来、大坂に留まることが多くなっております。また、大坂城の縄張り図は完璧にございまするが、聚楽第のものはもう一つ不確かなところがございますので、忍び込むならば下調べが必要となります。大坂城で狙いとうございます」

「よう分かった」

幻庵が、文箱から大坂城の縄張り図を取り出し、小太郎の手許に置いた。

「さすれば、早速にも鬼童《きどう》を呼び戻し、策を練りたいと存じます」

手練れ五人の内の一人・鬼童は、幻庵の命令で普請中の大坂城に下忍十人とともに紛れ込み、まんまと大坂城の縄張り図を書き上げた強者だった。その鬼童は、家康の動きを探るため、浜松に出張っていた。

「今更ながら、あの縄張り図は見事なものであった。よう調べたものよの」

「嘉助《かすけ》の手柄にございます」

下忍の嘉助は忍びの腕は拙《つたな》かったが、図面や武器の考案には優れた才を見せていた。鬼童らが見聞きしたことを、細大《さいだい》漏らさず正確に図面に書き込んでいた。

「棟梁」と空木が、苛立《いらだ》たしげに膝をにじり寄せた。「私も是非、御加え下さい」

「ならぬ」

小太郎は、縄張り図を懐に仕舞いながら、言下に言った。

「女ゆえでしょうか、幻庵の娘だからでしょうか」

「違う」

小太郎が諭《さと》すような物言いをした。

「そなたの技量は、よう知っている。中でも剣にかけては、我らより上であろう。だからだ。万一我らが敗れた時は、そなたが小太郎の代を継ぎ、風魔の術を伝えてもらいたいのだ。誰かが残らねばならぬ。それが、そなたなのだ」

「父上、父上の御口からも」

「勿論、そなたの命も貰う。だが、今ではない」

幻庵が、焦るな、と言った。

「北条は狙われておるのだ。今に、嫌でも死ぬ時が来る」

十　毒

二ツは、七ツ家以外の者に隠れ里のありかを悟られないように、大きく迂回して秋葉街道の土を踏んだ。火伏せの神を祀《まつ》る秋葉神社への参詣道として、また駿河から甲斐への塩の道として秋葉街道は賑わいを見せていた。

行き交う人々に紛れ、青崩峠を甲斐へと越えた二ツは、和田の手前で西に折れ、天龍川へと出た。後は、川に沿って延びる遠州街道を北上し、飯田に出ればいい。

この六年間に何度となく通った道筋だった。

異変に気付いたのは、赤川を遡り、空洞《うろ》で眠りに就いた夜更けであった。

森が静か過ぎたのだ。

目の前に生き物がいない訳ではない。

兎もいれば、梟《ふくろう》も啼《な》き、蝙蝠《こうもり》も飛んでいる。だが、獣の気配が希薄だった。森の奥から聞こえて来る息遣いが感じられないのだ。

嫌な予感がしたのは、川辺に魚の死骸を見付けた時だった。

一尾だけではなかった。探すと、あちこちに白い腹を出して浮いていた。

走った。

足には、自信があった。五十歳《ごじゅう》を越してから、山の者として枯れたのだろうか、若さに任せて走っていた時よりも、無理なく風に乗って走ることが出来るようになっていた。

木立が密生し、藪《やぶ》が濃くなって来た。背丈程の長さの杖では、動きが取れない。山刀を抜き、杖を半分に断ち切り、袋状になっている柄に短くなった杖を差し込み、目釘を打った。手槍で邪魔な枝を払った。丁度よい長さだった。切っ先にまで意が通った。

藪を切り拓《ひら》きながら歩みを進めた。

二ツの立てる音に驚いたのか、小藪の向こうから烏《からす》が数羽飛び立った。

藪を透かして見ると、何かが地表に倒れていた。生き物の死骸であることは、直ぐに分かった。喰い破られた腹からは腸《はらわた》が飛び出し、肋骨は剥《む》き出しになっていた。狐の死骸だった。変わり果てた姿だったが、尾の太さでそれと知れた。

それが、最初だった。

赤間の集落に至る間に、点々と獣の死骸が転がっていた。

腐爛《ふらん》し始めているものや、鳥や鼠《ねずみ》などに喰われ、調べようの無いものを除くと、死骸となった獣に目立った傷痕はなかった。獣が他の獣に襲われて死ぬ。森の中では当たり前のことだった。だが、死んだ数多くの獣に揃って傷がないとなると、尋常なことではなかった。

(何が起こったのだ!?)

走った。更に、走った。

滝の音が微かに聞こえて来た。赤間の集落は、藪を越えた向こうにあった。

人が立ち働いている気配はまったくなかった。

足を急がせた。

藪を抜けた。

急に目の前が明るくなった。

集落への入り口にある、小さな石仏に供《そな》えられている花を見た。

無残に枯れていた。

集落の皆が見守り、枯れたことのない花だった。

二ツは手槍を左手に持ち替え、右手で長鉈を抜いた。

どうして、花の手入れを怠ったのか。外からの力によって、動けなくされているとしか思えなかった。道々に見た獣の死骸が重なった。

（千太！）

二ツは背を屈《かが》め、木立に隠れながら、集落へと入った。

森閑としていた。

子供の姿も大人の姿もなかった。

神隠しにあったかのように、一人も見えないのだ。

家の戸を開け、一軒一軒調べてみた。

やはり、誰もいなかった。

集落の中央に立ち、木っ端を集めて火を点けた。もし、どこか近くに逃れているとすれば、煙を見て立ち戻る筈だ、と考えたからだった。

木っ端を足し、煙が出るように水に浸した藁を火に被せた。盛大な煙が集落から立ち上った。

しかし、四半刻が経っても、何の応えもなかった。

その時、どうしてそこに思いが至ったのか、二ツ自身にも分からなかったが、青物を貯えておくための穴を思い出した。

穴を掘り、青物などを並べ、板で蓋《ふた》をし、更に土を被せる。板を踏まなければ、気付かれない作りになっていた。

集落の西の外れに畑があり、穴は畑の近くに数か所あった。

一つ目の蓋を外した。大根と菜しか、なかった。

二つ目の蓋を外した。やはり、青物以外何も入っていなかった。

三つ目の蓋を手槍で持ち上げ、横にずらした。汚物の臭いとともに、人の気配がした。

「儂は二ツだ。七ツ家の二ツだ。怪しい者ではない。開けるぞ」

二ツは声を掛けてから、蓋を大きく横に払った。穴の底で、子供が一人、身体をくの字に曲げて横たわっていた。

千太だった。血を吐いたのか、胸許《むなもと》が黒く汚れ、動けなかったのだろう、糞尿を垂れ流していた。

「千太！」

二ツは穴に飛び降りた。千太は薄く白目を剥き、血の気のない唇を震わせていた。

額に触れてみた。焼けるように熱かった。傷はどこにもない。数多《あまた》目にして来た獣と同じだった。毒か。毒にやられたのか。そうだとすれば、獣の死骸と繋がる。

二ツは千太を仰向けにして、名を呼び、肩を揺すった。

微かに唇が動いた。二ツは千太の口許に耳を寄せた。声を出す力はないようだった。

「気を確かに持て。少しの辛抱だ」

二ツは千太を抱え上げ、穴から這い出し、長《おさ》の家に走った。

長の家には、寝具らしきものはなかった。あったのは、古くなった着物を縫い合わせ、中に蒲《がま》の綿を詰めたものだった。二ツはそれを囲炉裏の側に敷き、千太を寝かせ、火を熾こした。

毒ならば吐かせるまでは身体を暖めたくなかったが、獣の死骸の様子といい集落の様子といい、毒に中《あた》って六、七日は経っていた。吐かせて治せる頃合は、疾《と》うに過ぎている。二ツは千太の身体を暖めることから始めた。

暖めながら、どうやって毒に中ったのかを聞き出そうとした。

水を飲ませ、耳許で名を呼んだ。

千太の目が、薄く開いた。そこがどこか、分からないのだろう。暫く目を宙に泳がせていたが、やがて二ツを認めると、

「叔父貴……」

か細い声で言った。

「どうしたのだ？　何があったのだ？」

続けて長く話すのは無理だった。刻《とき》を掛け、漸《ようや》く聞き出したことは――。

幾日か前、夜が明け、集落の皆が起き出した頃、突然数本の大国火矢が撃ち込まれた。音に驚き飛び出した者たちを、毒が見舞った。

千太は、直ぐに家に戻り、預けられた家の老婆のハルと逃げ出した。

しかし、二人とも風に乗って流れて来た毒を吸い込んでしまっていた。目は眩《くら》み、舌は縺《もつ》れ、手足は痺《しび》れた。

(駄目だ)

千太が思ったのと同じことを、ハルも思ったのだろう。

――逃げろ。隠すから、生き延びろ。

ハルが、千太に言った。

問答を繰り返している暇はなかった。ハルの一言が、決め手となった。

――仇討ちは、わしには出来ぬ。出来るお前が生き残るのだ。

ハルが蓋を覆い、土を被せて間もなく、走り寄る足音が聞こえ、ハルの倒れる音がした。

――志野《しの》ォ。

山一つ隔てた土地に嫁《とつ》いだ娘の名を呼びながら、ハルの息が絶えた。そこで千太は気を失ったが、土を掘り返す音と話し声で目を覚ました。目眩《めまい》と痺れで石のようになった身体を固めたまま、畑の隅に大穴を掘り、集落の人々を埋めている音を聞き続けたのだ。

「分かった。よく分かったから、少し休め」

二ツは、千太の胸に掌を当てて摩《さす》ると、

「毒消しを作るでな」と言って、辺りを探した。「それまで眠っておれ」

様々な薬草が土間の梁《はり》から吊り下げられていた。

二ツは、その中から、先ず陰干しにした接骨木《にわとこ》の花を手に取った。汗を出し、熱を下げた。次いで、葉に傷口が膿《う》むのを防ぐ力のある石蕗《つわぶき》と、身体に力を付ける甘野老《あまどころ》の根茎を日干しにしたものを取り外し、よく洗ってから煎《せん》じて千太に飲ませた。

夜が来て、朝になり、絞る程の寝汗を掻《か》いた。熱が下がったためか、息遣いが落ち着きを見せている。湯を沸かし、着物や下帯を脱がせ、手拭で拭いた。拭いている間に、千太が眠りに落ちた。

長の家を出、畑を見に行った。隅に小山が出来ていた。

端を掘り返してみた。

直ぐに、腕が現われた。

土を被せ、掌を合わせ、集落の他の家を覗《のぞ》いた。

三軒目の家の戸板に穴が開いていた。何かが撃ち込まれたような穴だった。中に入った。

土間が少し抉《えぐ》れていた。

撃ち込まれた大国火矢が跳ね、毒を撒き散らしたのだろう。

囲炉裏に藁をくべ、火を熾こし、明るくなったところで囲炉裏端を見回した。隅に粉を掃いたような跡があった。目を近付け、指で擦《こす》った。白い粉が指の腹に付いた。近くに敷かれていた筵《むしろ》を外してみた。編んだ藁の目を通して白い粉が落ちていた。

土間で跳ねた火矢が転がったのだろう。

懐から渋紙を取り出し、端を切り、粉を掬《すく》い取った。

(毒と見て、間違いはなさそうだな)

ほんの少量、舌先で嘗《な》めた。痺れが舌先に奔《はし》り、軽い目眩を覚えた。

長の家に戻った。

そうして昼が過ぎ、また夜になり、二日目の夜が明けた。

また千太の身体から夥《おびただ》しい汗が出、それとともに痺れが消え、舌の縺れも治った。

た。

千太は掌を開いたり閉じたりしている。この六年間に数える程しかなかったことだった。

「腕が動く。痺れがない」

と千太が、右の腕を延ばしながら言った。

「叔父貴」

毒が肩の傷に、どのように働いたのか、二ツには分からなかった。だが、理由《わけ》はどうでもよかった。それよりも、いつまでも動いてくれるのか、それともこれまでの時のように僅かな間しか保《も》たないのか、の方が気になった。

「いつもと、動いた時の具合が違うとか、何かあるか」

「何だか、腕がとても軽い」

二ツは千太の腕を取った。鍛えていない腕は細く柔らかだった。

「このまま、治るとよいのだがな」

千太が寝たまま頷《うなず》いた。

二ツは畑の隅で見て来たもののことを話した。

千太の目尻から涙が落ちた。

「……誰の仕業《しわざ》か、心当たりはないか」

千太が首を左右に振った。

「赤間の衆が、誰ぞと喧嘩《けんか》をしたというような話は聞かなかったか」

千太が同じ仕種《しぐさ》を繰り返した。

「何でもいい。賊どもが話していたことで、思い出すことはないか」

「…………」

掌を見詰めていた千太の顔に、奔るものがあった。見逃す二ツではなかった。

「どうした？」

「思い出した……」

「何だ？　早く言え」

「『やはりお婆様《ばば》よ。大したものだの』って」

「お婆様……か」

「確かに、そう言ってた」

薬湯を飲み、粥《かゆ》を食べ、千太が再び微睡《まどろ》み始めた時、何かが戸に当たった。

咄嗟《とっさ》に土間に跳んだ二ツは、外の気配を探った後、そっと戸を開けた。

足許に小さな鳥が転がっていた。

森を圧する高さに建てられた家ではない。集落の周りを飛び慣れている鳥がぶつかることは思えなかった。

まだ撒かれた毒が地表に残っており、それを鳥が吸ったのだろう。とすると、

(ここにはおれぬ……)

動けるか。出来れば、今千太を動かしたくはなかった。しかし、赤間にいては更に毒を吸い続けることになる。

では、どこに逃げればいいのか。

(七ツ家?)

思っただけで、即座に打ち消した。

何の気配も感じられないが、万一にも見張られていた場合、隠れ里に逃げたのでは迷惑を掛けることになる。

思い付いたのは、川だった。赤川から天龍川に抜け、そのまま下って東国《とうごく》と京を結ぶ東海道に出ればいい。

(川を下ろう)

手頃の太さの木を倒し、枝を払い、並べる。それを蔓《つる》で縛れば、筏《いかだ》は出来る。

筏にする木を探した。伐《き》り倒す木に目印を付けながら川辺を歩いているうらに、滝の近くにまで来てしまった。

戻ろうとして、鹿の死骸に気が付いた。首のところで、断ち切られていた。六年前にも同じような死骸を見たことを思い出した。どうして鹿が、そのような最期を遂げる羽目になったのかは、その年訪ねた折に千太から聞いた。

——滝が凍るだろ。その凍った塊が、何かの拍子に崩れ落ち、飛んで来るんだ。氷の角は刀のようになっているので、当たったものは何でも斬ってしまうんだって。だから、と千太が言った。滝が凍ってからは、近付いてはいけないんだ。

その時に感じた不吉なものを、二ツは今更のように思い出した。

筏作りは赤川のほとりで行なった。

半日掛かりで、筏が出来上がった。

筏を赤川に押し出し、千太を寝かせ、流れに乗った。

矢弾の攻撃に備えていた二ツだったが、どこからの攻撃もなく天龍川に出た。

(どうやら、見張りはいなかったようだな)

どこの誰が、赤間の集落の者を皆殺しにしたのか、まったく見当が付かなかった。

どうやって調べればいいのか。それすら分からぬ二ツだった。

筏は天龍の激しい流れに揉まれながら、矢のように甲斐の国を通り過ぎて行った。

その頃大坂城では、風魔が壊滅の危機を迎えていた。

十一　風魔

突然、風が熄《や》んだ。

よい兆しではなかった。風魔は常に風とともにあった。

風魔小太郎は、五つの黒い影を見回した。鬼童《きどう》、兵衛《ひょうえ》、要三郎《ようざぶろう》、重造《じゅうぞう》、久六《きゅうろく》ら影たちからは、焦《あせ》りの気配は感じられなかった。

小太郎は唇だけを動かして言った。

(参るぞ)

忍び込む道筋は、熟慮の末に決したものだった。

——城の脱け道を遡るのだ。当然見張られているだろう。だが、その目を掻《か》い潜《くぐ》りさえすれば、敵が気付いた時には奥御殿に行き着いている筈だ。

生きて城を脱しようとは思いもしなかった。命は捨てる。その覚悟で臨むしかなかった。

小太郎は五つの影を率いて、二の丸の武家屋敷を、堀の際《きわ》を、駆け抜けた。

小太郎は、爪先だけを使う《狐》と称する風魔独自の走法を採るよう命じた。

《狐》は足音を殺すとともに、即座に重心を移すことを可能ならしめた。

（お蔭で、どこぞの誰か、よう分かったわ）

二の丸を見渡す東南端の櫓《やぐら》の陰に、二人の男が忍んでいた。鐚一族の棟梁・龍爪が、配下の《木霊《こだま》》の一人を従えていたのだった。《木霊》は、忍びの世界で言う、下忍のことであった。櫓からは風魔の動きが手に取るように窺《うかが》えた。

「いかが致しましょうや？」

《木霊》が言った。四人衆に合図を送り、呼び寄せるか尋ねたのである。

「そうよの……」

広大な大坂城を、青目《あおめ》、白牙《びゃくが》、朱鬼《しゅき》、玄達《げんたつ》の四人衆が、《木霊》を使って守っていた。と言っても四人衆が警備に出揃うことは殆どなく、秀吉の寝所近くに一人が貼り付く他は、交代で曲輪の各所を見回るのが通常《つね》だった。だから、棟梁の龍爪自らが警備に加わっているのは、特異なことだった。風魔の刺客に備え、《木霊》に活《かつ》を入れるためであったが、それが思わぬところで功を奏したことになる。

「客人が来たことを知らせ、白牙に来るよう伝えい。他の者は、持ち場を固めるようきつく申し渡せ」

「心得ました」

《木霊》は、櫓の陰から飛び降りると、両の掌を口許に運び、低く鋭い指笛を吹いた。

「ん？」

小太郎は踏み出そうとした足を止め、耳を澄ました。表御殿曲輪を囲む石垣の向こうで、何やら笛のようなものが鳴っている。

(気付かれたか)

だが、迷い、踏み留まっている暇はなかった。下された命令は、ただ一つ。秀吉の命を奪うことである。進むしかない。

「東門を突破する。続け」

空堀《からぼり》と水堀を仕切る堤を走り抜け、石垣に沿って駆け下りた。

行く手を遮るように、黒いものが空から降って来た。黒いものは、地に着くと、人の形を取り戻した。

「風魔の衆、これまでだ」

身体を起こした男が、続けて大声を上げた。

「者ども、風魔がどれ程の腕か、試すがよいぞ」

小太郎らの背後から、走り来る足音がした。

「錣か。重造、久六、任せる」

「承知」

重造と久六が無反《むぞり》の太刀《たち》を抜き、《木霊》の中に躍り込んだ。

「鬼童、兵衛、要三郎、車掛かりを張れ」

要三郎を頂点に、二歩遅れて兵衛と鬼童が並び、四人で菱形を形作る位置に小太郎が付いた。

「行け」

小太郎の命に従い、それぞれが太刀を抜き払った。

迎える龍爪は、どこから攻めるか、一瞬迷った。先頭の者と斬り結べば両脇の者が、それら三者と戦えば後ろの者が飛び越えて来る。手裏剣を投げ付け、敵の体勢を崩すには、間合が足りなかった。たとえ手裏剣で一人を倒したとしても、他の者の剣を躱《かわ》すことは難しかった。

無理をすることはない。龍爪が一歩足を引いた。その呼吸に併せて、菱形が走り出した。龍爪は引き足を止め、踏み出し、右脇を走る兵衛の足を剣で薙《な》いだ。

兵衛にしても、龍爪の動きは読んでいた。車掛かりで向かい合った敵の十人が十人、同様の動きをしたからだ。兵衛は難無く太刀で受け、躱した。次の瞬間、菱形が崩れた。小太郎が要三郎の肩を踏み台にして東門を飛び越え、鬼童が続いたのだ。残った要三郎と兵衛が道を塞《ふさ》いだ。門の内側で、番小屋の役人の悲鳴が立て続けに起こった。

「少しはやるようだが、所詮はそれまでだ」

龍爪が切っ先を地に付け、引き擦《ず》るようにして、二人に向かって走り出した。要三郎が飛び出した。龍爪の切っ先が地を離れ、閃《ひらめ》いた。腕が伸び、脇腹が大きく覗いた。

「喰らえ」

踏み込んだ要三郎の太刀が、龍爪の腹を捕らえた。かに見えた時、龍爪の太刀が、唸《うな》りを上げて振り下ろされて来た。太刀は、要三郎の首筋を裂き、腕を斬り落とした。血飛沫《ちしぶき》の中、要三郎が絶命した。

兵衛の手から十字手裏剣が飛んだ。太刀を返し、峰で叩き落とした龍爪が、間合を詰めに掛かった。

「儂に下され」

天から降って来たのは、白牙の声だった。

「任せよう」

「ありがたい」

白いものが雨粒のように糸を引いて兵衛の足許に突き刺さった。長さが三寸（約九センチメートル）程もある細くてしなやかな針だった。兵衛が飛び退《との》いている間に、龍爪の姿は東門を越えた。


井戸曲輪を過ぎ、埋門《うずみもん》を潜り抜け、東下ノ段帯曲輪に出た。帯のように細長い曲輪の先に、山里曲輪がある。帯曲輪の松の根方《ねかた》で、三人の《木霊》が息絶えていた。

龍爪は速度を上げた。小太郎と鬼童の姿が、松の木の向こうに見え隠れした。

突然、火花が散った。地に潜り見張りに付いていた《木霊》と、木立に潜んでいた《木霊》が、小太郎らに躍り掛かったのだった。

《木霊》の一人が顔面を割られ、転げ回った。しかし、代わりに鬼童の指を二本、斬り落としていた。

「でかした」

龍爪は走りながら叫び、その勢いに乗って、太刀を鬼童に叩き付けた。鬼童の太刀が中程で折れ、飛んだ。慌てて飛び退き、苦無《くない》を構えたが、遅かった。龍爪の太刀が鬼童の咽喉を突き刺していた。

（残るは、一人……）

小太郎に立ち向かっていた《木霊》の屍《しかばね》を越えると、龍爪は石垣に沿って走った。風魔が木に登り、石垣に飛び移り、東中ノ段帯曲輪に抜けることを案じての備えだった。

その風魔の姿を、龍爪は下ノ段帯曲輪の尽きる朱三櫓の手前で見付けることになる。


小太郎は両の肩口に棒手裏剣を打ち込まれ、地に転がり、藻掻《もが》いていた。

（どうなっているのだ？）

小太郎は、動かぬ身体に苛立ち、且つ脅《おび》えていた。

追っ手は背後に達しようとしている。だが、身体はまったく言うことを利かない。

（あの老婆奴《め》、何をしおったのだ？）

老婆が道を塞いでいた。

――邪魔だ、どけ。

小太郎の恫喝《どうかつ》を無視して、ほれっ、と二つの小さな泥人形を放り出した。

（何だ？）

と人形に目を走らせた時には、身体が動かなくなっていた。

泥人形はぎこちない歩みで小太郎に近付いて来ると、辺りから小枝や落ち葉を集め、火を熾こした。細い煙が立ち上り、小太郎の鼻孔に届いた。その途端、強烈な痺れが小太郎を襲った。

——動けぬであろう。

短く笑うと、老婆とも思えぬ身のこなしで近付いて来、棒手裏剣を小太郎の両肩口に突き立てた。

——腕の筋は斬ったゆえ、おとなしく、そこに転がっておれ。

「母者《ははじゃ》に、獲物を横取りされてしまいましたな」

龍爪が太刀を鞘《さや》に納めながら言った。

「済まなんだの。抜き身相手は久し振りだったので、面白かったわ」

「痺れ薬を嗅《か》がせたようですな？　お見事なものです」

泥人形で心を奪い、催眠の術にかけたところで、痺れ薬を見舞ったのである。泥人形が燻《くゆ》らせた煙の痕跡《あと》が、小太郎の忍び装束《しょうぞく》に白く残っていた。小太郎が煙と思ったものは痺れ薬の粉だったのである。

「他にはおらぬのか」

「白牙らが適当に始末しているでしょう」

「此奴《こやつ》の始末は？」

生きて捕らえようとは、龍爪は考えてもいなかった。侵入して来た賊は、見せしめのため膾《なます》に刻み、晒す。そうするつもりでいたのだが、風魔の棟梁を生け捕りにしたのである。

「生《い》き餌《え》に使い、風魔を根絶やしにでも致しますか」

「さすれば、二度と参らぬからの」

「仰《おお》せの通りです」

龍爪は頷くと、小太郎を仰向けにし、左右の腕を大の字に広げて肘《ひじ》の上を細紐できつく縛《しば》った。

「血止めでござる」

言うや、龍爪は太刀を閃かせた。

小太郎の左右の手首が、血潮を噴き出しながら跳ね飛んだ。

「棟梁！」

《木霊》の声ではなかった。

山城殿を庇《かば》おうと横に走った龍爪目掛けて、太刀が投げ付けられた。

躱すのは容易《たやす》いことだった。しかし、躱せば、背後にいる山城殿に届いてしまう。母には己と同じように身軽に躱す才はなかった。それに、

(何ぞ細工をしたやに見えた)

太刀は躱されることを計算して投げた捨て石で、その後ろからまったく同じ軌道で投げた手裏剣で敵を仕留める。

(見え透いておるわ)

龍爪は太刀を弾き、返す刀で手裏剣を叩き落とした。

その瞬間、耳許を風が掠《かす》めた。手裏剣の後ろから、更に手裏剣が飛んで来たのだった。

「うっ」

短い呻《うめ》き声を残して、山城殿が肩を押さえた。右肩に深々と手裏剣が刺さっている。龍爪の血が凍った。

「母者、大事はございませぬか」

「案ずるでない、其奴《そやつ》を倒せ」

龍爪の足が地を蹴った。蝙蝠のように両の手を広げると、風魔に襲い掛かった。風魔は腕に巻いた鋼《はがね》で太刀を受け、刃を躱した。

(おのれ!)

再び、攻撃を仕掛けた時に足音がした。一人ではない。駆け付けようとしている。

(味方は、おらぬ……)

鬼童も、要三郎も、兵衛も血の海に果てていた。残っているのは、棟梁と重造と己の三人のみであり、頼みとする棟梁も両手首を斬られ、目の前で藻掻いている。足並みを揃えて走る風魔はいなかった。

勝負に焦った久六は、僅かな勝機を見出《みいだ》し、突きに出た。

苦無を龍爪の胸板に突き立てようとしたのである。瞬間、久六の指先から力が抜け、苦無が跳ね飛び、次いで激痛が手の先に奔《はし》った。親指を残し、左手の甲から先が斬り飛ばされていた。

「命乞いをしても、許さぬ」

一歩踏み出そうとした龍爪の背後に、駆け付けた三人の《木霊》が立ち並んだ。

《木霊》は、両の手首を斬り飛ばされている小太郎と、肩に手傷を負った山城殿を見て、思わず顔を見合わせた。

龍爪には、背後に立つ者が《木霊》だと分かってはいた。しかし、声を何も発しないがゆえに、気の半分を背後に向けてしまった。

その隙を衝《つ》き、久六は曲輪を囲む漆喰《しっくい》の塀を飛び越え、堀に身を投じたのである。

水を得意とする久六は、両腕と臑《すね》に巻いた鋼の重さで堀の底に留まり、忍び装束の袂《たもと》などに溜まった空気を吸って、追っ手の目を逃れようとしたのだった。

「馬鹿者が」

怒りに震えた龍爪は、三人の《木霊》に久六の後を追わせた。

「必ず仕留め、奴の素《そ》っ首《くび》を取って参れ」

慌てて闇の中に散って行く《木霊》を見送った龍爪は、老婆の腰許に膝を突いた。

「申し訳ございませぬ」

「何の、大事はないわ」

「もしや刃に毒が」

老婆の目が、光った。

「風魔の毒などたかが知れておる。烏頭《うず》を使うしか能のない奴どもよ。毒消しなら捨てる程作ってあるわ」

それよりも、と言って小太郎に目を遣《や》った。

「そろそろ痺れ薬が切れる頃じゃ、も一度たっぷりと吸わせてやるがよいわ」

十二　須雲の久六

天龍川は、諏訪《すわ》湖から伊奈谷を経て遠州灘《えんしゅうなだ》へと流れ込む、全長五十四里（約二百十三キロメートル）の大河である。

河口近くにもなると、川幅は三町（約三百三十メートル）を越した。流れが速く深いため、歩いて川を渡ることは出来ず、渡し舟が用いられていた。池田《いけだ》の渡しである。

千太を乗せ、天龍川を筏で下った二ツは、渡し場のある池田の宿の外れに草庵を設けた。池田は鎌倉時代の東海道の宿駅で、見付《みつけ》と浜松の中程に位置していた。

二ツが池田に留まろうとしたのは、千太が再び熱を発したからだった。毒を吸った千太を養生させる。そのための場所を探していた二ツだったが、留まるのには捕った野鳥や魚を買い上げてくれる宿が必要だった。池田は、その点打って付けであった。

「どうだ、具合は？」

「熱は下がってきたみたい」

「腕の調子は？」

千太が右の腕を小さく回して見せた。

「治ったのではないのか」

「そう思うと後でがっかりするから、思わないようにする」

「……そうか」

苦労したのだな、と言い掛けて、二ツは言葉を呑み込み、別の言葉を口にした。

「薬湯を忘れずに飲むのだぞ」

草庵を出、二ツは天龍川に向かった。

川海老を捕るために、大振りの枝に紐《ひも》を付け、川の淀《よど》みに沈めておいたのだ。

枝を引き上げ、河原で振った。捕れる時はぽろぽろと川海老が落ちるものだが、大した量はなかった。鰻《うなぎ》を捕るための竹筒も水から上げて見た。やはり、鰻は入っていなかった。

千太が午睡から醒《さ》めるのを待って、渡し舟の客目当ての茶店で、太いうどんを啜《すす》った。

「美味《うま》いなあ」

千太が目を輝かせた。

「お代わりをするか」

千太は汁を飲み干しながら、頷いた。

二日が経った。

鈍ってしまった千太の身体を慣らすために、野鳥捕りを兼ねて遠出することにした。千太の《礫《つぶて》》の腕を鍛えたいという思いもあった。

武家ならば初陣《ういじん》に出してもおかしくない年齢《とし》に達した千太を、新たに預けることはためらわれた。同行させるしかなかった。

だが、七ツ家とは切り離した旅をしようとしても、何かの拍子に敵と戦わぬとも限らない。自らの力で切り抜けるだけの腕がないと、あたら若い命を落とすことになる。それよりも何よりも、やがて一人で生きていかねばならない時が必ず来る。その時のためにも、人に抜きん出た技を身に付けさせておきたかった。

天龍川に沿って北上した。

木立が深い。鳥影も濃かった。

二ツと千太は、息を殺し、啼《な》き声を頼りに鳥を探した。

対手《あいて》より先に獲物を見付ける。

狩人としての資質が問われた。

「叔父貴」

狩りをしている時には声を出さない。口笛で小鳥の啼き真似をするか、指文字で合図を送る。それが決まりだ、と赤間を訪ね、二人で山に入った時に教えていた。以来、守って来ていた千太だった。

咎《とが》めようとした二ツに、千太が木立の尽きる辺りを指さした。

「何だろ？」

声も音も聞こえないが、人が争っている様子は見て取れた。一人に対して三人が取り囲み、斬り付けている。それぞれが手にしている刃物が光った。短いものではない。刀だった。

「卑怯《ひきょう》な。助けるぞ」

二ツは走りながら山刀の柄に杖の先を差し込むと、襟許から太めの楊枝を取り出し、目釘孔に挿した。山刀と杖が、見る間に手槍と化した。

「千太、場合によっては《礫》を試してみろ」

「ぶつけてもいいのか」

「構わぬ」

「でも、どっちが悪い奴だろ？」

「儂に斬り掛かって来た方が悪い奴だ」

「分かり易くていいね」

そうだ、と答えた二ツは、男たちの攻めに型があることに気が付いた。兵法《へいほう》が説く三方からの攻めの最善手である《鼎縛り《かなえしば》》に基づいて、無駄無く動き、攻めている。その身のこなしは、凡庸な遣《つか》い手のものではなかった。

「今言うたことは忘れろ。千太はこれ以上近付くな」

「投げちゃいけないの？」

「死ぬぞ」

「………」

千太の足音が耳朶《じだ》の後ろに回り、消えた。二ツは木立の葉叢《はむら》を背にして走った。鼎の一つが、軸足を外して振り向いた。

(気付かれたか)

二ツが思った時には、男が正面から突進して来た。速い。互いに二十数歩も踏み出せば、ぶつかる間合だ。

(どう出て来るか)

真上に跳ぶか、左右いずれかに躱《かわ》すか、それとも真っ直ぐ来るか。真上に跳べばより高く跳んだ方が、左右と正面の場合は剣技に優れた方が優位に立つ。

男が間近に迫った。男の剣が右腰の後ろに隠れた。

(脇構えか)

斜めに下ろした切っ先を、掬《すく》い上げるようにして斬る。初太刀を躱せば、勝機はあった。互いが間合に踏み込んだ。

二ツの身体が浮いた。六十を越し、脂の抜けた分だけ枯れた身が、ふわりと宙に浮いた。高い。斬り上げた男の剣が、二ツの足の下一寸を行き過ぎた。

(貰《もろ》うた)

二ツの手から手槍が離れた。素早く振り向き、二の太刀を繰り出そうとした男の心の臓に、手槍が深々と突き刺さった。

「叔父貴」

駆け寄って来た千太が、木立の彼方《かなた》を指さした。

挟まれていた男が、背後からの一撃を受け、倒れ込もうとしていた。

「《礫》は届くか」

「届く」

「止《とど》めを刺させぬよう投げろ」

「分かった」

「二度と儂を追うな。投げたら、ここにいるのだぞ」

言い捨てると、二ツは手槍を引き抜き、落ち葉を蹴った。

走る二ツの耳許を掠めて、《礫》が飛んだ。

《礫》の後を追うように、二ツは走った。

止めを刺そうとした男が《礫》に気付き、慌てて飛び退いた。

《礫》は男の頭のあったところに向かって飛んでいた。

二ツは倒れている男の傷口を目の隅で見ながら、間に割って入った。背がざっくりと斬られていた。

「可成《かなり》執拗《しつよう》に追っているようだな？」

倒された男も倒した男たちも、手甲脚絆が泥だらけであった。それにしては、髭《ひげ》の伸びが一様に少ない。長期に亙《わた》って追い掛けていたのではなく、ここ数日の間のことと思われた。

「其奴は、我らが主《あるじ》を殺《あや》めようとした者ゆえ、手出しは無用に願いたい」

「このまま見殺しにしろ、と言うのか」

「そうしていただければ、我らが身内を手に掛けたこと、目を瞑《つむ》りましょう」

「問答無用で掛かって来たのは、そっちの方だぞ」

「難しいことを申されるな、七ツ家の二ツ殿」

男の顔を交互に見た。見覚えのない顔だった。

「どこぞで会《お》うたかの？」

「…………」

「済まぬが、思い出せぬ」

「三十五年振りとか申されていたのを、側で聞いておりました。かれこれ六年前になりますが」

「三十……、五年振り……」

（あの時か！）

北庄城が落ち、日吉の陣屋に引き立てられた時、背後から子飼いの忍びが見張っていた。

「錣《しころ》一族か」

「左様《さよう》で」

「すると、大坂から此奴を？」

「追って参った」

その執念に二ツは少しく驚いたが、狙われた主が日吉ならばあり得ぬことではなかった。日吉は天下様なのである。

「逃れ行く方角から察するに、この者は？」

「お察しの通り、風魔にございます」

「小田原攻めを阻止せんがために送られたのかな？」

男は問いには答えずに、

「我らが」と言った。「御手前とは少なからず因縁のある者だとお分かりいただけた筈。ならば、其奴はお引き渡し願えますな？」

「嫌だと言ったら、何とする？」

「錣一族を敵に回すことになりましょうな」

「致し方ないの。済まぬが、風魔には恩があるのでな」

二ツが僅か十五歳で二親と姉の仇を討てたのは、当時の七ツ家の束《たば》ね・勘兵衛《かんべえ》のお蔭であった。その勘兵衛らが追っ手の攻撃を受け、危ういところを助けてくれたのが、北条幻庵率いる風魔だった。もし、勘兵衛が倒されていたら、二ツの仇討ちは夢物語に終わっていただろう。

「では、戦うしかございませんな」

「そなたらの名を教えてはくれぬか。いつか、そなたらの主殿か棟梁殿に会うこともあるだろうからな」

「会えますかな？」

「だから聞いておるのよ」

男は鼻先で小さく笑ってから、

「我らは《木霊》ゆえ」と言った。「名はございませぬ」

「ない、のか」

「《木霊》は下忍《げにん》。名を戴《いただ》けるのは中忍《ちゅうにん》になってからにございます」

「すると、先程は下忍の裁量で話していたのか」

「上忍《じょうにん》がおらぬ時は、中忍、下忍であろうとも采配《さいはい》を振るうこと、許されておりますれば」

「相分かった」

「さすれば、決着を付けますか」

男が、ゆっくりと横に歩き始めた。

二ツもそれに倣ったが、風魔からは一間《いっけん》の間合を保った。

もう一人の男が抜刀して、二ツの背後を塞いだ。

二ツは手槍を左手に持ち替え、長鉈を抜いた。

背後からの一撃が二ツを襲った。転がって躱した二ツの手から、長鉈が放たれた。背後の男が身体を反らせて、難無く避けた。しかし、二ツが狙いを付けたのは、背後の男ではなく、正面の男だった。長鉈を躱された瞬間、柄に括《くく》られた細紐を、渾身《こんしん》の力で引いたのだ。長鉈は飛び行く方向を変え、正面の男に唸りを上げて襲い掛かり、頭蓋《ずがい》を掠《かす》めた。細紐が引かれ、長鉈が再び二ツの掌に戻った。

「許さん」

最初の一撃を躱した男が、太刀を振《ふ》り翳《かざ》した。その懐に、二ツは跳び込んだ。

「今だ」

男が、背後から攻めていた男に叫んだ。

「応！」

背後の男が太刀を突き出した。男たちの立てる音に混ざって、微かな音が、空気を切り裂く小さな音が、二ツの耳に届いた。

《礫》は、太刀を突き出した男の腕に当たった。

「うっ」

背後の男が怯《ひる》んだ隙に、二ツは手槍を前の男の咽喉に突き立てた。飛《と》び退《しさ》った男の顎先を手槍が掠めた。

(見切っておるわ)

男の腕が伸び、太刀が二ツの面《おもて》に打ち込まれた。二ツは手槍と長鉈を十字に交わして太刀を受けた。ずしりとした手応えが二ツの両腕に掛かった。男は若かった。膂力《りよりよく》が違った。男が二ツの左手を見た。指に気付いた。男は力任せに押し、突き放そうとした。

二ツの身体が沈むようにして男の背後に回った。

(何の！)

男は二ツとは逆に回りながら、太刀を繰り出した。太刀筋の速さには自信があった。斬った筈だった。二ツの身体を斬り裂いた筈だった。しかし、そこに、目の前に二ツの姿はなかった。

(…………？)

振り向いた男の胸板を二ツの手槍が貫いた。

「《無跡》」

どうと倒れる男から、急ぎ手槍を引き抜こうとして、二ツは背後からの攻撃を感じ取った。迫り来る歩幅が狭い。太刀を振るうのではなく、突こうとしている。二ツは、対手に背を向けたまま後退した。

驚いたのは、突きを入れようとしていた男だった。

恐れ気もなく下がって来た二ツの背に、太刀を差し出す形になってしまった。二ツの脇が開き、男の太刀を挟み込むと、上半身が捩《ねじ》れ、肘が男の顎に飛んだ。男は鼻と口から夥しい血潮を噴き出しながら、二間程跳ばされて倒れた。

（おのれ！）

跳ね起き様《ざま》に棒手裏剣を投げようとして振り翳した男の手首を、《礫》が打ち砕いた。

男は、腕を抱えて藪に跳び込んだ。


（覚えているものだな……）

中村文荷斎が死の間際に授けてくれた技だった。五十代の頃は太刀筋をなぞったことが何度かあったが、六十代に入ってからは、試すこともしないでいた。それが咄嗟《とっさ》に出たことに、二ツは驚いた。

――出来ぬ者には言わぬ。

文荷斎の言葉が思い返された。

「叔父貴」

千太が足許に倒れている風魔の背を指さした。

ひどい出血だった。このまま手を拱《こまね》いていれば、遠からず死ぬだろう。

刀傷は背だけではなかった。左手の甲から先が斬り飛ばされていた。巻いた布が赤黒く汚れている。傷口を洗い、薬草を塗らなければ、膿《う》む。

二ツは千太に、先に倒した《木霊》の懐中を探るよう言い付けた。

「針はあるが、糸がない。糸と何でもよい、薬と水を取って来てくれ。儂も、火を熾してから、《木霊《こやつ》》の持ち物を調べてみる」

二ツは枯れ葉と枝を掻き集めると、石で三方を囲い、火を点けた。細い煙が立ち上った。少し太めの枝をくべ、笠を外し、竹筒の水を入れ、火に掛けた。

懐から針を取り出し、水に落とした。後は糸だった。

持ち歩いていた糸は、繕《つくろ》いに使ってしまっていた。手槍で倒した《木霊》の懐中にもなかった。

千太が戻って来た。竹筒を下げているだけだった。

「水と薬はあったけど、糸は見付からんかった」

「そうか……」

水と薬を包んだ油紙を受け取りながら、

「桑の木を」と聞いた。「知っているか」

「知ってる」

「偉いぞ」

生まれた集落では、蚕《かいこ》を飼っていたのだ、と千太が得意げに説明しようとした。

「済まぬが」と二ツは、千太の口を遮って、「二町程戻ったところに桑が沢山生えていた。細そうな奴を一本引き抜いて来てくれ。根を使うで、切らぬよう丁寧にな。それと、血止めにするので、蓬《よもぎ》の葉もな。大急ぎだぞ」

「分かった」

駆け出して行く千太を見送り、二ツは《木霊》の懐と衣類を改めて詳しく調べることにした。

襟を解《ほど》いた。金の小粒と油紙に包まれた薬を見付けた。路銀と自ら命を断つ時のための毒薬である。更に武器として何を持っているかを見た。取り立てて珍しいものはなかった。

「これでいいかな？」

千太が抜いて来たのは細目の手頃な桑だった。根も真っ直ぐに伸びていた。

「ようやった」

蓬を先に受け取った。

二ツは、蓬の葉を口に頬張り、噛みながら、風魔の左手の包帯を取った。傷口が膿《う》み始めていた。手裏剣を取り出し、膿《うみ》の入った小さな水疱《すいほう》を切り裂いた。膿がどろり、と流れた。

「水だ」

次々に膿を洗い流し、傷口がきれいになったところで、噛んでいた蓬を吐き出して塗り、新しい布で巻いた。

「次は背中だ」

二ツは桑の根に水を掛け、手拭で拭いて土気《つちけ》を取ると、粗皮《あらかわ》を剝《む》いた。白皮が露《あらわ》になった。手早く細く糸状に裂き、火に掛けている陣笠に落とした。

湯が沸いた。笠から針と桑の糸を手裏剣の先に引っ掛けて取り出し、裂けた傷口をざっくりと縫い合わせた。

一刻が経った。

気付いた風魔が、起き上がろうとして痛みのために気を失った。

「この様子ならば、助かるかもしれんぞ」

二ツは火を絶やさぬように、と千太に命じた。

「血を流したので、身体が冷えきっている筈だ」

半刻が過ぎた。風魔が再び目を覚ました。

「……追っ手は？」

風魔が腹這いになったまま、二ツに尋ねた。

「二人は倒したが、一人は逃してしまった」

「倒した……？」

「見て御覧」

千太が木立の下を指さした。《木霊》の死骸が並んで横たえられていた。

「追っ手は三人だけか、それとも他にもいるのか」

「三人だけであった……」

他に追っ手がいたら囮《おとり》に使えるか、と埋めずにおいた死骸だった。

「ならば、埋めてやらねばの」

「彼奴らを倒したのか」

「だから、そう言っているじゃないか」

千太が、短く生え揃って来た頭をがりがりと掻いた。

「実《まこと》か。実に御老人が助けてくれたのであろうか」

「そうだよ」千太が、自分の鼻を指した。「叔父貴とおいらで、やっつけたんだ」

二ツがここに至った経過《いきさつ》を話して聞かせた。

「かたじけない。何と御礼を申せばよいのか」

「堅苦しいのは抜きだ。身体を休め、早《はよ》う傷を治さねばの」

「礼を失するが、御老人があの者どもを倒すとは、とても信じられぬ。よろしければ、御名を聞かせては下さらぬか」

「隠すつもりはない。七ツ家の二ツと言う。北条幻庵様には、四十有余年の昔、御恩を受けた者ゆえ、心置きなく養生されるがよい」

「七ツ家……。聞いたことがある。甲斐武田の《かまきり》と戦《たたこ》うて勝ったという、あの七ツ家か」

二ツが頷いて見せた。

「道理で強い筈だ。左様であったか……」

風魔は安堵の息を漏らすと、

「申し遅れたが」と言った。「儂は風魔の忍びで須雲《すくも》の久六と申す」

久六は主命で某所に忍び込もうとして発覚し、追われていたのだ、と襲われた理由《わけ》を言葉少なに話し、終えると同時に、頼みがある、と言った。

「儂を小田原に連れて行っては下さらぬか」

「その傷だ。動けば死ぬぞ」

「覚悟の上でござる」

「文でよければ、儂らが届けるが」

「恥を申し上げるが、儂らはしくじったのでござる。そのこと、自らの口から幻庵様に申し上げねばならぬのだ。分かって下され」

必死の形相《ぎょうそう》だった。

「死ぬおつもりか」

「…………」

「幻庵様に伝えた後、自害しようと思っているのなら、連れては行かぬ」

「死なぬ」

「二言《にごん》はないですな」

「構えて……」

「お気の済むように致そう」

「済まぬ」

久六は、また気を失った。二ツは、屈み込んで久六の様子を窺っている千太に訊いた。

「身体の具合は、どうだ？」

「あっ、忘れてた」と千太が、額に掌を当てた。「何だか、よくなってるみたいだ」

「よしっ、治ったのだ。やることは山程ある。手伝え」

薬湯を作り、久六が目を覚ましたら、飲ませること。余ったら竹筒に入れておくこと。湯は絶えず沸かしておくこと。

藪に入り、蔓をたくさん切り出して来ること。編んで梯子《はしご》のようにするので、蔓は長いものを選ぶこと。

夜露を防ぐため、枝葉の伸びている木立の下に草庵を作ること。明朝までしか使わぬものだから、枝で支柱を作り、渋紙で覆う程度のものでいい。

「分かったな」

「任せておくれよ」

「頼もしいぞ」

二ツは、干した薬草の入った袋と山刀を、千太に渡した。

「儂は、小田原まで久六殿を運ぶ男手を雇うて来る」

二ツの掌の中で、《木霊》の襟から抜き取った金の小粒が光った。

十三　空木

闇の奥から人が近付いて来る気配がした。一人ではない。少なくとも六人はいた。久野の地に賑《にぎ》わいは無縁だった。夜ともなれば道筋の人気《ひとけ》は絶える。

(何者か……)

忍び装束を纏《まと》った空木《うつぎ》は、地上一間三尺（約二・七メートル）の松の小枝に足を掛け、眼下に目を凝らした。

闇の中から男たちが湧き出して来た。

前後に三人ずつ回った男たちが、梯子のようなものに何かを載せ、運んでいた。三人のうちの二人が梯子の支柱を握り、他の一人は護衛の役を担っているらしい。心持ち一方は前に出、もう一方は後ろに下がっている。

空木は梟の啼き真似をし、配下の者に知らせてから、柄に燐《りん》をたっぷりと塗った手裏剣を先頭を行く男の足許に投げ付けた。

青白い炎が行く手を遮り、男たちの足が止まった。

「斯様《かよう》な刻限に、いずこへ参る？」

「……風魔の衆か」

先頭の黒い影が、枯れた声を発した。

「だとしたら、何とする？」

声の方角と手裏剣の角度から、風魔の居場所の見当は付いた。

「須雲の久六なる者を存じているか」

東海道に沿った須雲の地に庵を構えていたところから、久六は《須雲》と呼ばれていた。

「久六が、いかがした？」

「頼まれて連れて来た。木から降りて来られい」

(生きておったのか！)

鬼童、兵衛、要三郎らとともに、大坂城で果てたと思われていたのだ。

(罠《わな》か)

ためらう空木に、

「深手を負うておる。早《はよ》う降りて、幻庵様の屋敷まで案内《あない》せい」

二ツの鋭い声が飛んだ。

「実《まこと》に、久六か」

木の上から黒い影が垂直に降りて来た。と同時に、五つの影が二ツらを取り囲んだ。

空木が影を割って進み出、蔓で編んだ梯子状のものに横たわっている久六の顔を覗いた。

「姫様」

久六が微かに呟《つぶや》いた。

二ツは、思わず忍び装束の女を見詰めた。

「よう生きておった。死んだと聞かされておったゆえ、錣の罠かと思うてしもうたのだ」

「聞かされて……？」

久六が、気力を振り絞って尋ねた。

「重造が、知らせてくれたのじゃ」

「逃れられたのでございますか、あの城から？」

「……それについては、後でゆるりと話す。今は手当が先じゃ。屋敷に参るぞ」

久六が頷こうとした時、一つの影が横に倒れた。

影たちの目が、一点に集まった。地に貼り付くようにして、小さな身体が小刻みに震えていた。千太だった。

千太の額に載せた濡れ手拭は、直ぐに熱くなった。

池田から小田原までは約四十二里（約百六十五キロメートル）。その道程を、二ツらは三日で走り抜いたのだった。

この当時、町屋に住む者でも健脚な者なら一日に約十里、マタギで約十五里、忍者に至っては一晩に三十里は歩いたと言われている。だから、一日に十四里は取り立てて凄いという走りではなかった。二ツとしては、深手を負った者と病み上がりの者に気を配って、穏やかに走ったつもりだった。

（やはり、毒が残っていたのか……）

大丈夫か。疲れていないか。二ツは千太に、日に何度となく聞いたのだが、答はいつも同じだった。こんなのは、走りとは言えないよ。

桶の水で手拭を絞り、額を冷やしているところに、廊下を渡って来る足音がした。足音は二つ。一つは重く、もう一つは軽かった。

（来たのか？）

干した薬草を渡し、煎《せん》じてくれるよう屋敷の者に頼んでおいたのだった。

二ツと千太は、見張るに易《やす》い、庭に突き出した数寄屋《すきや》を与えられていた。久六を運ぶために雇った池田の炭焼きどもは、二ツからの残りの半金のみならず、幻庵からも礼金を貰った上、更に「羽目を外しても構わぬように」と、長屋に通され、酒肴《しゅこう》を供されていた。

久六は、風魔の手で別棟に運ばれ、手当を受けている筈だった。

「御免」

声に次いで障子が開き、老人が入って来た。背筋は伸び、身体の動きは滑《なめ》らかだった。老人に続いて忍び装束を石竹色《せきちくいろ》の小袖に改めた空木が、片口《かたくち》と土器《かわらけ》を載せた折敷《おしき》を手にして入り、障子を閉めた。

老人は、腰を下ろすと、深々と頭を下げた。空木が倣《なら》った。

「北条幻庵と申す。此度《こたび》は配下の者が大《い》い世話になり、礼の申し上げようもござらぬ……」

幻庵は一旦言葉を切ってから、空木に薬湯を飲ませるように言った。

「勿体《もったい》のうございます。そのような御造作をお掛けする訳には……」

腰を上げ、膝を進めようとした二ツを、幻庵が止めた。

「何の、これでも女子《おなご》の端くれゆえ、御懸念なく」

「父上」

空木が、睨《にら》んで見せた。幻庵は歯をのぞかせて笑うと、

「娘でな、空木と申す」

空木と二ツが改めて会釈を交わした。

静かな部屋に、薬湯を土器に注ぐ音だけが響いた。

「毒に中《あた》ったようだが」

幻庵の声が通った。

「よかったら、話してはくれぬか」

千太を預けていた集落が、何者かに撃ち込まれた毒により皆殺しにされた、と二ツは話した。

「毒を!?　どうやって?」

「話を聞いたところ、形、大きさからして、大国火矢を使ったと思われます」

「忍びか」

「粉にして筒に詰め、破裂させたのです」

「毒を風に舞う程の粉にし、しかも効き目が落ちぬ。余程《よほど》毒に詳しい者の仕業《しわざ》だの。心当たりは?」

「皆目見当《かいもく》が付きません」

「その集落には、何ぞ狙われる理由《わけ》でもあったのかの？」

「とは思えぬのでございます」

「間違いとは考えられぬか」

「千太が夢現《ゆめうつつ》の中で賊の話し声を聞いているのですが、賊は『やはりお婆様《ばば》よ。大したものだの』と話していたらしいのです。聞き違いとも思えませんが」

「お婆様、のう」

幻庵が、腕を組んだ。何を考えているのか、目を閉じている。

「その者が命じたのであろうかの。他に生き残った者は？」

「おりません」

「可哀相《かわいそう》に……」

千太の寝汗を拭こうとした空木が、肩口の傷痕に気が付いた。

「撃たれたのでございますか」

「そのように聞いております」

二ツは千太を人買いの市で貰い受けたことや、腕のことを話した。

「そなたの」と幻庵が言った。「孫ではなかったのか」

「今では身内のように思っておりますが」

「血の繋がりよりも濃いものが通うておられるのでしょうね」

「…………」

幻庵が口を閉ざした。

空木が傷痕に掌を当て、そっと撫でている。

「ところが、不思議なことが起きたのです……」

毒を吸い込んでからのことを話した。

「腕が動いたのです、毒で倒れてから」

「…………」

幻庵の目がかっ、と開いた。

「父上、そのようなことが起こるのでしょうか」

「あり得る」と、幻庵が呟いた。「鉄砲傷のため、腕を動かす筋を別の筋が押さえ付けておったのだが、毒で一方の筋が縮こまり、腕を動かす筋が動いたとも考えられる」

「では、何の毒か調べることが出来れば、調合次第で、腕が動くようになるかもしれませんね」

「毒の効いている間はな」

「その時の毒なら、持っておりますが」

「何と！」

幻庵が身を乗り出した。

二ツは懐の奥から渋紙に包んだ毒を取り出し、幻庵の膝許《ひざもと》に置いた。

幻庵は空木に手渡すと、

「嘗《な》めてみよ」

事も無げに言った。

「お待ちを！」

叫んだ二ツを制したのは、空木だった。空木は渋紙を開くと、においを嗅いでから、湿らせた薬指の先に毒を付け、舌先に運んだ。

「…………」

「どうじゃ？」

「恐らく」と空木が言った。「曼陀羅華《まんだらげ》と烏頭《うず》でしょう。その他のものは、調べぬと確《しか》とは申せませぬ」

曼陀羅華は、茄子《なす》科朝鮮朝顔《ちょうせんあさがお》属の植物で、江戸期に外科医の華岡青洲《はなおかせいしゅう》が麻酔薬に使ったものである。一般的に、江戸期に入って中国から日本に渡ったとされているが、青洲が手術を手がける二百八十年も前、大永年間に幻庵は父早雲の命令で、京の陰陽師から曼陀羅華を譲り受けていた。権力者たちは、常に新しい毒薬を求めていたのである。

烏頭は、附子《ぶす》とも狼殺しとも言われる毒草烏兜《とりかぶと》のことで、特にその根に毒があり、嘗めると舌に痺れが走るので、他の毒と判別し易かった。

「お詳しいですな」

「儂の毒味を致しておるのでな、一通りの毒の味は知っておるのだ」

「お預かりしても、よろしいでしょうか」

「お願い致します。調べてみて下され」

「心得ました」

空木が懐紙に渋紙を挟み、胸許にしまうのを待って、幻庵が口を開いた。

「久六の背の傷だが、何で縫ったのであろうか」

「桑の根でございます」

「桑……とな」

「樹皮を剝いで得た白皮でも、根の白皮でもどちらでもよいのですが、根の方が採り易いので、糸のない時は、もっぱら根を使っております」

「知らなんだ」

「我らは山の者ゆえ、つまらぬ知恵を頼りに生きているだけのことでございます」

「信じても、よいのかな?」

幻庵が何を言おうとしているのか、二ツには分からなかった。

「そなた、武家の出であろう?」

二ツと幻庵の目が絡《から》んだ。

「立居《たちい》振舞《ふるまい》、物言い、武家に物怖《ものお》じせぬところなど、山の者とは違《ちご》うておるやに思うたのだが、どうだ?」

「……恐れ入りましてございます」

「七ツ家だと久六が申しておったが……」

「左様にございます」

「七ツ家は赤子以外入れぬと聞いておる。武家の出の者がおるとすれば……」

幻庵は、まじまじと二ツを見詰め、眉を上げた。

「よもや、龍神岳城は芦田氏の忘れ形見では?」

まさか城の名が、芦田氏の名が出ようとは、二ツは思ってもいなかった。城が崩れ、芦田の家の主立《おもだ》った者たちが果てたのは、四十七年前のことになる。

「よう御存じでございまするな」

「甲斐と信濃は、風魔とともにこの足で調べたものだ。儂も若かったしの」

幻庵が空木に、武田信玄に唆《そそのか》された叔父の裏切りで両親と姉を殺され、龍神岳城を奪われた二ツが七ツ家に助けられたことや、山で身体を鍛え、難攻不落と言われた龍神岳城を襲い、山ごと城を崩し、仇を討ったことなどを話した。

「束ねの勘兵衛殿とは、二度会《お》うたことがある。いかがお過ごしか」

一度目は、天文十一年（一五四二）、諏訪総領家の嫡子であった寅王を躑躅ケ崎館《つつじがさきやかた》から駿府に落とした時に、二度目は、弘治二年（一五五六）、越後国主の長尾景虎(後の上杉謙信）が、国主の座を捨て、出奔した時に、龍穴と呼ばれる地で会ったのだった。

「残念ながら、既に亡くなりまして二十年余りとなります」

「そうであったか」

「遅れましたが、幻庵様に御礼を申し上げねばなりません」

「そのようなことを久六が申しておったが、あれは過ぎたことだ。今更《いまさら》礼には及ばぬ」

「しかし……」

言い掛けた二ツの耳が、微かな足音を捕らえた。足音は、母屋から二ツらのいる数寄屋に向かって、半ば駆けるように近付いて来ている。何か火急の用件でもなければ、使わぬ足捌《あしさば》きだった。

二ツが、幻庵が、空木が、口を閉ざした。

「嘉助にございまする」

障子の外から声がした。声を発する位置が低い。面《おもて》を伏せたまま主か姫が出て来るのを待っているのだろう。

空木が幻庵に頷いて見せた。幻庵が応えた。

外廊下に出た空木が、幻庵を呼んだ。

「取り込みがござってな。面目ない話じゃ。直ぐ戻るゆえ、暫時《ざんじ》お待ち下され」

幻庵と空木は、そのまま一刻以上戻って来なかった。

熱が下がったのか、千太の寝息が落ち着きを取り戻した頃になって、空木が戻って来た。

空木は二ツの前に座ると、お願いの儀がございます、と言った。

二ツと見合わせた目が揺れている。

「何でございましょう？」

「七ツ家を雇いたいのです」

「手前らを？」

「請け負うて、囚《とら》われ人《びと》を救い出すそうでございますね、七ツ家は」

「左様にございますが、どこから、誰を救い出せと仰せなのでしょうか」

「聞いたら否やは言わせませぬが」

「それは困ります。一存では決められません」

「我らが棟梁・小太郎が、両の手首を斬られ、血を滴《したた》らせながら晒《さら》されているのです」

錣一族は重造を殺さず、生かして小田原に戻し、小太郎を救い出したければ、京は山科《やましな》の外れ、弥陀《みだ》ヶ原《がはら》で相見《あいまみ》えようと伝えさせたのだった。二ツが助けた久六は、重造とは別に自力で城から逃げ出し、小太郎以下の討ち死にを報じようとしていたのだ、と空木が話した。

「二ツ殿が錣一族の《木霊》二人を倒したこと、久六より聞きました。その腕に頼るしか方法がないのです。と申すのは、棟梁を助けようと残っている風魔十二名を弥陀ヶ原に送ったのですが、戻って来たのは全滅を知らせる一人だけでした……」

「また一人だけ放したのですか」

「誘うておるのです、奴どもは」

「手前らが久六殿を助けたように、逃れた者は？」

「おるやもしれませぬ。いや、おる筈なのですが、まだ戻っては……」

「無理を申すではない」

幻庵が障子を開けた。

「これは我らが戦いなのだ」

「父上……」

空木が淡い桃色をした唇を噛み締めた。

「空木様」

二ツに呼ばれ、空木が顔を上げた。

「弥陀ヶ原から戻ったという方に、ちと尋ねたいのですが、よろしいでしょうか」

「……容易《たやす》いこと」

空木が目尻を拭ってから、配下の者に命じた。

間もなく喜十《きじゅう》と呼ばれる若い風魔が現われた。

二ツは喜十に弥陀ヶ原の絵図を描かせ、分かる限りの鎹の布陣と、小太郎の晒されている場所を書き込ませた。

喜十の描いた絵図を見ながら黙りこくっていた二ツだったが、手立てはございます、と絵図の一点を指さした。竹林があり、高さ十一間（約二十メートル）程の崖《がけ》が竹林を取り囲んでいた。

その高さでは、降りることは出来ても、登るには難渋する。何をしようと言うのか。空木が尋ねようとする前に、二ツが口を開いた。

「喜十殿らが弥陀ヶ原に着き、救出に向かわれた刻限は？」

「罠があらば見付け易いように、と卯《う》ノ下刻（午前七時）に致しました」

「その時の風の向きは？」

「……向かい風でした」

「悟られぬよう、風下になるのを待たれたのですな？」

「それが間違いでした」

「間違い？」

喜十らは横に広がり、弥陀ヶ原の只中に向けてじわじわと進んだ。木立の繁る深い森を抜けると薄《すすき》の原に出た。小太郎は舌を嚙み切らぬよう竹筒を嚙まされ、腰の高さの杭《くい》に縛り付けられていた。

断ち斬られた両手首の先から、血が滴り落ちている。その血の音で自らに催眠の術を掛け、身を仮死の状態に置く。小太郎は、《仮死の法》を用いて命を繋いでいたのだった。見るに耐えぬ光景だった。喜十らは恥辱と怒りに震えた。

見張りの《木霊》は五人。少ないとは思うたが、いかに探しても、五人しか見出せなかった。

それが九分通りは罠だと疑いながら、万一に賭け、喜十らは飛び出してしまった。

行く手に白い粉が舞った。

「吸うた者は目眩《めまい》を覚え、ある者は倒れ、ある者は這い回っているところを、弓隊が現われ、次々と射られたのです」

「喜十殿は、どうして無事だったのです？」

「某《それがし》の特技は素潜りでして、息などいくらでも止められるのでございます」

二ツは空木に目で問い掛けた。空木も目で答えた。

「白い粉と申したな？」幻庵が訊いた。

「恐らくは、毒かと」喜十が答えた。

二ツと幻庵と空木が、顔を見合わせた。

「空木、お預かりしたものを」幻庵が言った。

空木は胸許から折り畳んだ渋紙を取り出すと、中の粉を喜十に見せた。

「その粉とは、これと同じものか。どうじゃ？」

喜十は凝《じ》っと粉を見詰めていたが、首を捻《ひね》った。

「何分《なにぶん》撒かれた粉しか見ておりませぬので、確《しか》とは申せませぬ」

「粉から逃れた者もおったであろう？」

「おりました」

「その者らは、いかが致した？」

「斬り込んだ者、ひたすら棟梁に向かって走った者、様々でございましたが、やはり見届けてはおりませぬ」

「すべて殺されたと思うか、逃れた者もおるやに思うか、どちらだ？」

「恐らくは、全滅したかと……」

「分かりました」

二ツは喜十に頷いてから、空木にも頷いて見せた。

「御苦労であった。下がってよいぞ」

喜十は幻庵と空木、そして二ツに手を突き、深々と頭を下げると、数寄屋を後にした。

「誰か」

足音が板廊下を遠ざかるのを待って、空木が嘉助を呼んだ。

「ここに」

障子の外から嘉助の声がした。

「決して喜十を一人に致すな」

「心得ました」

「久六は、どうじゃ？」

「……申し訳ございませぬ」

声が沈んだ。

「相分かった。喜十は死なすでないぞ」

二ツが絵図から顔を上げ、空木と幻庵を交互に見た。

「死のうと思い定めた者を、止める手立てはない。重造も久六も、我らの目を盗んで自害してしもうたのだ……」

「二ツ殿」空木が膝を進めて言った。「見ての通り、隠し事など一切ございませぬ。我らが頼み、受けては下さりませぬか」

（……あの錣一族と闘うのか）

二ツは北庄城での錣一族と陣屋での錣一族を思い浮かべた。龍爪らには、立ち向かう者を威圧する力があった。《木霊》の太刀捌きにも鋭さがあった。《木霊》を手足のように使う上忍の腕を思うと、寒気すら覚えた。だが、二ツの心は決していた。

「二ツ殿……」

膝を詰めようとした空木に、二ツが言った。

「考えていたのです。手順をどうするか」

「ならば!?」

「助け出せない時は、いかが致しましょう？」二ツが幻庵に訊いた。「引き返すのか、それともこれ以上苦しませぬよう小太郎殿を殺《あや》めるのか。御指図を賜《たまわ》りたい」

「では？」

空木の眉間《みけん》が開いた。

「白い粉が同じものであるのか否かを調べるためにも、お引き受けせねばなりますまい」

「毒ならば、お任せ下され。必ずやお役に立ちましょう」

「毒を撒かれても、手前より先に気付かれましょうか」

「間違いなく」

「それは心強い。しかし、手前らだけではとても勝てぬ対手《あいて》ゆえ、七ツ家の助力を仰がねばなりません。先ずは、束ねの許しを得ることです」

「どうすればよいのです？」

二ツ自身が隠れ里まで走るか、合図をし、七ツ家の誰かを呼び寄せるか、の二つに一つだった。

呼び寄せていたのでは、間に合わない。小太郎の余命は知れている。

とは言え、小田原から隠れ里まで走り、更に京の山科まで短時日で走るには、二ツは年を取り過ぎていた。

「火薬を少々拝借出来ましょうか」

火急の時にだけ許された方法《すべ》を採るしかなかった。しかし、難点があった。目立ち過ぎるのである。味方のみならず、敵をも呼び寄せてしまいかねなかった。

「後は運でございます」

「運？」

幻庵が、驚いたように口を開けた。

「左様にございます。近くに七ツ家がいてくれるよう祈るしかございません」

「…………」

「小太郎殿に運があれば、時を経ずして、誰かが現われましょう。それよりも、急ぎ火薬を」

「他には？」

「径一、二寸と三、四寸の青竹と丈夫な綱を頼みます」

径一、二寸の竹で飛火炬《とびひこ》を、径三、四寸の竹で大国火矢を作り、夜と言わず、昼と言わず打ち上げようと、二ツは思っていた。飛火炬は火薬を噴射させて飛ぶ大型の火矢で、大国火矢は飛火炬よりも更に大きな火矢のことだった。

「心得ました」

答えた瞬間、空木の姿は数寄屋を飛び出していた。

十四　風招

垂直に上がった大国火矢が、遥かな高みで炸裂し、二つの火の玉を吐き出した。火の玉は、暫《しばら》くの間夜空を焦がし、やがて音もなく消えた。

いかに長老の幻庵であろうとも、氏政、氏直を筆頭とする北条一族や、重臣衆の許しを得ずして、屋敷から火矢を打ち上げることは出来なかった。それが面倒だからと、近隣の山に登り、火矢を打ち上げようかとも考えたが、

——それでは徒《いたずら》に城中を騒がせることにもなりかねぬ。

と幻庵は断を下し、風魔を呼び集めるためと偽って、許しを得ることになったのだった。

しかし、許しを得られた時には既に巳《み》ノ下刻（午前十一時）になってしまっていた。

待ち受けていた二ツは、許しを得るや、立て続けに打ち上げ始めた。大国火矢を一刻毎《ごと》に、その合間に飛火炬を打ち上げ、七ツ家の誰かが気付いてくれるのを待った。

打ち上げは夜も続いた。

「気付いてくれるでしょうか」

空木が不安げに夜空を見上げた。

「これだけ派手に打ち上げておれば、何事かと敵をも呼び寄せてしまうかもしれませんな」

「………」

二ツの耳に七ツ家が来たことを知らせる指笛が聞こえたのは、夜も明けぬ寅《とら》ノ中刻（午前四時）だった。即座に二ツも指笛で応えた。

「叔父貴」

現われたのは、ヤマセだった。

「まさか風魔の巣窟《そうくつ》においでとは、驚きましたな」

「まだ運が残っておったわ」

「叔父貴の、ですか」

「儂《わし》ではない。が、その話をする前に、誰ぞに尾《つ》けられた気配は？」

「まったく」

ヤマセが首を横に振った。

「なによりだ。早《はよ》う気付いてくれたお蔭だの」

「実を申しますと、火矢が上がるのを見、二つの火の玉は叔父貴の合図だから、と指笛を吹いたのですが、何しろ風魔の根城《ねじろ》ゆえ、罠《わな》ではないかと脅《おび》えておりました」

「困った奴だの。万一にも引き返されでもしていたら、儂独りで山科に行かねばならなくなるところであったわ」

「山科、ですか」

二ツはヤマセを幻庵屋敷の数寄屋に入れ、弥陀ヶ原の絵図を間に、風魔の小太郎救出の務めを一存で請けたことを話した。

一つには幻庵への恩返し、二つには小太郎の余命が幾許《いくばく》もなく、迷っている暇がないため、三つには赤間の集落を壊滅させた毒が錣によるものか調べたいがためだ、と心のうちを明かした。

「これからも務めを続けるならば、秀吉の軍が必ず絡む。調べておくに越したことはないからな」

「そのことに重きを置き、必ずや束ねの許しを得て御覧に入れます」

「頼んだぞ」

「誰を付けましょう？」

「金剛丸は、使えるか」

「務めには、出ておりません」

「丸に宝録《ほうろく》火矢を持たせてくれ。数は多い程いい」

宝録火矢は、火薬を入れる器として、素焼きの陶器・焙烙《ほうろく》を二つ合わせて球形にしたものを使ったことから名付けられた手榴弾だった。

「四釜は？」

「使えます」ヤマセが言った。「甚伍は、どうされます？」

「対手が手強《てごわ》いからの」

「修羅場を踏ませないと、育ちませんが……」

「分かった。加えよう」

「他には？」

「主《ぬし》がいれば十分だ」

ヤマセは軽く頭を下げると、さすれば、と言った。

「何時《いつ》、どこで落ち合いましょう？」

「そうだの……」

小田原から京の山科までは百里（約三百九十キロメートル）以上ある。昼に仮眠を取り、夜を徹して街道を走っても、六十を過ぎた二ツでは日に三十里が限度だった。

「今夜の子《ね》ノ中刻（午前零時）を起点にして、三日、いや四日後、弥陀ヶ原から一里のところに小さな泉がある。山科の泉というのだそうだ。そこに午《うま》ノ中刻（昼十二時）ではどうだろうか」

「隠れ里に行き、束ねに話し、許しを得、四釜らを集め、出立《しゅったつ》する。四日では、こちらが無理でしょう」

「五日か……」

「五日ならば、何とかなりましょう」

「とにかく急いでくれ。儂は四日目から待っているから」

「叔父貴には敵《かな》いません。こうなれば、子ノ中刻までに何としても辿り着くしかありませんな」

「済まんの」

「務めにございますれば」

早速、屋敷を飛び出し、走ろうとするヤマセを止め、

「途中まで送ろう」

と二ツが言った。

「万一にも、後を尾ける者がおらぬとも限らんからな」

尾行する者のいないことを確かめ、箱根の山中でヤマセと別れ、二ツは幻庵屋敷に戻った。幻庵と空木が数寄屋で待っていた。千太の呼気に乱れはなかった。深い眠りに落ちている。二ツはヤマセと取り決めたことを話した。

「日に三十里も走るのか、困ったの……」

幻庵が、呟《つぶや》くように言った。

「空木を連れて行って貰いたかったのだがの」

「吉報を待っていただくしかございませんな」

「そこを曲げて、頼み入ります」

空木が、突いた両の掌の間に顔を埋めた。

「余程《よほど》に鍛えておらぬと、とても走れぬのです。一日ではなく、日に三十里を三日続けねばならんのですから」

「鍛えて、ございます」

空木が顔を上げた。

「遠駆けしたことはございませんが、剣の修行のため、山駆けをしたことはございます」

「空木、七ツ家の衆の邪魔になってはならぬ。諦《あきら》めい」

幻庵が、間に割って入ろうとした。

「では、勝負で決めとう存じまする。私が負けたら諦めますが、勝ったらお連れ下さい」

空木の身体が、微《かす》かに甘く匂《にお》った。つい今までは感じなかった匂いだった。

「承知しました。して、剣か木刀か、何に致しましょうか」

「このまま、ここで」

「ここで？」

間合五尺（約百五十センチメートル）のところで、互いが正座していた。

「武器は掌。対手の身体に先に触れたが勝ちというのは、いかがでしょうか」

「異存はございません」

「では……」

空木の足指が、畳の目を噛んだ。

二ツは片膝を立て、やはり足指で畳の目を捕らえている。

数瞬の時が流れた。

空木の身体がふわりと宙に跳び、手指が刃のように伸びた。

二ツは寸の間合で躱《かわ》すと、前方に一回転して間合を広げ、再び片膝立ちになった。

空木が帯紐を解きながら右にと足指をにじった。解けた帯が一間半（約二・七メートル）の間合で置かれていく。空木が小袖に手を掛けた。絹の擦れる音が響き、小袖が生き物のように舞った。と同時に、二ツと空木が小袖の中に飛び込んだ。

二人は縺《もつ》れるようにして畳に落ちると、左右に飛び退《の》いた。

「それまで」

幻庵が、叫んだ。

「二ツ殿の勝ちじゃ」

一瞬の差だった。小袖の陰から伸びた空木の手の甲を、二ツの指がすっ、と刷《は》いたのだった。

「いや、もし抜き身で戦っていれば、間違いなく手前は刺されていた筈。相打ちと見《み》做《な》しましょう」

空木の瞳が輝き、喜びが顔を奔《はし》った。

二ツが頷《うなず》いた。

「ありがとう存じます。足手纏《あしでまと》いにならぬよう、懸命に付いて参ります」

空木が両の手を突いた。

「時が惜しいゆえ、お仕度を」

「心得ました」

立とうとした空木を、二ツが呼び止めた。

「姫は香を薫《た》き込んでおられるのでしょうか」

「私も風魔。そのような真似は致しませぬが」

「しかし、甘いよい香りが致しましたが……」

「…………」

空木が幻庵に救いを求めた。

「水を浴びて参れ」

幻庵が言い放った。

空木が小袖と帯を丸めて抱え、走るように数寄屋を出た。

「よう気付かれましたな」

幻庵は千太の枕元に膝を送りながら言った。

「これまでに、あの匂いに気付いた者は、儂と小太郎の二人だけであったのだが、今また一人増えてしもうた……」

「と仰《おお》せになるところを見ると、何か訳でも？」

「ある。あれはの、空木の気が昂ぶった時に自然《じねん》と発する匂いなのでござるよ」

「…………」

「空木が剣の修行に励んだのは、忍びとしては己を極《きわ》めることは出来ぬ、と悟ったからであろう。と言うても、風魔として一通りのことは身に付けておるがの」

幻庵は、千太の額から手拭を取ると、手桶に浸した。

「二ツ殿のおらぬ間、嘉助が看ておるゆえ、案ずるには及ばぬからの」

「よしなに、お願い致します」

頷いた幻庵が、そうか、と言って膝を叩いた。

「空木に行かれたのでは、千太が吸い込んだ毒は、儂が調べるしかないか」

「幻庵様が？」

「おかしいか？」

「いいえ……」

風魔を自在に操る地位にあるとは言え、北条家始祖・早雲の息《そく》であり、一族の長老と言われる幻庵が、毒に通じているとは思えなかった。

「我が父は凄い御方《おかた》であった。四男の儂を京に送り、毒を学ばせたのだ。北条家永《なが》の安泰のためにの」

幻庵は左腕の袖を捲《まく》って見せた。年老い、脂をなくし、皺に埋もれた腕に、小さな切り傷が無数に走っていた。肌が青や紫に変わってしまっているところもあった。

「毒を我が身で調べた痕《あと》じゃ。儂も若かった。三十を過ぎたばかりだったからの」

幻庵が、何を思い出したのか、小さく笑い、続けた。

「傷を付け、毒を塗り、毒消しを飲む。また別の日、新たな傷口に毒を塗り、拭き取っては毒消しを塗る。そしてまた別の日、毒を飲む。その繰り返しだった。お蔭での、蚊に刺されなくなってしもうた。儂の血肉には毒が回っておるのじゃろう……」

話はここからだ、と幻庵が、口調を改めた。

「儂が師匠の屋敷に通っていた頃、婢《はしため》がおった。年の頃は十五、六で、やたらと気の強い娘での。七ツ家のように山から山を渡り歩く、渡り者の出であった。山育ちのせいか、薬草に詳しくての、師匠は陰陽師で本草学《ほんぞうがく》にも通じていたのだが、およそ草と虫に関する知識は、儂らは勿論、師匠ですら娘の足許にも及ばなんだ……」

「その娘は、今どこに？」

「分からぬ。儂が京を去ってから二年後、師匠を毒殺して逃げてしもうたのだ。兄弟子らが懸命に追ったのだが、山に逃げ込まれては手も足も出ぬからの」

「何ゆえ、お師匠様に毒を盛られたのでしょう？」

「兄弟子らにも理由《わけ》は解けなんだようだが、恐らく師匠は娘の評判を気にして殺しに掛かり、逆に殺されたのであろうな。そのようなところのある御方であった」

だからどうした、と言うのだろうか。二ツには話の落ち着く先が見えなかった。

「その娘が生きておったとすれば、八十を超える年になっておる筈じゃ」

「…………」

「お婆様《ばば》と呼ばれる年であろう？」

「まさか!?」

赤間の集落を襲った者どもを操っていたのが、その娘だと言うのか。二ツは、幻庵に問《と》い質《ただ》した。

「こんなことがあった。楠《くすのき》の古木の上に、数十羽の烏《からす》が巣を作ってな。百姓衆の頼みで退治しようということになった。皆が毒団子などを考えていた時、娘は何を作ったと思う。毒の粉を袋に入れ、凧《たこ》に括《くく》り付《つ》けて巣の真上に揚げ、弓で袋を射させたのじゃ。烏がぼとぼとと落ちて来た光景を、今でもはっきりと覚えておるわ」

幻庵は、話の手応えを確かめてから、口を開いた。

「毒を粉にし、飛ばす。どこの忍びでも、やる。風魔にもある。だが、効き目は薄れてしまうものだ。川に毒を流せば、薄まってしまうようにな。赤間の衆を滅し尽くしたような、薄まらずに広がる毒を作れるのは、儂の知る限り、あの娘しかおらぬ。久《く》米《め》という名の、あの娘だけしかの」

「話を伺っていて、飛《と》び加当《かとう》のことを思い出しました」

天文二十年（一五五一）、武田信玄の父・信虎の依頼を受けた飛び加当（加当段蔵）が、諏訪御料人（小夜姫）を殺しに掛かったことがあった。その時、飛び加当は、眠り薬を粉にしたものを風に乗せて撒いていた。

「段蔵が一件から四十年近い年月が過ぎたのか、早いものだな。あれから粉の碾《ひ》き方も進んだ。だが、まだ人を殺せる程の毒を撒けるのは、久米だけの筈だ」

儂はそなたに、娘の居所は分からぬと答えた。だがの、と言って幻庵は言葉を切り、また続けた。

「そなたに助けて貰うた久六が、山里曲輪で一人の老婆を見ておるのだ。何ゆえ風魔と鍛が戦《たたこ》うておるところに老婆がいたのか。石田治部《じぶ》の屋敷に潜ませていた者からの知らせで分かったのだが、老婆はどうやら龍爪の母親であるらしいのだ。その者が、倒れた小太郎を見下ろしていたそうだ」

「幻庵様のご推測通りならば、山に逃げ込んだ久米が飛騨《ひだ》に入り、鍛と通じ、やがて秀吉と知り合い、大坂へ来たということなのでしょうか……」

「証《あかし》はないが、あり得ぬ話ではなかろう？」

鍛一族の里である飛驒・鍛の森は探れるのだろうか、山の者に牙を剝《む》くのだろうか、と考えているうちに、お婆様が久米であるならば、なぜ赤間の集落を狙ったのかという疑問に行き着いた。

（確か、赤間を出、渡りになった者がおった筈……）

まずその者から聞き取りを始めてみよう、と二ツは思った。

「もし手前が弥陀ヶ原から無事に戻りましたら、七ツ家の者と調べてみましょう。久米と赤間との関わりを」

「古い話だぞ。六十年以上経っておる」

「まだ生きておる者はございましょう。恐れながら、幻庵様のように」

「そうだの」

幻庵が小さな笑い声を立てた時、空木が戻って来た。

「仕度、整いましてございます」

野良着を身に纏い、無造作に髪を後ろで束ね、竹で編んだ小振りの籠を携えていた。

「得物《えもの》や装束などは、この籠に入れましたが、よろしいでしょうか」

「拝見します」

　二ツは籠の中の物を明け、食糧や武器の数を減らした。

「手前は布に包んで背に回しておりますが、籠は怪しまれることも少なくなかなかよいかと存じます。ちなみに、手前の荷ですが……」

　二ツは、鉄の陣笠を器にして、干し飯《ほ いい》、干し肉、梅干し、干した菜、味噌、塩に椀と箸を入れ、平包みに包んでいた。平包みは後の風呂敷のことである。

「陣笠は、鍋に？」

　幻庵が尋ねた。

「足軽に化けた時に覚えました」

「そうであったか」

「被《かぶ》れば笠に、手に持てば楯《たて》になる。やはり戦《いくさ》を経て来たものは考えられております」

「得物が、少ないようだが……」

　幻庵が、苦無《くない》など忍びの道具を手に取った。

「遠駆けの時は、妨《さまた》げにならぬよう軽くするのが第一。得意とするものだけでよいのです」

「左様か」

「刀は目立ちますが、よろしいでしょうか」

刀を包んだ黒布の袋は、いかにも目を引いた。

「もそっと汚れた布がよいでしょう。走るのは主に夜ですので、肩に担《かつ》がれてはいかがでしょうか」

「では、そのように」

「用意が整い次第、出立致しましょう」

箱根の山中まで、風魔が警備を兼ねて併走した。

(遅い)

風魔の走りは、二ツを苛立《いらだ》たせた。吐く息の乱れのため、尾けている者の有無を聞き取ることも出来なければ、いたとしても撒《ま》くことすら出来ない。

「ここまで来れば、もう大丈夫でしょう」

見送りの大役を果たし、満足げな表情をしている風魔を帰した二ツが、空木に言った。

「ここからが本当の走り。手前の背だけを見詰め、後は何も見ず、何も考えず、ただひたすら付いて来て下され」

「心得ました」

空木の息に乱れはなかった。走れる。二ツは空木の足を信じた。

「七ツ家の走りの一つ《風招《かざおき》》。風を招《よ》び、風に乗って走るゆえ、風に身を任せるのですぞ」

二ツは口を窄《すぼ》めると、細い息を吐き出した。枯れた寂しげな音が、空木の耳に届いた。

遠くで、風が生まれたらしい。

微かに葉がそよぎ、草が靡《なび》いた。風が近付いて来る。

野が揺れた。木立が騒いだ。二ツの背を、空木の背を、風が押した。

二ツの足が地から離れた。空木が続いた。二人は風に乗った。

(軽い)

空木は、自身の身体の軽さに驚いた。

目の前に二ツの背があった。この背に付いて行けばよいのだ。空木は、自らの呼吸を二ツの呼吸に合わせた。

十五　遠駆け

床脇《とこわき》に置いた水石《すいせき》の盆を持ち上げようとして、幻庵は軽い目眩《めまい》に似たものを覚えた。

床柱に手を突き、身体を支えながら、ゆるりと腰を降ろした。

水石が目の高さに見えた。

六十余年前、京で手に入れた石だった。真黒《まぐろ》と呼ばれる、濡れたような趣のある石で、遠く望んだ山の形をしていた。

（変わらぬ。手に入れた時から、何も変わってはおらぬ……）

己の生が、人の生が、頼りなく、儚《はかな》いものに思えた。儂は何をして来たのだろうか。小賢《こざか》しい知恵を絞って、早雲以下五代の大守に仕え、小田原の地を守って来た。

（ただ、それだけではないか）

目を閉じた。

父・早雲がいた。二代・氏綱がいた。後に三代を継ぐ幼子の氏康がいた。そして、若き日の己がいた。誰もが屈託なく笑っていた。

一瞬幻庵は、皆の笑い声を聞いたような気がした。

（…………）

幻庵は、己に死の影が差して来ているのを悟った。

その影は風魔にも差していた。今まさに風魔は滅びようとしていた。風魔を滅ぼそうとしているのは、秀吉の忍びである錣《しころ》一族だった。

小太郎は捕らえられ、京は山科の地に身動きもままならぬ姿で晒《さら》されていた。もし救い出せたならば、風魔も、北条も、そして己自身も、現世で今少しの時を過ごせよう……。

（二ツ殿……）

一介の山の者に過ぎぬ七ツ家に賭けようとしている己に、幻庵は空《むな》しいものを感じ取りはしたが、敢《あ》えて気付かぬ振りをした。

二人が見送りの風魔と別れて二刻（四時間）余りが経っていた。夜が明け、街道に人々の姿が現われるまでに、まだ一刻はある。

（どの辺りを走っておるのであろう……）

幻庵は、水石が見せる遠山の姿の中に空木の姿を探した。

二ツと空木は、箱根を下り、三島、沼津、原を経て、吉原《よしわら》の手前にいた。二刻で十二里二十八町（約五十キロメートル）の道程を駆け抜けたことになる。吉原を過ぎると蒲原《かんばら》までに、渡し舟の要る川が二つあった。潤井川《うるいがわ》と富士川《ふじがわ》である。渡しは卯《う》ノ中刻（午前六時）に始まる。その刻限までには、まだ余裕があった。渡しに乗らず、盥《たらい》や小舟を漕ぐことも、泳ぐことも出来たが、昨夜から走り続けて来たところである。二ツは休みを取ることにした。

「お疲れになったでしょう？」

「……まだまだ走れます」

「それは凄い」

「十二里走ったという気がしませぬ」

「かもしれませんが、疲れは澱《おり》のように溜まります。無理せず、十分休んだ方がいいでしょう」

空木にとっては、日に、それも僅《わず》か二刻の間に十二里も走ったのは、初めてのことだった。二ツの言に従おうと決めた。

「腹はどうです？　食べられますか」

「気付かずに申し訳ございません。何か作りましょうか」

「手前が作ります。食べられるか、聞いているのです」

「食べられます」

「分かりました。男だ、女子《おなご》だという考えは捨てなさい。手前は走りに慣れており、空木様は不慣れである。だから、慣れている者が作るのだ、と考えなさい」

「お願いがございます」

「何です？」

「様はお止《や》め下さい」

「呼び捨てにせよ、と言われるのですか」

「私は、棟梁を助けに向かう風魔に過ぎませぬ」

「承知しました。なるべく、そのように致しましょう」

二ツは、辺りにある握り拳程の石を拾い集めながら、渡しが出る刻限まで朝餉《あさげ》を摂《と》るなどして休み、富士川を越した先で、夕刻まで眠るのだ、と話した。

「では、石を焼くことから始めましょうか」

「石を？」

「焼いたことは、ないのですか」

二ツは火を熾《お》こすと、石を幾つも火の上に置いた。炎が石を包んだ。

二ツは石が焼ける間に鉈《なた》を使って穴を掘り、渋紙を穴に被せた。次いで、掌で渋紙を押さえて凹《へこ》ませると水を入れ、そこに焼けた石を数個落とした。石が泡を吹き、水がたちまち湯になった。二ツは二、三個の石を残して、他の石を取り出すと、

「足を浸して御覧なさい」

と空木に言った。

「疲れが取れます」

空木は遠慮せずに、好意を受けることにした。草鞋《わらじ》を脱ぎ、足袋《たび》を取り、そろりと足を湯に入れた。気持ちがよかった。足の指の先から、力が抜けて行くような気がした。

「ぬるくなったら、また石を足せばいい」

二ツは、焚き火の炎を頼りに布を解き、食糧を取り出した。

陣笠に水を差し、炎に掛け、沸騰したところで、干し飯《ほいい》を落とし、更に干した木の実と味噌を加えた。

空木の椀と箸を籠から出し、盛り付け、梅干しを載せた。

「出来ましたぞ」

熱い粥《かゆ》から湯気が立ち上っている。

「美味《おい》しい」

「そうでしょう」

「木の実が、何とも言えず、よい風味でございますね」

「胡桃《くるみ》に松の実、干した山葡萄《やまぶどう》。栗鼠《りす》の好物は皆入っています」

「栗鼠は贅沢ものなのですね」

「そのようですな」

二人は陣笠を空にして、朝餉を終えた。

潤井川と富士川を越え、街道を歩きながら仮眠の取れそうな場所を探した。蒲原の手前の中の郷に、街道からは入りにくそうな藪《やぶ》があった。土手を登り、藪を掻き分けなければならない。

空木を待たせ、二ツは一人で藪に分け入った。藪は直ぐに尽き、木の葉の散り敷いた格好の寝場所が広がっていた。

空木を呼んだ。街道の人影を見定め、空木が身軽に土手を越えた。

樹間に綱を張り、渋紙を掛け、四方の裾を地に打ち付けた杭に結ぶと、仮の宿りが出来上がった。

二人は並んで横になった。直ぐに眠気が二ツを襲った。瞬間身体が宙に浮き、浮いた途端、深い眠りに沈み込んで行った。

目を覚ました時、辺りはまだ、昼の光が溢《あふ》れていた。

いかに熟睡していても、物音がすれば目覚めるように、我が身を仕付けてあった。身動きもせずに、身体が何に応じたのかを探ったが、確たる答は得られなかった。小さな獣の脚音を聞き付けたのか、木の枝の落ちる音を耳が拾ったのかもしれない。

空木は、よく眠っていた。

空木程の剣客ですら、気付かずに寝ているのである。敵の発した音ではない、と二ツは断を下した。

まだ起きる刻限までには間があった。

もう一眠りするか。思い迷っていた時に、藪蚊の羽音が耳に飛び込んで来た。手を振って払い、空木を見た。空木の頬に藪蚊が止まった。掌で追い払おうとした。しかし、その必要はなかった。藪蚊が扇《あお》ぐものがなかった。

がぽろっ、と頬から落ちた。

（………）

二ツは姿勢を戻し、再び目を閉じた。

二ツは、藍《あい》の葉を揉《も》み、汁を蚊に刺されたところに塗った。藍には熱冷ましと毒消しの効用がある。葉を余分に採り、寝床に戻った。枕許に置いた布の中に、薬草を入れておく小袋を仕舞《しま》っていた。小袋に藍を入れている音を聞き付けたのか、空木が目を開けた。

「起こしてしまいましたか」

「いいえ、目覚めておりました」

「眠れました？」

「はい」

空木が襟許《えりもと》に手をやり、乱れを直した。

「藍だが、虫刺されに効く。使いますか」

二ツは藍を仕舞った小袋を差し出した。

「ご覧になった筈です……」

「……気付いていたのですか」

「はい」

「いつから毒を？」

「物心が付いた頃には、既に」

「そうですか……」

「私を食べると死にますよ」

「食べません」

「そうなさいませ」

空木は寂しげな笑みを小さく浮かべていたが、それを振り払おうとしたのだろう、

「今は」

と言って、日差しに目を向けた。

「何刻になりましょうか」

未《ひつじ》ノ下刻（午後三時）を回っていた。空木は、二刻半（五時間）も寝ていたことになる。

「そんなに！」

空木が作ったような明るい声を上げた。

「疲れているのです。ゆるりと仕度をするといい」

二ツは立ち上がると、熾火《おきび》の中に埋めておいた竹筒を取り出した。

「明朝までに走るのは十四里。しかし、今宵《こよい》の十四里は川と峠越えがあるので、ちと

難儀ですぞ」

　頷いた空木が、竹筒を見ている。気付いた二ツが、これか、と目で訊いた。

「空木様が……、いや、そなたが寝ている間に飯を炊いたのです。干した青菜が入っておりましてな、なかなか美味《うま》いものですぞ。夕餉と夜食の分も作ったので、遅い昼餉を食べたら出立と致しましょう」

　二ツが鉈で竹筒を割った。ほっこりと炊けた飯から湯気が上がった。青菜を散らした暖かい菜飯《なめし》であった。


　空木が足を止めたのは、薩埵峠《さったとうげ》を越え、奥津川《おきつがわ》を歩いて渡った直後だった。

「二ツ殿！」

　走り出そうとした二ツを呼び止め、辺りを執拗に探っている。

　二ツも、殺気を感じ取っていた。にも拘《かか》わらず走り出そうとしたのは、その殺気が殺意を抱《いだ》いた人の発する殺気とは異なるものだったからだった。

　二ツには覚えのある殺気だった。

　夜の山野を駆けている時に、何度となく出会っていた。

「鹿か山犬です。案ずることはありません」

「しかし、この殺気は……」

「見ているのです、手前どもを。凝《じ》っと」

「それくらいのことで、このような……」

「そなたの心が、嗅ぎ取った気配を膨らませて、己を縛っているのです」

「…………」

「恥じることはありません。初めて本腰を入れて夜駆けをすると、気を研ぎ澄ましている者であればある程、必ずこの殺気に立《た》ち竦《すく》むものです。手前もそうでした」

「二ツ殿も？」

「そうです」

「どうすればいいのです？」

「探すのです。己を見詰めている獣を見付け出せば、殺気は解けます」

空木が闇に沈んだ木立を、藪を、見詰めた。

「分かりませぬ」

「諦めてはなりません。殺気から逃れるには、探し出すしかないのです」

空木が懸命に闇を探った。

二ツも空木に倣《なら》った。

木立の作る闇が、濃さを増している。

「仕方ないですな」

二ツは竹筒から黒色火薬を取り出すと、紙に包み、短い火縄に火を点けて、夜空に投げ上げた。炎が立ち、瞬間光が四方に散った。

闇の底のあちこちに、丸く小さく光る、緑色の点が見えた。

「光ったのは、目です。随分おりましたな」

「…………」

「殺気は？」

空木が慌てて気配を探った。

「何も感じなくなりました。嘘のようです」

「では、走れますな？」

「はい」

「暫くは何も考えず、手前の背だけ見ていなさい」

「そう致します……」

庵原川《いはらがわ》を渡り、巴川《ともえがわ》を越え、安倍川《あべかわ》のほとりまで、休まずに走り抜けた。

安倍川は満々と水を湛《たた》え、悠然と流れていた。

河原に降りた二ツが、月明かりを頼りに遠くを眺めている。

「何か？」

空木が尋ねた。

筏《いかだ》があるのです、と二ツが答えた。久六殿を乗せて運んだ筏が。

「もう少し上流の方であった。走りますぞ」

一町程走った河原に、丸太を蔓《つる》で縛った粗末な筏が置き去りにされていた。増水に遭っても川に流されず、子供らに見付けられても勝手に川へ運ばれないように、と大人四人で水際《みずぎわ》から遠く離して置いたのだった。

筏は二人で運ぶのには、重過ぎた。蔓を解いて丸太にし、水際に運んでから、結び直した。

安倍川を渡り、鞠子《まりこ》を抜けると黒い木立が鬱蒼《うっそう》と迫って来た。

宇津谷《うつのや》峠である。

上下一里。道は狭く、東海道の難所の一つに数えられている。

峠に至る街道の脇には、茅葺《かやぶ》きの百姓家が数十戸、軒を連ねていた。

二ツと空木は、走るのを止め、足音を殺して歩いた。

呼吸を整える意味もあった。

百姓家を抜け、峠道に入った。月の光も木立に遮られ、届かない。目が暗闇に慣れるのを、足の運びを緩《ゆる》めて待った。

木立の発する気が、身体を包んだ。視界が利き始めた。

前方を見据えた時、気配を感じた。何か分からなかったが、切迫した気配だった。

(来る！)

「伏せろ」

身体を投げ出した。空木が続いた。と同時に、闇の中から黒く細いものが頭上を掠《かす》めて飛んで行った。二ツと空木は脇の窪《くぼ》みに身を翻《ひるがえ》した。

「矢でございました」

空木が籠を降ろしながら、二ツの背に言った。

「見たのですか」

「この目で、確《しか》と」

矢羽根が風を切る音は、まったくしなかった。しかも矢は、闇に溶けるように黒く塗られていたらしい。

「大したものですな」

空木が、驕《おご》る素振りも見せずに尋ねた。

「錣一族でしょうか」

「と、見るべきでしょうな。矢が飛び来るまで、何の気配もしませんでした。夜盗の類《たぐい》とは思えませぬ」

「これでは身動きが取れませぬ。いかが致しましょうか」

「簡単なことです」

矢の来た方に向かって走り、二の矢を躱《かわ》し、斬り込む。

「三の矢を番《つが》えるまでが勝負となるでしょう」

「それは、余りに無謀と申すもの。これ以上近付いては、矢を躱すこと、適《かな》いませぬ」

「…………」

「案ずるには及びません。手前に弓矢は利きません」

二ツは、窪みから峠道に躍り出ると、矢の来た方へと走り出した。

生い茂った木立の中から、黒い矢が二ツ目掛けて飛んで来た。上半身を捻《ひね》るようにして躱し、木立の中に飛び込んだ。

反りのない直刀が、唸《うな》りを上げて、二ツの胴を斬り払った。二ツは大きく横に跳んで躱すと、手槍を突き立てた。男が手槍を蹴るようにして二ツの頭を飛び越え、身構えた。男の太刀《たち》捌《さば》き、身体の動きには覚えがあった。錣一族のものだった。

「この者は、お任せを」

空木の声だった。いつの間に追い付いたのか。

「頼む」

二ツは弓を持っている《木霊》を探した。木立の陰に、弦《つる》を引き絞っている《木霊》がいた。鏃《やじり》が、空木に狙いを定めている。二ツの右手が躊躇《ためら》うことなく長鉈の柄に掛かった。長鉈は唸りを生じて飛ぶと、弓と弦を切り、序《つい》でに《木霊》の首を刎《は》ね飛《と》ばして、木の幹に刺さった。

他の気配を探った。空木と《木霊》が切り結んでいる以外に、人の気配はなかった。

空木と《木霊》の力量の差は歴然としていた。

(何を手古摺《てこず》っているのだ……)

勝負が遅かった。一対一の果たし合いではなく、まとまって戦う時は、倒せる時に素早く倒すのが鉄則だった。時が掛かれば、何が起こるか分からない。

空木の太刀が、《木霊》の手首を捕らえた。血の筋を引きながら、《木霊》の手首が飛んだ。

（それを狙っていたのか……）

太刀を返し、峰で《木霊》を打とうとした空木に、

「殺せ」

二ツが叫んだ。

「対手《あいて》は忍びだ。何を問うても、答えん」

空木の剣が閃《ひらめ》いた。《木霊》の首筋が斬り裂かれ、膝から地に崩れ落ちた。

「先を急がねばなりませんぞ」

二ツは、《木霊》の死骸が人目に付かぬよう落ち葉を掛けると、長鉈を幹から引き抜いた。

「この者どもは、風魔の動きを知るための捨て石です。報せが途絶えれば、襲われたと見做《みな》すでしょう」

二ツは、空木を促して峠道に出ると、改めて言った。

「走りますぞ」

大井川にも、安倍川の時と同じように、久六を乗せた筏が置いてあった。渡ってからも暫く走り、距離を稼いだところで仮眠をとった。

天龍川にも、草庵の支柱になってはいたが筏は残っていた。こちらは久六ではなく、千太を赤間の集落から運んだ筏だった。

二ツと空木は夜を待って走り、昼は仮眠と徒歩《かち》に当て、四日目の明け六つ前に、弥陀ヶ原から一里にある山科の泉に着いた。

山科の泉は、質のよい水が湧くことで知られる小さな泉だった。

小田原を発ってからは、走りの妨げになることを恐れ、咽喉の渇きを癒す程度にしか水は飲めなかった。二人は貪《むさぼ》るように飲んだ。二人の咽喉を冷たい水が駆け降りて行った。

「明日は死闘になろう。今のうちに身体を休めなさい」

ヤマセらが着いたのは、それから三刻（六時間）後であった。

二ツは、ヤマセと金剛丸に休む間も与えずに言った。

「竹林に仕掛けをする。付いて来い」

十六　弥陀ヶ原

遠く、遥か彼方《かなた》に、ぽつんと白い光が見えた。

光は急速に膨らみ、激流となって襲い掛かって来た。視界が開けた。

森の中だった。薄《すすき》の原が広がっている。

足が見えた。

己の足だった。大地を駆け、跳ね、思いのままに蹴っていた足が、萎《な》え衰え、投げ出されている。

首をゆっくりと左右に振った。

十字の形に組まれた杭に、両の腕と肩を縛り付けられていた。

風魔小太郎は、ぼんやりと辺りを見回した。

木立の陰に、数人の《木霊》がいた。

あれから何日経ったのか、と日数を数える。眠りと目覚めは交互に繁く訪れ、その間に幾つもの夢とも現《うつつ》とも付かぬ幻が現われ、己がどこにいるのかさえ、不確かになっていた。

——《仮死の法》か。それで保《も》つかな？

　両の手首の斬り口から滴《したた》り落ちる血の音で、自らに催眠の術をかけたのだが、錣一族の棟梁・龍爪に見破られ、日に一度、無理矢理薬湯を飲まされていた。

　味からして、白蘞《びゃくれん》の根を煎じたものが混ざっていることは分かった。毒消しと痛み止めの薬効があり、風魔でも時に用いることがあった。しかし、幻覚を見させ、痛みを著《いちじる》しく麻痺《まひ》させているものが何なのかを言い当てる自信はなかった。

《木霊》の一人が曼陀羅華《まんだらげ》という草の名を口にしたことがあったが、曼陀羅華ならば、まだ棟梁になる前に、微量だが口にしたことがあった。よく効き、幻覚を見たような気もするが、痛みに対してはどうであったか、覚えていない。もっとよう嘗《な》めておくのだった、と小太郎は己を責めた。

　徐々に視界が暗くなり始めた。闇は、群雲《むらくも》のように広がり、光を封じ込めている。

　小太郎は、自害せぬようにと銜《くわ》えさせられている竹筒を噛んだ。竹肌に歯が喰い込んだ。頭を振った。だが、闇は勢いを増していた。泥のような濁りの底に沈む前に、小太郎は《木霊》の声を聞いた。

「来たぞ」

木立に囲まれた薄の原が、遠く、木の間《こま》越しに見えた。

二ツは総勢六名をヤマセと甚伍、四釜と金剛丸、そして自身と空木の三つに分け、自身と空木が正面から、ヤマセらは竹林を背後に東から、四釜らは西から攻めるよう命じた。

刻限は、申《さる》ノ中刻（午後四時）を回っていた。万一にも、小太郎の救出、あるいは殺害をしくじった時には、夜陰に紛れて逃げられる刻限にしたのだ。

風は朝から、北から南へと吹いていた。弥陀ヶ原へ向かう街道を行くと向かい風になる。二ツと空木は、敢えて向かい風の道を選んだ。空木がいれば、微かな毒気をも感じ取れるからだった。また、毒を撒けば倒せる、と錣一族を油断させるためでもあった。

「気付かれたようですね？」

弥陀ヶ原の中心、薄の原には完璧な布陣が敷かれていた。隠れて忍び寄ることは出来そうになかった。

「走りますぞ」

空木の脳裡《あたま》に、宇津谷峠での二ツの走りがよぎった。

「まさか、正面からでしょうか」

空木には無謀な走りに思えた。身を隠す木立ならば、四囲に溢れている。どうして、それを使わないのか。

「敵から丸見えではありませぬか」

「だからです。正面から堂々として行けば、まず弓を使う。それが狙いです。懐に飛び込めば、毒は使えません」

「……分かりました」

「黒い矢を見定めたそなただ。矢は躱《かわ》せますな？」

「風魔への物言いとも思えませぬ」

二ツと空木が、黒い塊となった。二ツの口許で、鋭い指笛が鳴った。

「合図だ」

耳を欹《そばだ》てていた四釜が叫んだ。

「待ち兼ねたわ」

金剛丸が布を摑んだ右手をぐるりと回した。

輪にした布の両端を握り、抛《ほう》り投げる物を布の真ん中に入れる。布を大きく振り、握った一方の布の端を放しながら、中の物を投げる。七ツ家が、武田の《かまきり》から学び取った《持《も》っ籠《こ》》と呼ばれる投石法だった。

鉄砲の弾の届く距離が十六、七間（約三十メートル）程度であった当時、習練を積んだ者は百十間（約二百メートル）先の的を当てたと記録にある。

金剛丸は、布に宝録火矢を入れると、口火に火を点け、思い切り振り回した。

――どこでもよい。構わず投げろ。

別れ際に、二ツに言われた言葉だった。

天空から降って来る宝録火矢を難無く躱せる二ツであった。それが分かっているからこそ、いつものように気楽に引き受けたのだが、今回は技量を知らぬ空木が一緒だった。

だが、空木を案じる心を、金剛丸は閉ざした。

（生きたければ、避《よ》けてくれ）

宝録火矢が金剛丸の手から離れた。糸のような煙を残し、虚空を切り裂いた後、弥陀ヶ原の突端《とっぱな》辺りに落ちた。

金剛丸が四釜を見た。四釜は耳を澄ましている。

黒煙が立ちのぼり、追うようにして指笛が聞こえた。

短く、短く、短く、三度鋭く鳴った。距離も方角も間違いない、という合図だった。

「続けろ」

《持っ籠》の布が、立て続けに翻《ひるがえ》った。虚空に、まだ宝録の黒点が見えている間に、次の黒点が生まれた。

「待て」

四釜は黒煙の様子を見ると、もう三発投げたら、と言った。

「少し間を空《あ》けよう」

「……分かった」

金剛丸の腕が回った。


「俺たちも遅れまいぞ」

ヤマセが甚伍に言った。

二人とも、細竹に短く太い青竹を括《くく》り付けたものを両腕に抱えていた。

大国火矢である。

天空に打ち上げる火矢を、水平に放つ。遮る物があれば当たり、爆発し、火の点いた火薬が四散する。辺りが火の海になる。上手《うま》くすると、それで風の流れが変わる。

二ツと空木の走り行く先に藪があり、低木が濃く茂っていた。

大国火矢が、白煙を噴き出しながら二ツらを追い抜き、藪に吸い込まれた。激しい爆発音が起こり、火薬が散り、藪は炎と化した。

炎の外側を伝い、二ツと空木が木立の中に飛び込んだ。

二人の後ろ姿を認めたヤマセと甚伍が続いた。

同じ頃、宝録火矢を手にした金剛丸が苛立っていた。

「まだ投げてはいかんのか」

「まだだ」

「なぜだ？」

「そんな気がするのだ」

「遅れてしまうわ」

助けた小太郎を背負って走るのは、金剛丸の役目だった。

「俺は勘だけで生きて来た男だ。信じろ」

四釜が金剛丸に笑って見せた。

「慌てるな、十分引き付けるのだ」

四人衆の一人・白牙が《木霊》に命じた。

この四日間は、白牙と玄達が弥陀ヶ原の《木霊》を束《たば》ねていた。五日前までは白牙と朱鬼が束ね、その前は朱鬼と青目であった。一人が残り、一人が交代して大坂城の警備へと戻っていた。

煙幕の向こうに二つの影が浮かんだ。

白牙の腕が縦に動いた。放たれた矢が、煙の中に吸い込まれて行った。手応えがない。《木霊》の一人が、首を捻《ひね》って白牙を見上げた。その瞬間、煙の中から黒いものが飛び出して来た。《木霊》が気配に気付いた時には、遅かった。己の首を押し潰すような勢いで何かが通り過ぎて行った。

（何だ!?）

声に出したつもりだったが、声になっていなかった。視界が揺れた。激しく転げ落ちたところから、片膝立ちをしている己の姿が見えた。首がなかった。

（死ぬのか……）

思い定めた目に、白牙の指が映った。藪に向けられていた。己の首を刎《は》ねた長鉈が木の幹に刺さって止まっており、柄《え》から細い紐が伸びているのも見えた。

（あれは鉈ではないか!?　すると、七ツ家か。風魔は七ツ家に助《すけ》を頼んだのか）

白牙が手を振り下ろした。弓が射られたのだろう。

（やった）

懸命に叫ぼうとしたが、《木霊》にそれだけの力は残っていなかった。目を閉ざす瞬間に、樹上から飛び降りて来た者の足が見えた。華奢《きやしや》な足だった。草鞋《わらじ》の拵《こしら》え、足袋《たび》の色、ともに錣のものではなかった。


「此奴《こやつ》らは、私が」

空木は抜刀すると、三人の《木霊》に向き合った。

「《鼎縛《かなえしば》り》です。油断召《め》さるな」二ツが言った。

「心得ました」

「驚いたわ。風魔は人が足らず、七ツ家のみならず、女子《おなご》まで駆り出しおったか」

《木霊》を一人従えていた男が言った。

「恐いのか」

「何をたわけたことを」

二ツは、言葉を交わしながら間合を空けようとする対手《あいて》の心中を探りながら、長鉈の柄に結び付けた紐をくい、と引いた。幹に刺さっていた長鉈が生き物のように跳ね、二ツの掌に飛び込んだ。

「風魔は七ツ家を雇いおった、と玄達に知らせて来い」

白牙が《木霊》に命じた。《木霊》が即座に駆け出した。

「儂は鏺四人衆の一人・白牙、七ツ家の腕がどれ程のものか、試してくれるわ」

白牙の開いた掌から白いものが、有るか無しかの風に乗って二ツの方に流れた。白いものは宙に浮き、漂いながら発火し、二ツに迫った。

（《蛍火》ではないか）

革袋に用意した綿を毟《むし》り取り、素早く縒《よ》りを掛け、吹き飛ばす。綿には燐《りん》が塗られており、漂う途中で発火する。七ツ家では、発火する綿に見入る瞬間をとらえ、催眠の術に使っていた。

（同じか、それとも……）

二ツは蛍火から身を躱そうとした。身体を捻り、木立の陰に入ろうとした。その身体の動きが起こした僅かな風の流れに乗って、蛍火が向きを変えた。身体に纏《まと》わり付こうとしている。と同時に、得体の知れぬものが急激に差し迫って来ているのを、二ツは感じ取った。木立の陰に回り込んだ。その途端、蛍火が弾《はじ》けて飛んだ。白く光る銀の針に刺し貫かれたのだった。

「よう躱した」

白牙の掌が再び開き、白いものが漂い出した。

「此度《こたび》も、躱せるかな？」


「まだか」

金剛丸が、責付《せっつ》いた。

「もういいぞ」

「本当に、いいのか」

「ならば、もう少し待つか」

「待たねえ」

宝録火矢の口火に火を点けようとしている金剛丸に、四釜が言った。

「最後の三発だ。これまでと違うところに落とすぞ」

「どこだ？」

「吉と出るか、凶と出るか、分からんが試してみよう。一発目は、北だ」

四釜が手槍で一際《ひときわ》高い木立を指した。

「あの辺りでは、どうだ？」

蛍火が舞った。

近付いて来る。また纏わり付いて来るのだろう。

(どのように躱すか)

隣の木立を見た。小虫のように、細い銀線が時折流れて行く。銀線は木立に当たると刺さり、針としての姿を現わした。

右にも左にも、逃げようがなかった。

逃げられぬのなら、刺されるしかない。刺されたとしても、鉈を喰らわせることが出来れば、一撃の力の差は比すべくもない。飛び出すか。そう決め掛けた時、逃げ道が上にもあったことに気付いた。だが、そこにも罠が張られているかもしれない。

(んっ……)

何かが、落ちて来る。まだ何も見えず、気配すら感じられない空の高みから、何かが落ちて来ている。

後頭部を木肌に擦り付けるようにして喬木《きょうぼく》の遥か上空を見詰めた。黒い点が見えた。宝録か。

(やりおったの、四釜だな)

爆発の瞬間が勝負の時だった。宝録火矢が落ちて来ることを知っているか否かの差が、生死を分けることになる。二ツは長鉈の柄を握り締めた。

四釜が弥陀ヶ原から生還したならば、どうだ、と己の裁量の程を誇るところだが、その時四釜は死の淵にいた。

前を行く金剛丸に追い付こうと無理な跳躍をしたために、するすると伸びて来た縄を躱し損ねてしまったのだ。縄は、見る間に四釜の足首に絡み付いた。

「何奴《なにやつ》？」

四釜が四囲を見回した時には、縄の先に仕掛けられた針の毒が身体を痺《しび》れさせていた。

縄は足首から離れると、くねくねと蛇のように地を這い、鎌首を下げ、草の中に消えた。と次の瞬間、縄が消えたのと反対の方向から、棒のようになった縄が突き出され、四釜の背を捕らえた。四釜の口から血の塊が飛び出した。

「綴四人衆の一人・青目。どうやら、よいところに来合わせたようだな」

青目の腕が上がった。

最後の力を振り絞り、四釜が手槍を構えた。

「それで何が出来る？」

青目の腕が、四釜に向けて振り下ろされた。縄が獲物を見付けた蛇のように四釜の手槍に飛び付いた。縄の端には分銅が括り付けられている。分銅は手槍を二つに折ると、とぐろを巻くようにして四釜に絡み付いた。

「死ね」

青目の放った棒手裏剣が、四釜の喉を刺し貫いた。

四釜の口から夥《おびただ》しい血潮が噴き出した。

青目は四釜が果てるのを見届けると、弥陀ヶ原に駆け込んだ。青目の後から十名余の《木霊》が続いた。


鎹四人衆の一人・玄達は焦《あせ》りを覚えていた。

白牙の《白銀《しろがね》崩し》が敗れたのである。対手にも針を数本撃ち込んではいたが、己は長鉈を頭部に受け、最期を遂げてしまっていた。《木霊》の三人も斬り捨てられている。

駆け付けた玄達は、白牙の骸《むくろ》を前にした敵が、捕えてある小太郎の方を指さしているのを、己が目で見ていた。《木霊》とともに息つく暇も与えぬ攻撃で薄の原に踏み込んだ敵を原から追い立てたが、小太郎の居場所を見られてしまっていた。見られた以上、宝録火矢で狙われることも考えねばならなくなった。

(だから、針に毒を塗れと言うたであろうが……)

技で追い詰め、倒すことに無上の喜びを見出《みいだ》していた白牙は、毒を用いていなかった。

(このままでは、保たぬかもしれぬ)

《木霊》の《鼎縛り》も敗れている。対手は小人数ながら腕は確かであった。いつかは崩されるだろう。

(毒を使うか)

玄達は空を見上げた。

襲って来た敵どもを、風魔と七ツ家を、一挙に片付けようと思ったのだ。そう決意させる風向きであった。

玄達は《木霊》の一人を呼び寄せた。

「火矢の用意をせい」

「では？」

「そうだ」

頷くと玄達は、首から下げている竹笛を吹いた。

鋭い音が、弥陀ヶ原の中を駆け抜けた。それまで、必死になって斬り結んでいた《木霊》が、藪の中に消え始めた。

(毒か……)

二ツは弥陀ヶ原から外へと走りながら、続け、と叫び、退却の指笛を吹いた。

毒への応じ方は考えてあった。しかし、そのための備えがしてある地点《ところ》までは戻らねばならない。

「走れ」

空木に声を掛けた。声を掛けながら振り向いた。火矢が喬木の頂き近くの幹に飛んだ。木箱が結び付けられていた。火矢は、木箱に刺さり、白煙を上げている。

しかし、二ツの目は違うところを見詰めていた。

(何と！)

二ツは思わず走るのを止め、立ち止まった。弥陀ヶ原を抜け、薄の原に繋がる道筋が見えたのである。

「叔父貴、走らねば」

金剛丸が、重い足音を響かせて、走り抜けようとした。

「丸」

足を止めた。

「何か」

「空木様」

「はい」

立ち止まり、戻って来た。

「見えますか」

木立の隙間の薄を指した。

「あの奥に、小太郎殿がおられた」

「それは、実《まこと》ですか」

「竹を噛まされていたが、生死の程は定かではない。もし連れ出せないようならば、あの毒を使い、お命を縮めたいのですが」

「私も、お連れ下さい」

「無理です。儂にお任せを」

「何とか……」

「そなたを死なす訳にはいかんのです。ご承知下さい」

「……分かりました」

「丸、出番だ」

腰の長鉈を指さした。

「薄の奥までは、百間以上ありますが……」

金剛丸が、口を開けたまま、薄の原を見詰めている。

「目印があれば、どうにかなるかもしれませぬが、木立の向こう側ですからな」

「そうではない。火矢が刺さっている木箱を落としてくれればよい」

木箱を落とし、毒を辺りに撒く。風向きを逆に変えれば、薄の原は毒に埋まる。

「空木様、よろしいですな」

「はい」

噛み締めた唇の間から、言葉を零《こぼ》した。

「丸、確《しか》と狙え。落としたならば、儂に策がある」

「策？」

空木が、二ツに訊いた。

「この目で、小太郎殿の生死を見定めてくれましょう」

「なぜ、爆発しないのだ？」

玄達は、火矢の上げる白煙を見ながら、《木霊》にもう一本射るように命じた。木箱に取り付けた火薬が湿ってしまっていたのだ。

新たな火矢が、斜めに飛んだ。

火矢が刺さる寸前、飛来した黒いものが、木箱を幹から弾《はじ》き飛ばした。木箱が、中の壺が砕け散り、白い粉が花粉のように舞い上がった。

玄達と《木霊》は、毒の舞う風の道を回り込むようにして走った。突然、彼らの目の前の森が火を噴いた。辺り一面に火薬が撒かれていたのだ。

顔に風が当たった。

（………？）

足許の草が、走り来た薄の原の方に靡《なび》いている。玄達が、音立てて舌打ちをした。

「風の向きが変わった……」

《木霊》らに小太郎を見張らせていた。もし、毒が薄の原を覆えば、一溜《ひとたま》りもない。

（おのれ、七ツ家！）

「玄達、熱くなるな。儂だ」

青目だった。

「七ツ家は、あの竹林に逃げ込んだわ」

「実《まこと》か」

玄達の声が微かに弾《はず》んだ。

「あの奥は、高さ十一間（約二十メートル）の崖。日が落ちるまで、まだ間があるしの、袋の鼠よ」

青目の声にも余裕が生まれていた。

「どうやって殺してくれようかの」

玄達は舌舐《なめず》りをしてから、思い出したように青目に言った。

「いつ着いたのだ？」

その頃、弥陀ヶ原の土中から地表に這い出した男がいた。二ツだった。二ツは、湿らせた布で口と鼻を覆い、薄の原へと向かって行った。

十七　待月庵

抜けるような青空が、頭上に広がっていた。

錣《しころ》四人衆の一人・朱鬼は、首筋をぐるりと回すと、大坂城本丸東南隅櫓《すみやぐら》の屋根から多聞櫓に飛び降り、更に東門に通じる堤へと降り立った。

白牙の死を知り、一日が経っていた。

弥陀ヶ原でのことは、青目と玄達から昨夜遅く聞いた。

追い詰めたと思った竹林には罠が仕掛けられており、《木霊》の幾人かが殺され、しかも風魔小太郎を奪い返された上、七ツ家にもまんまと逃げられた、と。

怒りで鳥肌が立ったのは、久し振りのことだった。白牙を殺されたと語る仲間にも、殺した七ツ家にも、怒りが湧いた。

備えを怠る玄達と白牙ではないことは、よく知っていた。七ツ家の二ツが一筋縄ではいかないとも、聞いていた。だが、分かりたくなかった。

白牙とは、馬が合った。

生まれ落ちた時からの付き合いだから、三十年になる。

ともに山や森を駆け、身体を鍛え、《木霊》となり、白牙が一年先に四人衆となっていた。

長浜の城が好きな男だった。

櫓警備の時など、琵琶湖からの風を受け、わざと袂《たもと》を膨らませた。そうすると、細い目が弓のように撓《しな》り、何とも愛嬌のある顔になったものだった。

――儂は、年老いたら暇《いとま》を貰い、鏺の森ではなく、長浜で暮らすつもりだ。どうだ？　一緒に百姓でもせぬか。

白牙の声が思い返された。

その白牙の頭蓋を鉈で砕いた奴がいる。

(何としても、許せぬ)

朱鬼は懐から細い竹筒を取り出すと、火縄の先に火を点け、水堀に落とした。堀の底に光が縦横に奔り、小さな水柱が立った。

火薬の得意な朱鬼が工夫を重ねた、水火縄であり水火薬だった。樟脳《しょうのう》と松脂《まつやに》を椿油《つばきあぶら》で溶き、更に水銀と鳥もちを使った火薬は、雨中での攻撃に絶大な威力を発揮した。

朱鬼は、ゆるりと足を東門へと向けた。東下ノ段帯曲輪《くるわ》を通り抜ければ、山里曲輪に出る。

そこに侘《わ》びた佇《たたず》まいの庵があった。待月庵と名付けられた秘薬の調合所だった。

秀吉から弥陀ヶ原での詳細を聞きたいとの下命があり、今頃は棟梁の龍爪《りゅうそう》が青目と玄達を従えて待月庵で控えている筈だった。

出来れば席に臨み、七ツ家根《ね》切りを具《ぐ》申《しん》したかったが、朱鬼には警備の役目があった。

(白牙、待っておれよ。直ぐに仇を討ってやるからの)

朱鬼は、東門を越したところで西に折れ、井戸曲輪から石段を上り、表御殿曲輪へと警備の目を移した。


「殿下に隠し立ては罷《まか》りならぬ。見た通りのことを申し上げよ」

龍爪が、青目と玄達に言った。

待月庵には、畳敷きの間はない。竈《かまど》の他は瓶などが置かれている土間と、段差の低い八畳程の板の間があるだけで、板の間にしても、京の陰陽師の屋敷で見掛け、真似て作った四つ脚の台と、庵の主である山城殿が眠る時に使う身の丈程の台があるだけだった。

秀吉は板の間よりも一尺高い台に座り、その傍に龍爪が控え、青目と玄達は一間下がって、額を板床に擦り付けていた。

「青目」と、龍爪が訊いた。「七ツ家を竹林に追い詰めたのだな？」

「左様《さよう》で」

「その竹林に罠が仕掛けられていたとは、どういうことだ？　申せ」

「自らの退路を断つ――」

と青目が、口を開いた。

「我らは、攻める時は死ぬ覚悟で参るよう叩き込まれております。ところが、七ツ家はまったく違いました。まず退路を十全に拵《こしら》えてから攻めて来たのでございます」

「奴どもは」と、玄達が言った。「最初から竹林を逃げ場と定めておりました。追い詰められたと見せて、そこへ儂らを誘い込んだのでございます」

《木霊》を横一線に配し、竹林に攻め入った。

逃げ場はない筈だった。少なくとも、森で生きて来た錣一族にも、逃げる術《すべ》は見当たらなかった。

窮鼠《きゅうそ》に嚙まれぬよう、気配を探りながら歩を進めた。

だが、鼠は牙を剝いて待ち受けていた。

各所に、竹を裂いて作った弓が仕掛けられていたのである。危うく矢を躱《かわ》しても、火薬を詰めた竹が目の前で爆発した。節の下に小さな穴を開け、黒色火薬を入れ、火を点けた無煙無臭の線香を差し込んだものだった。線香が燃え尽きたところで爆発が起こるのだ。

「四人の《木霊》が餌食《えじき》となり、手足を奪われました」

「だからこそ、逃してなるものかの一念で、激しく追い詰めたのでございます。ところが……」

青目と玄達らは、我が目を疑った。

人が空を跳ね飛んでいるのである。

一人に付き三本程の竹を撓《たわ》ませ、先端辺りを地表に這わせる。這った先を一括《ひとくく》りに結わえ、杭に繫《つな》ぐ。走り来た七ツ家の者どもは、一つに結び合わせた箇所に足を乗せ、杭に繫いでいた縄を切る。竹が起き上がろうとする力を使って、十一間の崖上に飛び上がったのである。

「なす術もなく逃してしもうた上に、土中に隠れておった者に小太郎を連れ去られてしもうたのだな?」

「申し訳ございませぬ」

青目と玄達が、頭《こうべ》を深く垂れた。

「どのみち小太郎は助からぬであろうが、儂らの邪魔ばかりしおって、小面憎《こづらにく》い奴どもよの、七ツ家は」

龍爪が、膝を拳で叩いた。

「七ツ家を指図しておったは、二ツの叔父貴に相違ないのだな？」

秀吉が、青目と玄達を交互に見据えた。

「間違いございませぬ。北庄城の陣で見た、指の欠けた山の者でございました」

「そうか……」

「白牙を鉈で倒したのも、その者にございまする」

「…………」

秀吉は黙って頷くと、蠟燭《ろうそく》の炎を見詰めながら爪の甘皮を忙《せわ》しなく嚙み始めた。左右の膝が細かく揺れている。

「恐れながら」

龍爪の声が、庵に響いた。

「あの折、殿下は、次に戦場で会《お》うた時は殺すと、二ツに仰せになられました」

「覚えておる」

「では、白牙の仇を討つこと、お許しいただけましょうや？」

「慌てるな。今それを考えておるのだ、それを」

秀吉は甘皮を嚙み切ると、前歯で幾度も嚙み締めている。

「白牙の死に様が忘れられませぬ」

「…………」

「許せませぬ」

「儂は、徳川《とくせん》とは戦わなんだ……」

「…………」

龍爪は、秀吉が何を言おうとしているのか、待った。

「勝てた」と秀吉が言った。「徳川が誰と組もうが、必ず勝てた。だが、小牧・長久手でさえ、正面切っては戦わなかった。分かるか。徳川と戦えば、対手を傷付けるのと同じくらい、こちらも傷付いてしまうからだ」

堪《こら》えろ、と秀吉は、唇の端に泡を溜め、身を龍爪の方へ乗り出した。

「七ツ家には手出し致すな。彼奴どもは、惜しむ命も名もなき山の衆だ。何を仕掛けて来るか、見当が付かぬ」

「七ツ家など、恐るるに足りませぬ」

「奴どもには損得という考えはないのだ。特に、二ツの叔父貴のように、拾った命で生きておる者にはな。戦えば、死ぬまで戦いを止めぬ。仮令《たとい》、共倒れになろうともな。敵にすべき者ではない」

「では」龍爪の声が、微かに震えた。「七ツ家を見逃せ、と仰せになるのですか」

「そうは言わぬ。必ず、血の涙を流させてくれる。だが、今ではない。機会を待つのだ。よいな」

秀吉は、繰り返し龍爪に伝えると、待月庵を後にした。龍爪を始めとして、青目も玄達も、板床に腰を降ろしたまま、動こうともしなかった。

暫《しば》しの時が経った。

秀吉が座っていた台の床板が内側から押し上げられ、地下の間から山城殿が顔を覗かせた。

「何じゃ、不景気な面《つら》をしおって」

地下の間は、山城殿の求めに応じて秀吉が作らせたものだった。老婆の姿が見えぬ以上、地下の間にいることは、秀吉には分かっていた。

秀吉が龍爪らに語ったことは、そのまま山城殿にも言い聞かせていたことになる。

「棟梁、どうするつもりじゃ？」

山城殿が龍爪に訊いた。

「そのことについて、お婆様《ばば》に頼みがございます」

「何じゃ？」

「青目、玄達」

龍爪は振り返ると、二人に言った。

「朱鬼とともに警護の任に就き、半刻したら、三人でここに参れ」

「心得ました」

青目と玄達が、待月庵を後にした。気配が遠ざかるのを待って、龍爪が口を開いた。

「七ツ家を潰そうと思うております」

「それでこそ、錣の棟梁。白牙の仇を討つのか」

「白牙は殺された者の一人に過ぎませぬ。二ツが、七ツ家が目障《めざわ》りゆえ、消し去りたいのでございます」

「よう言うた」

老婆は歯の抜けた黒い口を開けると、七ツ家の二ツ、と言って、目を据えた。

「天下様について知り過ぎておる。生きておってはお為にならぬこと明々白々。このお婆が責めを負うゆえ、後腐《あとくさ》れのないよう、七ツ家を根切りにしてしまうがよいわ」

龍爪は、小さく頷き、

「頼みとは」と言いながら、老婆の表情を探った。「例の毒薬にございます」

老婆の顔が曇った。

「恐らく量が足りぬであろうの。七ツ家は尾根の南面に隠れ里を設けると聞く。風で流されることを考えると、手持ちの毒では心許無《こころもとな》いの」

「いつ頃まで待てば？」

「摘む。干す。碾《ひ》く。調合する。少なくとも二月《ふたつき》か三月《みつき》は、ほしいの」

「十分でございましょう。しかし、殿下に知られた時のことでございますが……」

「七ツ家は乱世の中でしか生きられぬ。天下様は、戦のない時代を作ろうとされておる。七ツ家は既に小田原と繋がっておるし、将来必ず邪魔になる。だから、殺させたのだ、とわしが言えば、頷くわ」

「だと宜《よろ》しいのですが」

「赤間を殺し、七ツ家を殺す。天下様の昔を知っておる者がいなくなるのだ。褒《ほ》められこそすれ、叱られる覚えはないわ」

老婆は激しようとする心を隠しもせずに続けた。

「守る。わしは、天下様を守ってみせるわ」

十八　隠し湯

二ツが山の隠し湯に来たのは、二年振りのことになる。

二年前も、千太が一緒だった。当時は、赤間の集落から時折連れ出し、湯に入れ、肩と腕の揉《も》み治療を行ない、後は山野を駆けながら山で暮らす術《すべ》を教えていた。

山の隠し湯――。

二ツがそう呼んでいる隠し湯は、赤間の集落から三日足らずのところにあった。集落から赤川に沿って宮田《みやだ》に出、そこから天龍川を渡って高遠《たかとお》に行き、更に諏訪《すわ》に向かって秋葉街道に入り、鉢伏山《はちぶせやま》へと沢を溯《さかのぼ》った人気《ひとけ》のない山中にあった。七ツ家の隠れ里へも、真っ直ぐに出られた。

二ツは務めの後や、一人になりたい時には、この山の隠し湯をよく使った。山駆けをしている時に見付け、気に入り、木を伐《き》り出して一年寝かせ、二年掛かりで小屋を建てた。

岩盤の裂け目から染《し》み出すように熱い湯が湧き、岩の窪みに溜まる。冬場はそれで丁度良い温かさだったが、夏場は川の水を差して浸《つ》かった。

高く青い空を見上げる。何も考えず、ただぼんやりと白い雲の流れる様を見詰める。風の音と山鳥の啼《な》き声を耳にしながら微睡《まどろ》む。心地がよかった。手足の先から疲れが溶け出して行くような気がした。

時には、父を母を姉を、幼い頃の己を、七ツ家に助けられた頃の己を思い出すこともあった。十四歳だった。何も知らぬ十四歳であった。教えられ、覚え、十五になり、十六になり、今は六十一になっている。己一人だけ生き長らえていることに、寂しさを感じた時もあった。だが、それも昔のことだった。

(死ぬまでは、生きているしかない)

そう思うようになっていた。

千太と山の隠し湯に来て、十日が経った。

隠し湯に来るまでの数日間は、小田原の北条幻庵屋敷にいた。弥陀ヶ原から幻庵屋敷、そして山の隠し湯という行程である。

風魔小太郎は、吹き戻された毒を浴びた時には、既に絶命していた。二ツは壺に残っていた毒を竹筒に移してから、急ぎ小太郎の亡骸を埋め、弥陀ヶ原を脱した。ヤマセらと落ち合ったのは、二日後だった。

二ツは、空中に浮遊していた毒を僅かだが吸い込んでしまったが、毒消しを飲んでいたこともあり、走りに障《さわ》ることはなかった。濡れた布を鼻と口に圧《お》し当《あ》て、その上からもう一枚濡れた布できつく縛ったのもよかったのだろう。

四釜の死を知ったのは、落ち合った時だった。金剛丸が探しに戻った時には、息絶えていたという。

戦えば、敵か味方かいずれかが傷を負うか、死ぬ。分かり切ったことだったが、己より年若い者に先立たれるのは、老いた二ツには、いかにも辛《つら》かった。

――長生きは、程々《ほどほど》がよいぞ。最長老になった時から、儂は見送ってばかりだわ。

幻庵が言った。

幻庵屋敷の御座《ぎよざ》の間には、空木《うつぎ》と風魔の主立った者と、二ツら七ツ家が揃っていた。

――まさか棟梁に先を越されるとは、思うても見なんだわ。

――十分なことは出来ませんでしたが……。

二ツが、小太郎の埋葬と毒を取った時のことを話した。埋葬の話をすると、居並んだ風魔の一部から忍び泣きが漏れた。

――これで、北条が生き延びる道は無《の》うなったの。

幻庵の呟きに、忍び泣く声が止《や》んだ。

――ただ一つの賭けが、秀吉を亡き者《あのもの》にすることであったが、棟梁の死という痛手だけが残った……。

――殿。

最前列にいた嘉助が、膝をにじるようにして進み出た。

――小田原城は難攻不落にございます。それを信じ、籠城し、我ら生き残りの風魔が命を賭《と》して攪乱《かくらん》致せば、まだまだ勝機はございます。

――秀吉に籠城が効かぬことは、既に話した通りだ。上杉謙信や武田信玄と違い、力攻めをせず、ひたすら長期にわたって陣を敷くのが彼奴の戦法だ。その上、儂らに後詰《ごづめ》はないのだ。勝敗は見えておる。それに……。

――何でございましょう？

空木が訊いた。

――毒だ。二ツ殿が取って来られた毒と、赤間の集落を襲うた毒が同じものであれば、最早我らは、錣《しころ》すなわち秀吉には太刀打ち出来ぬことになる。城の風上から大量の毒を撒かれれば、戦う前に皆殺しとなるからの。

ざわめきが起こった。風魔の者たちを手で制した幻庵が、二ツに、

――お渡し願えますかな？

竹筒の方に手を差し出した。

――勿論《もちろん》にございます。

――お預かり致します。

空木が、竹筒を手に受けた。

――手前には、何が如何程《いかほど》含まれているかなど、割り出すことは適《かな》いません。よろしくお願い致します。

――心得ました。

空木は竹筒を懐にしまうと、膝に手を置き、頭を下げた。

――二ツ殿、例の久米のことだが、京と飛騨の鎹の森は風魔に任せてくれぬか。風魔の意地を見せてくれよう程にの。

幻庵の言葉に合わせて、八人の風魔が低頭した。

六十年前、京の陰陽師の屋敷から逃走した久米がどこに行ったのか。足取りを追うのは生易《なまやさ》しい仕事ではない。

――呉々《くれぐれ》も無理はなさらぬように。

二ツに応え、八人が唇を強く結んだ。

小太郎が死に、主立った者も、その殆《ほとん》どを弥陀ヶ原で失っている。風魔としての最後の務めと思っているのだろう。

——それでは、と二ツは言った。久米と赤間との関わりは、手前どもで調べましょう。

——叔父貴、久米が渡りの出ならば、渡りに詳しい者を知っておりますので、その役目、手前が引き受けたいのですが、お許し願えますか。

ヤマセだった。

——頼めるのか。

——千太を連れて山の湯にでも行って、待っていて下されば、よい知らせをお届け致しましょう。なあ、甚伍。

突然名を呼ばれ、甚伍が皆を見回した。

——渡りを追うことになるだろうが、とヤマセが言った。渡りの暮らしを見ておくのもためになるだろう。

——承知しました。

——済まぬの。

二ツはヤマセと甚伍に頭を下げた。

いたのだった。

千太の声に、二ツは我に返った。小屋の掃除をしている間に、手を止めてしまって

「叔父貴」

「何だ？」

「《風招《かざおき》》だけど、何となく、上達したような気がするんだ」

技を教え始めて二年になる。その最初が、この隠し湯だった。儂は風を招《よ》べるようになるまでに五年は掛かった、と言うと、三年で覚える、と胸を張ったものだった。

「よし、やってみろ」

「いいかい？」

「うむ」

千太は目を閉じ、気を鎮めると、口を窄《すぼ》め、ゆっくりと細く息を吹き出した。どこかで、空の高みで、風が鳴ったように思えなくはなかったが、まだ吹き降ろしては来ない。

「何かしら風の気配はあったな。たった二年で、すごいぞ。もう一年も鍛錬すれば、本当に出来るようになるかもしれんぞ」

「まだ、一年掛かるのか」

千太は頭を掻いたが、その顔には喜びがあふれていた。

「一年なんて、直ぐだ。あっと言う間だ」

「あっと言う間か」

千太は言うと、叔父貴、と言った。

「飯を作るから、出来るまで湯に浸かっておったらどうだ？」

千太が夕餉の用意をするなら、二ツは取り立ててすることがなかった。

「そうさせて貰うか」

「空木のお姉さんは来るかな？」

毒の調べを終えたら、山の隠し湯を訪ねたいと言われたので、幻庵屋敷を去る前に場所を教えてあった。

「……どうだろう」

「来るといいけどな」

「会いたいか」

「会いたい」

「願えば通じるぞ」

それから五日後、千太が獲物を求めて山に入っている時に、空木が隠し湯に現われた。

二ツは、万一の時の備えに、長鉈と山刀を手に、湯へと降りた。

「そうか。では、美味《うま》いものを頼んだぞ」

「お願いする」

「毒の正体が、分かりました」

目の色のどこかに、弾まぬ、沈痛な思いが秘められていた。

「同じものでしたか」

そうであるならば、赤間を襲ったのが鏺一族であることになり、同時に北条の前途

は閉ざされたことになる。

「ほぼ同じでございました」

二ツは、空木がほぼと言った訳を尋ねた。

「赤間の時の毒は、曼陀羅華、烏頭、櫟《いちい》、野茉莉《えごのき》でございましたが、此度《こたび》のものに

は、梅蕙草《ばいけいそう》と鈴蘭が加わっておりました。それらを完璧なまで粉末にしてあることな

ど、まず同じ物と見て間違いないと思われますが、念のためほぼ、と申し上げまし

た」

「梅蕙草、ですか」

「その毒は初めてでしたので、試してみたのですが……」

毒に中《あた》ってしまったのだ、と空木が言った。

「手足の痺れがどうにも抜けず、動くこともままなりませんでした。遅くなったのは、そのためにございます」

「毒を調べる方法ですが、聞いてもよろしいかな？」

「一応秘中の秘になっておりますが、今更二ツ殿に隠し事は致しませぬ……。風魔には……」

生まれ落ちるや毒を飲まされて成長する女子の家系が十あった。ある家では、あらゆる毒を飲むが曼陀羅華だけは飲まない。別の家では、烏頭だけ飲まない。そうやって成長すると、ある毒を試した時、曼陀羅華が入っていれば、飲んでいない家系の者だけが中《あた》り、烏頭が入っていれば、またそれを飲んでいない家系の者だけが中るという具合に毒を試し、何が入っているかを解いていくのである。

「十家以外の毒は？」

「皆でひたすら嘗めるのです。嘗めては嗽《うがい》をし、それでも分からぬ時は飲み、のたうち回りながら身体で覚えるのです」

「空木様も身体で覚えようとなされたのですな」

「恥ずかしながら」

「よう話して下さいました。これで久米とお婆《ばば》が繋がれば、赤間を襲うた理由《わけ》も分かる筈です」

深く頭を垂れる二ツの手を取り、何を仰せになられますするか、と空木が二ツの身体を起こしながら言った。

「久六のこと、棟梁のこと、そして毒薬のこと、礼を申すのはこちらにござりますれば、どうか……」

「幻庵様は、さぞ落胆なされておいででしょうな？」

「ところが、久米の正体を暴いてくれる、とあの年で吠《ほ》えておりました」

「長生きの秘訣ですかな」

「だと思います」

互いが近くにいた。

空木は握っていた二ツの手を慌てて離すと、千太さんは、と初めて気付いたように尋ねた。獲物を探していることを教えた。

「そろそろ戻って来るでしょう。喜びますぞ」

「喜んでくれますか」

「首を長くして待っていたのですから」

「嬉しい……」

目に滲《にじ》むものを見せながら、空木が辺りの山を見回した。

「兎《と》にも角《かく》にも湯に入って、旅の垢《あか》を落とされよ」

空木は小屋に入ると、旅装を解き、地味な単衣《ひとえ》を取り出した。

「この小屋は二ツ殿が建てられたのですか」

「そうです」

「見事でございますね」

囲炉裏が切ってあるだけで、丸太を組み、板床に筵《むしろ》を敷いただけの簡素な小屋だった。

「小さい頃、預けられた風魔の小屋を思い出します」

「幾つまで？」

「十歳まででした。それからは通いになりました」

着替えた空木を湯に案内した。

二ツが空を見上げている間に、岩に脱いだ着物を置き、空木が湯に浸かった。

「よい心持ちです」

「それはよかった。では、ゆるりとな」

湯から離れようとした二ツを空木が呼び止めた。

「あれは、千太さんですね」

川の下流から岩伝いに男の子が駆け登って来ていた。身体が揺れる分、垂らした右手が目に付いた。

「毒がすっかり抜けたら、また動かなくなってしまいました」

「無理に治そうとするより、今は左手の《礫《つぶて》》の能力《ちから》を鍛えるべきではないでしょうか」

そこまで言ってから、空木が、申し訳ございません、と詫びた。

「出過ぎました」

「いや、その通りでしょう。もそっと身体が出来れば、筋が動くようになるかもしれませんしね」

「そのように思います……」

突然、湯の音が立った。空木が湯の中で立ち上がったのだ。

「千太さん」

空木が手を振った。

湯気に包まれた白い裸身が垂直に伸びている。

一瞬立ち止まった後、千太が猿のような奇声を上げた。

千太は駆けながら着物を脱いでいる。

「こらっ、千太」

二ツが叫んだ。

「叔父貴殿も、どうぞ」

空木が千太の方に笑顔を見せながら言った。空木に叔父貴殿と言われたのは初めてだった。

「これだけ湯が豊富なら、一緒に入ってもなくなりはしないでしょう」

「空木様には、山の者の血が流れているような気がします」

「嬉しいことを」

空木が二ツに向けて笑みを見せた。

「様を付けてしまっておりました。ずっと」

「はい」

「よいのですか」

「はい？」

「手前が入っても」

「はい」

「御父上に殺されぬでしょうな？」

「父は、ここにはおりませぬ。小田原で吠えております」

「よし」

二ツは千太に負けぬ速度で着物を脱ぎ、千太と同時に湯に飛び込んだ。

盛大な飛沫《しぶき》が上がった。頭から湯を滴《したた》らせている三人がいた。

「こんなに笑ったのは久し振りです」

と空木が言った。

「おいらは、生まれて初めてだ」

と千太が言った。


千太が軽い寝息を立てている。いつもは子犬のように身体を丸めて眠るのだが、今夜は空木の膝許で身体を伸ばしてゆったりと寝ている。

二ツは小枝を折り、囲炉裏にくべた。熾《おき》に炙《あぶ》られた小枝から白く細い煙が上り、炎に包まれた。その瞬間、空木の顔が浮かび上がった。やがて炎が尽きると、小枝は赤い一本の筋となり、端から灰になって崩れ落ち、空木の顔も仄闇《ほのやみ》の中に遠のいた。

「赤間を襲うた者の正体は」と二ツが言った。「錣だと分かりました。錣の言っていた『お婆様』は、久六殿が見た老婆、つまり当代の龍爪の母親に相違ないでしょう。その老婆が、果たして御父上の仰せられた久米なる者であるか、ですな」

「風魔は疾《と》うに飛驒に飛んでおります」

「七ツ家も、当たってくれています」

「錣は豊臣の忍びでございますから、やはり秀吉の命令でございましょうか」

「そうなのでしょうが、もう一つ得心がいかぬのです。日吉には、赤間の集落を根切りにする理由がないのです」

「出生にまつわる何かがあるのでは？」

「とは思えぬのです。童《わっぱ》の時を知っていますが……」

「では首謀者は、『お婆様』なのでしょうか」

「空木様は、せっかちですな」

「はっ？」

「今はあれこれ詮索せず、知らせを待つのです。また見えて来るものもありましょう」

「はい……」

不満げに口を閉ざした空木が、小枝を熾にくべながら口を開いた。

「渡りの者は、直ぐ見付かるのですか」

「運です。一つの群れを見付けられれば、彼《か》の者らは互いの消息に詳しいので、全体のことが分かる筈なのですが、その一つになかなか出会《でくわ》さないのです」

「叔父貴殿は、渡りを見たことは？」

「あります。三十年程昔のことになりますが」

青白い月光に照らされた稜線を、渡りの一族が一筋になり、黙々と歩いていた。水辺を歩むような静かな渡りだった。

「山科に向かって駆けた時、足を湯で温めました。焼いた石を入れ……」

「はい」

「あれは、渡りから教わったのです。渡りはもっと大きな渋紙に沢山の水を入れ、風呂を沸かしたりします」

「実《まこと》に？」

「手前もやる時があります。千太なぞ、潜って遊んでいました」

「まあ」

空木が笑いながら千太の額に貼り付いた藁《わら》を、指先でそっと払った。

「空木様は、いつまでここに居られるのかな？」

「どこかお出掛けでしょうか、それならば私は……」

「そうではありません」

二ツが手を横に振った。

「もし急ぎの用がなければ、暫《しばら》くいては下さらぬか、と言いたかったのです。千太が喜びますので」

「叔父貴殿は？」

「手前ですか……」

そのように問われるとは思ってもいなかった。二ツは、短く伸びた髪を残された二本の指で掻きながら答えた。

「……手前も、喜びます」

「ならば、暫くおりましょう」

板戸が軋《きし》み、吊り下げている筵《むしろ》が揺れた。

目を覚ました二ツは、小屋の周囲の気配を探った。生き物の気配はなかった。風だった。木立を揺すり、小屋を軋ませ、風が吹き抜けて行ったのだった。

短い眠りだったが、熟睡していたのだろう、目が冴《さ》えて来るのが分かった。

天井を見上げた。

闇に被《おお》われ、何も見えない。自分の身体が浮いているような気がした。と、突然、明かりが天井や四囲を照らし出した。

風のいたずらで灰が崩れ、埋火《うずみび》に火が点いたのだ。小さな炎が、立っている。

耳を澄ました。

千太の寝息だけが聞こえて来た。

空木の寝息は、止んでいた。千太の脇に寝ている空木を見た。背を向け、凝っとしている。

空木に声を掛け、熱い白湯《さゆ》でも飲もうか、と考えているうちに炎の丈が短くなった。二ツの指先に細い枝が触れた。火にくべれば、また炎が立つ。どうしようか。迷っている間に、炎が揺らぎ、消えた。やがて熾も燃え尽きると、また小屋の中が闇になった。

(…………)

二ツは目を閉じ、風の音を聞きながら眠気が差して来るのを待った。

空木は十日留まった後、小田原に戻った。その間、山に入っては木の実や野草を摘み、膳のものを作るなど、山の女のような暮らしをしていた。

——今度生まれて来る時は、山に生まれとうございます。

そう言っては、きびきびとした動きを見せていた。

ヤマセと甚伍が二ツの小屋に現われたのは、空木が帰った六日後だった。

「御苦労だった。難儀したであろう?」

「いささか」

打ち消そうとしないヤマセを見るのは、二度目だった。一度目は、二ツもヤマセも血達磨《ちだるま》になって敵城を脱出した後で、よう無事だった、と見詰め合った時だった。

赤間の集落を抜け、渡りになった男がいた。名をクズミと言った。

ここまでは簡単に調べは進んだのだが、そのクズミがどの渡りに属しているのかを知るのに、ヤマセらは手間取ってしまった。

どの渡りでもいい、とにかく出会うことさえ出来れば、渡りは互いの事情に詳しいのでクズミの居所は直ぐに分かる。そう思っていたのだが、なかなか出会えなかった。

渡りは、自分では米や塩を作らず、山里に降りて、獣の皮や肉と交換する。そこに思い至ったヤマセは、山里の村々を巡ることから始めた。

何か所訪ねても芳《かんば》しい成果を得られずにいたが、十四番目に訪ねた山里で渡りが直ぐ近くにいることが分かった。

山中を駆け、二日後、渡りに追い付いた。

クズミの消息は直ぐに知れた。ところが――。

「赤間のクズミと呼ばれていた男なら、疾《と》うに死んでおる」

十年前のことだという。

「糸は切れた、と思い、頭を抱えていると、だが女は生きている、と言うではありませんか」

クズミとはまったく縁のない女だったが、やはり赤間を抜けて渡りになった女がいた。名は、ミヤ。七十近い歳だった。

「この女を探すのが大変でした」

渡りの中には、六十五歳になると、渡るには衰えが目立ち、足手纏《まと》いになるからと、山に建てた死の家に捨てるという習わしのある群れがあり、ミヤの属する群れがそうだった。

捨てられた者は、山奥で、死までの日数を数えながら生きることになる。

「一人だと一年程だそうですが、二人なら二年、三人なら三、四年は生きているそうなのです。ミヤが捨てられた時、死の家には二人の先達がおった、と申すではありませんか」

生きているかもしれない。捨てられて四年、六十九になるミヤが生きている目が仄《ほの》見《み》えた。だが、死の家はどこにあるのか。

「聞き出すのが」と言って、甚伍が横から口を挟んだ。「これまた大変でした」

死を待っているだけの者たちだ。騒がすな。

余所者《よそもの》に教える謂《いわ》れはない。帰れ。

山が深く、教えても、とても探し当てられぬ。諦めろ。

それでも喰い下がるヤマセと甚伍に、渡りの若い衆が詰め寄った。

一悶着《ひともんちゃく》起きそうになった時、男が割って入って来た。

「誰だと思います？　叔父貴のよく知っている人です」

「儂が知ってる？」

まったく心当たりがなかった。

「九兵衛の叔父貴です」

「九……」

千太を預けられぬか、と越後の山里を訪ねたのは六年前になる。

――《猿喰い》の家には、嫁はやれぬ。

と、嫁取りを阻まれた息子の参吉が駆け落ちしたことで、山里を叩き出されて以来、九兵衛の消息は途絶えていた。

「生きていたか」

「山里には住めず、また山に入ったのだと言うて、叔父貴のことを懐かしがっておられました。九兵衛の叔父貴のお蔭で誤解が解けました」

「そうだったのか」

九兵衛の仲立ちで、ミヤとともに死の家にいる老人の息子夫婦と会い、言付《ことづ》けと土産を託され、場所を教えて貰った。

死の家は、人里から遠く離れた山の奥深くにあった。

「小さな畑を小屋の近くに作っておりましたが、何程のものも採れません。冬は雪に閉ざされるところで、よう生きておったものです」

ヤマセは話の先を続けた。

ミヤは十四歳で嫁いだ。その一年後の十五歳の時、赤間に流れて来た女がいた。歳はミヤより一回り上の二十七歳だった。

「ミヤがよう覚えておったのは、その女が山に入って孕《はら》んだがためでした」

野伏《のぶ》せりか修験者《しゆげんじや》が父親なのだろうが、女は相手が誰なのか、一言も洩らさぬまま、翌年男の子を生んだ。身体が小さく、ひどく猿に似た赤子だった。その子を夫婦者に預け、女は赤間を去り、預けられた夫婦も、その年に赤間を出て行った。五十三年前のことになる。

「何分《なにぶん》昔のことゆえ、ミヤは女の名前も夫婦の名前も、いずこの地に去ったのかも、忘れてしまったそうです」

「そこまでか……」

二ツの声を遮《さえぎ》ったのは、甚伍だった。

「俺たちもそう思ったのですが、突然閃《ひらめ》いたのです。猿に似た赤子が生きておれば五十三歳になっている筈だ、と」

秀吉が、それくらいの歳だった。しかも猿と呼ばれており、童の秀吉を、二ツが赤間で見ている。ただそれだけで、何の確証《あかし》もないままに、ヤマセと甚伍は尾張《おわり》の国中《なか》村《むら》に向かった。秀吉の故郷である。

「秀吉の幼い頃のことを見知っている人が、まだ幾人《いくたり》か残っていました」

土地の古老に聞くと、秀吉は天文六年（一五三七）に中村で生まれたと言われているが、乳《ち》飲《の》み子で他国から移って来た。秀吉の親、弥右衛門となかは土地の者ではなく余所者であった。

「天文六年に生まれたことが正しければ、五十三歳。ぴたりと符合します。更にもう一つ、秀吉は中村では生まれておりません」

「叔父貴が幼い時の秀吉を赤間で見ているのですから、もしミヤが言った猿のような赤子が秀吉であるならば、何か事情《わけ》があって中村を出、赤間に戻ったのだと思われます」

七歳の時に母親が再嫁したと、日吉から聞いたことがあった。生《な》さぬ仲の父親《てておや》と折合いが悪くなったのかもしれない。

「それで家を出たとは考えられませんか」

「あるいはそうかもしれん。だが、まだ赤子と秀吉を結び付けるのは、ちと弱いの」

「そこで、叔父貴に尋ねに戻ったのです。赤間で暮らしていた者のうち、殺しが行なわれる前に赤間を離れた者がおれば、秀吉が幼い時に赤間を離れた子供と同じ者かどうかが分かる筈です。叔父貴に心当たりはございませんか」

「…………」

年に一度か二度赤間を訪ねた折には、長《おさ》や集落の衆と酒を飲むこともあれば、千太を預けたハルとも話をしたのだが、人の動きで格段心に残るような話を聞いた覚えはなかった。

「……分からんの」

「……そうですか」

「致し方ございませんな」

「何ぞ知らんか」

二ツが千太に訊いた。

「赤間を出て、外で暮らしておる者なんだが」

「いるよ」

千太が事もなげに答えた。

「誰だ？」

「志野婆さんだよ」

「志野……？」

「ハル婆さんの娘の志野婆さんさ」

「そうか」

二ツが叫びに近い声を発した。

「千太を預けた家の娘が、山向こうの、何ぞという村に嫁《とつ》いでおったわ」

「蛇塚《へびつか》に嫁に行ったんだ」

「そうだ、蛇塚であった。千太、よう覚えていたの」

短い髪に五本の指を入れ、掻き回し掛けた千太に、ヤマセが尋ねた。

「志野婆さんの歳は、幾つだか分からんか」

「分からないけど、多分叔父貴と同じくらいだよ」

ヤマセと甚伍が顔を上げ、二ツを見た。

「会いに行かねばなりませんな」

「よし」と二ツが言った。「儂が行こう。ヤマセと甚伍は、ここで休んでいてくれ。

女は恐らく久米だろうが、違《ちご》うたとしても、生まれた赤子が秀吉ならば、秀吉の出生には、隠さねばならぬ何かがあった、ということになる」

「叔父貴、ここまで調べたのです。儂らに……」

途中まで言って、ヤマセが言葉を切った。

人の駆けて来る気配を感じ取ったのである。

二ツが長鉈を手にして、立ち上がった。

「叔父貴殿」

その呼び声は、空木だった。

小田原で何かあったのか。二ツは小屋を飛び出した。

「飛騨から」と言って、空木が言葉を足した。「戻って参りました」

眉間《みけん》に曇るものがあるのを、二ツは見逃さなかった。

「皆、御無事ですか」

「……いいえ」

「何人、戻って来られました？」

「二人にございます」

十九　久米

幻庵屋敷・御座《ぎよざ》の間で、独り二ツは端座して幻庵を待ち受けていた。

遅かった。

人を長く待たせる幻庵ではなかった。

ともに街道を駆けて来た空木の姿も、どこに消えたのか、見当たらない。

静けさの中で、蠟燭《ろうそく》の燃える音だけが、殊更《ことさら》耳に付いた。

板廊下を踏む三人の足音が聞こえて来た。ゆったりとした歩みからして、幻庵が含まれていることは分かったが、他の二人は空木と飛騨に赴いた風魔と思われた。だが、それでは数が合わなかった。戻って来たというもう一人はどうしたのか。手傷を負っていたと空木に聞いてはいたが、動けぬ程なのか。

襖《ふすま》が開いた。

二ツは低頭せずに、顔を向けた。非礼である。しかし、僅《わず》かでも不審なことがあれば、身を守ることに徹するしかなかった。それが生き延びる唯一の方法でもあった。

果たして入って来たのは、幻庵と空木と風魔であった。空木は旅拵《たびごしら》えのままの姿だった。

二ツは、改めて頭を下げた。風魔がスグリだと名乗った。

「よう走ってくれたの」

幻庵が言った。

「夜遅くに着きまして、申し訳もございませぬ」

「何の、お蔭で空木は死に目に会えたわ」

「亡くなられたのは、飛驒に行かれた方にございますか」

「そうだ。調べを終えるまでは何事もなかったのだが、追って来た者がおったのだ」

「叔父貴殿はお聞き及びでございますか。迦楼羅《かるら》と天魔の兄弟のことを？」

「いいえ」

初めて聞く名前であった。

「錣一族の中でも指折りの手練《てだ》れの者にございます。棟梁の龍爪との折り合いが悪く、西海道と山陽道の備えに回っていた筈なのですが、折悪しくその者らが飛驒に戻って来たのです」

「いずれ戦うことになるやもしれぬ。二ツ殿に、襲われた時のことを詳しく話すがよいぞ」

「承知仕《つかまつ》りました」

スグリが二ツの方に向きを直した。

小田原への道を急いでいた八人に兄弟が襲い掛かったのは、飛騨と信濃の国境を越えた頃だった。

兄弟は、縦に延びた列の最後尾から一人ずつ殺し始めたのだ。

一人、二人と殺される者が増える度《たび》に、生き残っていた風魔を恐怖が縛った。

「夜も眠るどころではなく、皆が皆震えながら闇に目を凝らしておりました」

「兄弟は夜襲うて来たのですか」

二ツが尋ねた。

「夜も昼もでございます。しかも」

と言って、スグリは唾を飲み込んだ。

「武器と申したらよいのでしょうか、鳥を使《つこ》うたのです」

空高く浮くように漂っていた鳥が、突如嘴《くちばし》を突き立てて降りて来た。一人目と二人目は咽喉を、三人目は腸《はらわた》を喰い千切《ちぎ》られて息絶えた。

「鳥使いですか……」

二ツが呟《つぶや》くように言った。

「夜目の利く梟《ふくろう》を飼い馴《な》らし、警護に使《つこ》うたという話は聞いたことがありますが、鳥を武器として使うとは珍しいですな」

「夜になると、その梟が攻めて参りました。鋭い爪で目を狙《ねろ》うて来たのです」

「スグリ殿ともうお一人の方は、どのようにして逃れたのでしょうか」

「吊り橋で襲われた時、才三《さいぞう》が斬られて落ちたのを見て、傍《かたわ》らの者が某《それがし》に、助けに行き溺《おぼ》れた振りをして逃げるように、と言うたのです。某は河童《かっぱ》の異名が付く程泳ぎが得意なので、咄嗟《とっさ》に思い付いたのでしょうが、お蔭で逃げ切ることが出来ました」

「才三殿という御方が、最前亡くなられた……？」

「左様でございます」

「残りの方々は？」

「戻って来ないところを見ると、恐らくあの兄弟の手に掛かったものと思われます」

「追っ手が迦楼羅と天魔の兄弟だと、なぜ分かったのですか」

「そう名乗ったのです。儂《わし》ら兄弟からは逃れられぬと」

「成程《なるほど》……」

重苦しい沈黙を破るように、幻庵が二ツに聞いた。

「万一の時は、勝てるであろうかの？」

「分かりませんが、勝機があるとすれば、名乗り、一人ずつ殺すという遣《や》り口から見て、その行き過ぎた自信が裏目に出た時でしょうか」

「うむ」

幻庵は暫《しば》らくの間、顎に掌を当てて考え込んでいたが、

「とにかく」と言った。「先《ま》ずは、二ツ殿から七ツ家の衆が調べたことを聞こう。その後で、錣の森で分かったことを話すがよい。二ツ殿は初めてゆえ、スグリは儂にではなく、二ツ殿に話すつもりでな」

「心得ました」

「では」

二ツは順を追って話し、ヤマセと甚伍が千太の案内で蛇塚の志野の許《もと》へ走ったことを告げた。次いでスグリが、里人に化けて森を訪ねたところから話を始めた。

「追い払われるかと思うていたのですが、何の苦労もなく森に入ることが出来ました。昔は里人など寄せ付けなかったそうなのですが、木下藤吉郎と名乗っていた頃の秀吉に仕えてから、金が入り、ゆとりが出来るようになると、里人を入れるようになったのだそうです。それを善《よ》しとしたのが龍爪であり、悪《あ》しとしたのが迦楼羅と天魔

の兄弟だったのですな」

鋖の森では、七代目龍爪の妻女は京の公家の出として有名であった。家族を毒殺され、危ういところを龍爪に助けられた、という話が実《まこと》しやかに伝えられていた。

妻女が鋖の森に現われたのは天文八年（一五三九）、年は三十歳。その前年に、七代目龍爪と出会ったとされていた。

子供が次々と出来たが流産と死産が続き、成長したのは八代を継いだ龍爪だけだった。永禄年間に入り、鋖一族は木下藤吉郎に仕え、墨俣《すのまた》築城で七代目が負傷したのを機に、ただ一人の息《そく》が八代目を継いだ。

七代の死とともに、妻女は八代の許へと移り、今では城中の曲輪《くるわ》に庵を構えている。

「鋖の森に来る前、妻女が何をしていたか、知っている者はいないかと調べ回ったのですが、流石《さすが》に森の者からは聞き出せませんでした」

どうする？　額を寄せ合った時に才三が、鋖に恨みを抱く者を知らぬか、と言った。七代に仕えていたが、八代の時に鋖を追われた者がいると聞いた者がいた。鋖は群れから追放する者の右手首を斬って落とした。

「其奴《そやつ》なら、話してくれるかもしれぬな」

近くの山里を手分けして探した。

右手首のない男は、間もなく見付かった。

男から、妻女は京の公家ではなく、京で暮らしていたに過ぎないこと、毒草や毒虫にやたらと詳しいこと、毒を口にしていたため子供の死産が続いたことなどが分かったが、それ以上詳しいことは聞いていなかった。

（これでは証《あかし》が……）

と落胆していたところ、男が楽しそうに笑いながら言った。

「捌《さば》けたところのある方で、棟梁がおらぬ時には儂らと酒を飲むことがあっての、酔うと必ず口にする自慢話が二つあった」

一つは、家系から武士に取り立てられた者がいることであり、もう一つは幻庵のことだった。

――あの北条早雲が息に、薬草のいろはを教えたのは、わしじゃ。

「久米に」とスグリが言った。「相違ないと思われます」

「繋《つな》がったの」

幻庵の声が響いた。

「久米は京を脱し、赤間に行き、赤子を生んだ。その子をなか夫婦に預け、どのようにして出会ったのか、恐らく毒草の知識を買われたのであろうが、七代目錣の妻女となり、八代目を生み、今は八代とともに大坂城におるという訳だの」

「その預けた子供が日吉だとすると……」

空木が二ツを見た。

「日吉は大政所《おおまんどころ》の子ではない、ということになりますな」

(それが、赤間の村人を皆殺しにした理由《わけ》なのか)

幻庵と二ツと空木は、顔を見合わせ、それぞれが同じことを考えているのだ、と互いの心の中を読んだ。

遠くで、微《かす》かに人の行き交う気配がした。板廊下を擦り足で近付いて来る者がいた。その者は敷居の際《きわ》で平伏すると、腰を上げ、狭い歩幅で空木の背後に回り、何事かを耳打ちした。

空木の唇が、ここへ、と動いた。

「何事か」

「ヤマセ殿らが戻られた由《よし》にございます」

ヤマセと甚伍と千太が敷居の外に居並んだ。

「疾《と》く入られよ」

幻庵が、年に似合わぬ大きな声を発した。

二ツと空木に促され、三人は二ツの横に並んだ。

「どうだった？」

二ツがヤマセに聞いた。

「猿に似た赤子は、やはり後の秀吉でした」

「そうか」幻庵が叫ぶように言った。「詳しく聞かせて下され」

「志野が申すことには、日吉が戻って来たと、皆で祝って迎えたそうにございます。志野も二親《ふたおや》に、日吉は父親を知らず、母親も行方知れずなのだからと可愛《かわい》がるように言われ、何かと面倒を見ようとしたのですが、どこか打ち解けなかった。叔父御がおり、時折会いに来ていたようだったとも申しておりました。二ツの叔父貴のことでしような」

「そうだ」

二ツが小さく頷《うなず》いた。

「とんだ天下様だ」

幻庵の口から泡が飛んだ。久米の子ではないか。氏素性《うじすじよう》も卑《いや》しければ、出生も嘘で固めておったとはの。幻庵が、勝ち誇ったように言った。

「赤間を襲うたは、出生の秘密を隠蔽《いんぺい》するためでしょうか」

「鉄砲足軽の子でも、百姓の子でもよいが、父は恐らく野伏せりか願人坊主《がんにんぼうず》の類《たぐい》であろう。そして母が山の者では、言うてみれば埒外《らちがい》の者、溢《あぶ》れ者の出ではないか。それでは帝の落とし胤《だね》だとは、とても言えぬからの」

「父上」

空木が小さな声で窘《たしな》めた。

目の前にいるのは、山の者である。気付いた幻庵が、済まぬ、と言った。

「口が過ぎた」

「我ら、好んで山におりますれば、御懸念なく」

「叔父貴」

ヤマセが、何も聞いていなかったような顔をして、問い掛けて来た。

「命じたのは秀吉でしょうか」

隠し湯で空木に訊かれたのと同じ問いだった。訊かれたくない問いだった。秀吉だとは思えなかったし、思いたくもなかった。

「秀吉は、根は優しい男だ。根切りという考えはないと思うのだ……」

「そうかの」と幻庵が言った。「権力《ちから》を手に入れると人は変わるぞ。三木《みき》城や鳥取城への兵糧攻めを知らぬ訳ではあるまい。牛馬だけでなく死人の肉をも喰らったという飢餓地獄を」

「百歩譲って秀吉ではないとすると、誰だと思われます？」

ヤマセだった。

「母親と弟とは、考えられぬか。久米と龍爪だ」

「どうします？」

ヤマセが畳み掛けて来た。

「会いに行き、問《と》い質《ただ》さずばなるまい」

「秀吉に、でしょうか」

「久米にもな。赤間の衆には千太を育てて貰《もろ》うた恩義があるでな」

「もし秀吉ならば……」

「その時は、誰であろうと仇は討つ」

ヤマセが、得たりとばかりに身を乗り出した。

「叔父貴には言えずにおりましたが、北庄城の陣で会《お》うた時から、秀吉とその郎党には嫌悪を覚えておりました。何なりとお命じ下され。どこまでもお供致します」

「おいらも行くぞ」

千太が言った。

「私も、参ります」凜《りん》とした姿勢のまま、空木が言った。

二ツは幻庵に目を遣《や》った。

(行けば、死にまするぞ。よいのですか)

口には出さずに尋ねた。

「儂には止められぬ」

幻庵は下唇を嚙み締めてから、

「久米の居所は」と言った。「山里曲輪であろう。須雲の久六が見たところといい、此度《こたび》の調べでも、七代の妻女は大坂城の曲輪に侘《わ》びた住まいを作って貰《もろ》うておると聞き及んでいるゆえ、先ず間違いはあるまい」

「大坂城の図面はございますか」

「勿論じゃ」

「見せていただけますか」

「これへ」

幻庵が空木に命じた。空木は御座の間を出ると、直ぐに手文庫を手にして戻って来た。図面を広げて、二ツは驚いた。城を二重に取り囲んだ堀の幅と深さ、石垣の高さ、それぞれの曲輪の高さ低さなど、詳細に書き込まれていたのだった。また、所々には但し書きまで添えられていた。

「よう調べられたものでございますな」

「小太郎の苦心がここに残っておる」

二ツは風魔の底力を見せ付けられたような気がした。

「二ツ殿ならば、どこから忍び込まれる?」

大坂城は、軍略や築城に際立《きわだ》った才を誇った黒田官兵衛が、持てる才の全てを注ぎ込んだ難攻不落の城である。一枚の図面から簡単に侵入路を見付け出すことは、困難な作業《こと》だった。

(もし守るなら、どこに見張りの兵を配置するか)

二ツは、城を守る側から考えることにした。

どこから忍び込まれても、見張りが務めを十全にこなしてさえいれば、賊を見落とす懸念はなかった。だが、箍《たが》は緩《ゆる》む。難攻不落の上に胡座《あぐら》をかいた時、油断が生まれる。

二ツの目に、忍び込む道筋が仄見《ほのみ》えた。

「三つ、ございます」

「三つもか」幻庵が、唸《うな》った。「して、それはどこだ？」

「第一は……」

堀を泳ぎ渡り、石垣を越え、直接山里曲輪に忍び込む策である。だが、冬に入った今では水が冷た過ぎるし、見付かった時には逃げ場がない。

第二は、青屋口《あおやぐち》の算盤橋《そろばんばし》、二の丸の極楽橋を渡って山里曲輪に抜ける策である。これは橋を使い、番屋の鼻先を掠《かす》めて走るので、見付かる懸念も、その分高くなる。

第三は、脱出路と思われる堀沿いの東の曲輪を突破し、山里曲輪まで駆け抜ける策である。これは走る道程《みちのり》がかなり長いので、見付かる恐れがあった。

「忍び込む人数が一人ならば第一の策を、二、三人ならば第二の策を、四人以上ならば第三の策を選ぶが順当かと存じます」

「どれに致すつもりだ？」

「第二の策にしようか、と。平野川から三の丸に上がり、青屋口から二の丸に入る。図面の添え書きにあるように、青屋口の橋は橋桁《はしげた》に車が付いており、橋が出たり入ったりします。使わない時は引き込まれているので、橋が繋がっておらず、歩いては渡れません。ほんの数間のことですが、冷たくとも堀に浸かるか、綱を掛けて渡る。二の丸から山里曲輪へは極楽橋の橋桁を伝う。いかがでございましょうか」

「儂に異存はない」

「小太郎殿は、どこから？」

「風魔を率いておったゆえ、第三の策であった」

「同じことを考えておられたのかもしれませんな」

「そうだの……」

幻庵が図面に記された小太郎の文字を目でなぞっている。

「叔父貴」と言ったのは、ヤマセだった。「頼みがあるのですが」

《風招《かざおき》》の技を習いたいのだ、とヤマセは言った。

「もし叔父貴に死なれると、技が絶えてしまうかもしれません。それでは余りに勿体《もったい》ないではありませんか」

「そのことなら心配いらないよ」千太が言った。「おいらが習っているから」

「出来るのか」ヤマセが訊いた。

「そいつは、まだだ。まだ、風の赤ん坊も吹いてくれないけど、もう一年もすれば出来るだろうって叔父貴が言ってた」

「そうだが、覚えたければ、教えてやるぞ」二ツが言った。

「では、大坂までの途次に、是非」

「分かった」

「それから、算盤橋の途切れているところですが、俺たちが」と言って、ヤマセが甚伍の肩を叩いた。「堀に入り、綱を渡しますので、叔父貴はそれを伝って忍び込んで下さい。濡れない方が、後々いいでしょう」

「それは助かる。済まんな」

二ツは、ヤマセと甚伍に礼を言うと、千太と空木には、残れ、と言った。

「叔父貴が生きるか死ぬかの時に、おいらたちだけ残れと言われても聞けん」

「千太さんの言うとおりです」

「ありがたいが、生きて帰れる当てはないのだ。連れては行けぬ」

「二ツ殿」幻庵が口を挟んで来た。「一度ならず二度も頼むのは心苦しいが、どうか空木を連れて行って下され」

「…………」

「儂の寿命は尽きようとしている。分かるのだ。息に死臭が混じるようになって来たからの。長《なご》うて正月までと踏んでおる。お蔭で、どうやら北条の滅亡は見ずに済みそうだがの」

　幻庵は、頬に浮かべた苦しげな嘲《わら》いを掻き消すと、

「二ツ殿、空木はの」と言って、いつにない穏やかな目を向けて来た。「儂が諦めようとしている北条を救うつもりなのだ。そなたに手を貸し、そなたの手を借りてな」

「……………」

「儂には女子《おなご》の心は読めぬ。だが、娘の心は読めた」

「父上」

　俯《うつむ》いた空木の頬に、刷《は》いたような血の気が差している。

「実のところ、隠し湯に行くまでは気付かなんだのだ……。毒漬けにして娘から女としての身体を奪ったのは、儂だからの。だから、せめてここは、娘の思うがままにさせてやりたいのだ。分かってくれぬか」

「死ぬこととなっても、でしょうか」

「空木は滅多《めった》なことでは死なぬ。のう、空木？」

「死にませぬ。父上を看取《みと》るまでは」

「そうだ。それでよい」

「しかし、どうやって北条を救うのですか」

「毒消しさえ手に入れば、まだまだ北条の命脈は尽きませぬ。奥州勢が加勢してくれぬとも限らぬではございませぬか」

命の火が尽きる時まで、諦めたくはございません。空木の声が響いた。

「毒消しは、ないかもしれませんぞ」

「叔父貴殿、風魔に毒薬がどれ位あると思われますか」

「見当も付きませんが……」

「殺すための毒、病に陥れる毒、子種を奪う毒などなど用途は様々に分かれますが、大凡《おおよそ》五十はございます。そのうち幾つ毒消しがあるとお思いでしょうか。全てに毒消しはあるのです。毒を作れば、必ずその毒消しも作っておく。それが毒師なのです。久米も作っている筈です」

「それを奪う、と？」

「困難は承知の上にございます」

「万一にも空木様が亡くなられたら、風魔はどうなります？　それでも、奪いに大坂城に行くと言われるのですか」

「おいらがいる。おいらが風魔の力になる」

千太だった。立ち上がると、皆を見回した。

「叔父貴、風魔の衆。七ツ家には掟《おきて》があって入れないのは知ってる。だから、おいらは一人で生きて行くと決めていた。だけど、風魔がおいらを要ると言ってくれれば、風魔に入り、《礫《つぶて》》を極めてみせる。だから、死なない。何としても生きて帰る。だから、おいらも連れてけ」

「私もむざむざ殺されには行かぬ。相手が久米ならば、必ず毒を使う筈。棟梁を倒した毒と私は戦《たたこ》うてみたいのです。それに、叔父貴殿一人では、久米には勝てませぬ。毒を知り抜いておらねば、久米は倒せませぬ」

「叔父貴の負けですな」

ヤマセの一言が、決め手となった。

「では、某も配下の者を二名、連れて参りましょう」

スグリが膝を一つ前に進めて言った。

「風魔の技で、警備の目をあらぬ方へと逸《そ》らして御覧に入れまする」

「無謀な行為《こと》はせぬ、と約束していただけるなら」

「致しましょう」

「ヤマセらは、分かっているな？」

「我らは逃げ道を確かなものに致しましょう。城を攻めるには、とても人数が足りませぬゆえ」

「うむ」

「いつ」と幻庵が二ツに聞いた。「出立致す？」

「直《ただ》ちに」

二ツは言ってから、一同を見渡した。

空木が、スグリが、ヤマセが、甚伍が、千太が頷いた。


仕度を整えた二ツらが東海道を直走《ひたはし》っている頃、七ツ家の隠れ里に向かう影の集団があった。

久米が、ただ一つ密《ひそ》かに繋がりを保ち続けていた渡りの衆を使い、七ツ家の隠れ里を突き止めたのは、十日程前のことだった。

――毒も出来た。隠れ里も分かった。直ちに七ツ家を、二ツを葬り去るのだ。

久米の言を受け、龍爪自らが《木霊》を率いて大坂城を後にしたのである。

二十　虎穴

二ツらは奈良街道を走り、夜の暗峠《くらがりとうげ》を越え、大坂に入った。後は川舟を手に入れ、一挙に城の外郭に忍び寄るという算段であった。

川舟を手に入れるのは、難しいことではなかった。土地の貸元は、手慰みを覚え始めた川漁師から借金の形《かた》に取り上げた舟を山程持っていたのである。二ツらは平野川を下り、水けの多いじめじめとした湿地の向こうに大坂城を望むところへと漕ぎ進んだ。

「まだまだこの辺りには、見張りはおらぬようです」

櫓《ろ》を漕いでいたヤマセが、薦《こも》を被《かぶ》って身を潜めた二ツらに知らせた。

「決して油断するな」

「心得ています」

やがて一行は平野川から水路に入り、外堀に出る手前で舟を捨て、石垣を上った。そこから城の北東の出入り口である青屋口《あおやぐち》まで走るのである。

青屋口には橋が架かっていた。橋桁《はしげた》の下に百足《むかで》の足のように沢山の車輪が付いており、必要に応じて橋の出し入れが出来る算盤橋と呼ばれる橋だった。橋を使わない時は、車輪の付いた橋桁ごと、城の方に引き込まれていた。

「我らにお任せを」

進み出たのはスグリと配下の者二人だった。

「京橋口辺りで騒ぎを起こし、《木霊》を引き付けまするゆえ、その間に」

京橋口は城の北西《いぬい》にあった。京橋口で騒げば、見張りの目は僅かな間であろうが逸《そ》れる筈だった。

「姫様」

とスグリが言った。

「我ら死に場所を得ましたので、派手に戦い、棟梁の後を追いまする」

「済まぬ」

「何を仰《おお》せられます。我ら姫様と行をともに出来、幸せに存じておりまする」

スグリらが夜の闇に溶け込むように走り去った。見送る皆に背を向け、空木が足拵《あしごしら》えを直し始めた。

間もなくして、微かな指笛が聞こえて来た。

風魔の笛ではない。《木霊》が鳴らしたものだった。青屋口の橋詰の番屋の中を影がよぎった。京橋口の窓に寄り集まっているらしい。

「行きますぞ」

ヤマセと甚伍が影の中から大股《おおまた》で飛び出した。二ツと空木が続いた。

四人は堀に架かっている橋桁の上を風のように走った。橋桁の切れたところで裏に回り、ヤマセと甚伍が堀に入って綱を渡した。

濡れ鼠になったヤマセと甚伍を残し、橋を渡り終えた二ツと空木は、番屋の脇を掠め、厩《うまや》と米蔵を背にして本丸と二の丸を結ぶ極楽橋のほとりへと進んだ。

橋の裏に回ろうとして、二ツの顔に蜘蛛《くも》の糸が掛かった。手で払い、橋板の裏に回った。空木が直ぐ後ろに従っている。

本丸の石垣に手が届いた。大坂城の石垣は、野面《のづら》積み、別名野石乱積みと言われる石積み法が採られていた。切込ハギとか亀甲《きっこう》積みのように整然と隙間なく積まれた石垣ではない。指も掛かれば、足も掛かった。

二ツと空木は石垣を横に這い進み、塀に上がり、腹這いになって山里曲輪の様子を窺《うかが》った。

二人の《木霊》が、警戒に当たっていた。二人は淡々と決められた道筋に目を配りながら歩いている。

その歩みに重なる時があることに二ツは気付いた。

一人がもう一人の陰になる。

《熊落とし》が使えるか）

七ツ家の者が、熊を狩る時に使う技だった。逃げる兎の身体に隠れるように長鉈を投げ付け、追って来た熊の咽喉を斬り裂くという技のため、その名が付いていた。二人が重なった時を狙えば、後ろの一人は《熊落とし》で倒せる。肝心なのは、前の一人をどう倒すか、だった。

（奴も《熊落とし》か）

長鉈を躱《かわ》しても、その位置に留まっていれば、長鉈の陰から手裏剣が飛ぶ。

（だが、もし敵が動いたら……）

（その時は、その時だ……）

迷いに捕らわれている時ではなかった。空木から手裏剣を貫った。二人が交差しようとしている。二ツの長鉈が手を離れた。鋭く回転して、前の《木霊》に向かった。長鉈に気付いた前の《木霊》が上半身を屈《かが》めて躱し、顔を起こした。後ろの《木霊》が弾《はじ》かれたように倒れた。

「ぬっ」

前の《木霊》が、どこから鉈が飛んで来たのか探ろうと身構えた。その瞬間、眉間に手裏剣が深々と突き刺さった。

「よしっ」

二ツに続いて空木が曲輪の内側に滑り降りた。

待月庵は目の前にあった。

遺骸を隠したとは言え、警備の《木霊》を二人殺している。異変は直ぐに知られるだろう。急がなければならなかった。久米を問い質すにも、毒消しを探し出すにも時が必要だった。二ツが表の引き戸をそっと開けた。薬草を煎じているのか、噎《む》せるような臭《にお》いが二ツを包んだ。

二ツは脇にいる空木に、常人には聞こえぬ小声で、毒気がないか尋ねた。

「甘草《かんぞう》と大豆を煎じているのです。大事ございませぬ」

二ツと空木が土間に足を踏み入れた。

「何か、用かな？」

奥から老婆の声がした。何と答えたものか、迷っている二ツに、老婆の声が被《かぶ》さった。

「戸を閉めて待っておれ。直ぐに終わるでな」

「はっ」

短く答えてから戸を閉め、二ツはそっと奥へ歩み寄ろうとした。それを待っていたかのように、奥から花のような香りが漂って来た。

(何だ？)

二ツは目で、空木に訊いた。

空木が首を横に振った。

奥の暗がりの底で、何かが動いた。

小さなものが、不器用な歩みを見せている。泥人形だった。それは二人の足許で止まり、腰を折ると、火を熾《お》こそうとした。

「下がれ」

二ツが、空木に小さな声で叫んだ。

空木の身体がぐらり、と揺れた。

二ツも気が遠のき掛けている。

「しまった」

二ツは空木の二の腕を摑み、戸口に戻り、引き戸を開けた。二ツの目に映ったのは、居並んでいる黒い影だった。

長鉈に手を掛けた。だが、二ツの動きは鈍っていた。影は難無く近付くと、左手で長鉈に伸びた二ツの手を押さえ、右の拳を二ツの顎に叩き込んだ。目の前が暗くなり、二ツは膝から頽《くずお》れた。

土間の中央に放り投げられた衝撃で、二ツは気を取り戻した。直ぐ横に、鼻と口から血を流している空木が転がっていた。

「忍びだ。裸に剝《む》けい」

数本の腕が伸びて来た。抗《あらが》おうとしても、身体が言うことを聞かなかった。二ツは身に纏《まと》っていたものを次々に剝ぎ取られた。空木も上半身に次いで、忍び袴《ばかま》の下に着けていた下帯をも取られている。

「女だ」

輪の後ろにいた《木霊》が声を上げた。

「珍しくもあるまいが」

寒々とした土間に、空木の白い裸身が無造作に投げ出されている。

二ツと空木の目が合った。

空木は取り巻いた影の中から老婆を探すと、這い寄ろうとした。

空木の身体が仄《ほの》かに甘く匂った。

「………………！」

老婆の目が光った。

「彼奴《あやつ》らだ」

後ろから覗き込んでいた《木霊》の一人が叫んだ。

「この女と其奴《そやつ》には覚えがある。弥陀ヶ原で暴れてくれた奴らだ」

「実《まこと》か」

「仇討ちだ」

「男は殺せ。女は貰《もろ》うてよいの、お婆様《ばば》」

戸口に立ちはだかり、二ツの顎に拳を叩き込んだ男が言った。

「死にたければな」

「儂も蜘蛛の玄達と言われた男、むざむざと殺《や》られはせぬわ」

男が鼻で笑った。

「見ておれ」

老婆は、瓶から蛭《ひる》を取り出すと、空木の胸の上に放った。蛭は細くぬめりのある身体を伸び縮みさせながら僅かに動き、乳房に張り付いて動きを止めた。

「吸うておるわ」

蛭の胴が徐々に太くなり、やがて小指程の大きさに膨れ上がった。

「……あっ」

《木霊》が声を上げた。蛭が、空木の胸からぽろりと落ちたのだ。

「この女、毒で出来ておるのだ」

暫く唸っていた玄達が、さすれば、と言った。

「逃げられぬよう、二人とも両の手首を斬り落とせ」


目を覚ました二ツは、直ぐに両の手首を見た。

斬り落とされずに、付いていた。

「安堵《あんど》したか」

老婆の声だった。頭上から聞こえて来た。

二ツは天井を見上げた。木の組み方が違っていた。

(移されたのか)

己と空木を見た。互いに、四つ脚の台に裸で縛られていた。

「そなたが、七ツ家の二ツか」

老婆が、梯子《はしご》を伝い降りながら言った。

「左手の指を見て分かったわ」

「誰から聞いた？　日吉か」

老婆の足が、一瞬止まったのを、二ツは見逃さなかった。

「……誰でもよいわ。いずれそなたには死んでもらうつもりだが、それまでは痛い思いをさせまいと思うただけだ」

老婆は降り立つと、気を失っている空木の足許に回り、凝《じ》っと股間を見詰めた。

（何をしようと言うのだ）

二ツは、手首を縛っている縄を思い切り引いた。忍びが縛った縄である。縄は手首に喰い込むだけで、緩みもしない。

「無駄なことはするでない」

老婆は二ツに言い置くと、己の指を嘗《な》め、空木の秘部《ひぶ》にゆるりと挿《さ》し込んだ。空木の眉間に縦皺《たてじわ》が寄った。

「どれどれ」

引き抜いた指のにおいを嗅ぎ、しゃぶった。老婆の口から吐息が漏れた。

「…………」

嘘寒いものが股間をよぎった。空木が目を開けた。

「ようこの身体を作ったものよ。そなたは、何者なのじゃ？」

「お分かりになりませぬか、……お婆様、いえ久米殿」

「どうして、わしの名を？」

老婆が身体を引き、二人を見比べた。

「幼名菊寿丸《きくじゆまる》、法名長綱《ちょうこう》と申せばお分かりでしょう。北条幻庵の娘です」

「気付かなんだ。風魔なのに幻庵と結び付けぬとは、年は取りたくないものよの。そうであったか、あの幻庵の、のう」

「調べたのだ」と二ツが言った。「京から去った後のお婆殿の足跡《こと》をな」

「余計なことを」

「お蔭で、知らんでもよいことを知る羽目になってしまった」

「…………」

久米の瞼《まぶた》が微かに痙攣《けいれん》している。

「赤間の衆をなぜ殺した？」二ツが問い詰めた。「命じたのは、お婆殿か、日吉か」

「聞いてどうする？」

「仇を討つ」

「縛られておるのに、か」久米が黒い口を開けて笑った。「そなたは、おとなしくしておれ。それより、幻庵が娘、どのようにしてその身体を作ったのじゃ？」

「言わぬ」

「何としても、言わせてくれようぞ」

「決して、言わぬ」

「そうか……」

久米が懐から竹筒を取り出し、二ツの唇に当てた。口を堅く閉じている二ツの頬を、渾身《こんしん》の力を込めて挟んだ。年寄りの力とは思えなかった。二ツの口が尖《とが》り、唇が開いた。

「飲め」

久米が竹筒の水を二ツの口に流し込んだ。

「叔父貴殿！」

甘く苦い水が咽喉を滑り落ちて行った。

「直ぐに効き目が現われるわ」

間もなくして目眩《めまい》が起こり、吐き気が襲って来た。

「話せば毒消しを飲ませてやる」

言葉を発しようとしても、舌が縺《もつ》れ、唸り声になるだけだった。二ツは口を大きく開け、咽喉の奥で息を継いだ。

「叔父貴殿、暫《しば》し御辛抱下され」

空木が、久米に言った。

「赤間がことを話せば、話しましょう。だが、その前に、毒消しを飲ませてやってはくれませぬか。どうせ我らは殺される身。誰にも話すことは出来ぬではござりませぬか」

僅かの間、老婆と空木は目を絡ませていたが、

「承知した」久米が折れた。「嘘偽りなく話すのだな？」

頷く空木を見て、久米が二ツの口に別の竹筒をあてがった。黒く濃い液体が、どろりと口の中に広がった。

二ツが毒消しを飲み干すのを待って、久米が話し始めた。

「そなたらは、己が生きて来た証《あかし》をすべて消し去りたいと思うたことはないか。わしは、わしに拘《かか》わって来たすべての者を殺し、この世からわしを消し去ろうと思うたのよ。わしの手を煩《わずら》わせることなく、先に死んでくれた世話のない者もいた。だが、赤間は、わしが死んだ後も残るであろう。だから、赤間から根切りを始めたのじゃ

……」

「そのような話では、赤間の衆は浮かばれぬぞ」

二ツは、目眩に耐えるため目を閉じたまま、痺《しび》れの残る舌で言った。

「五十四年前、赤間に流れて来た女がおったそうだ。一年程して、渡りの群れに入り、赤間を出て行ったらしいがの。お婆殿、そなたに相違ないな？」

「わしだ。わしと赤間との繫がりはそれだけだ」

「生んだ赤子がおったであろう？」

「死んだ」

「生きておる。弥右衛門・なか夫婦に預けた赤子は、その者らとともに赤間を出、尾張国中村に流れて行った。名は……」

「言わずともよい」

「赤間の者を根切りにしたは、そなたがためではなく、日吉が出自を隠すためであろう？」二ツは、込み上げて来る吐き気に抗いながら言葉を重ねた。「日吉の母親は、京で主殺しをし、渡りの群れに入り、赤間に流れ着いた久米であってはならぬ。そう思ったのだな？」

「わしが昔のことを知る者は殆どおらぬと思うておったが、よう調べたの」

「儂は山の者だからな」

「そうであった。里の者ばかり気にしておったわ」

久米は、声には出さずに咽喉を震わせると、

「しかし」と言って、真顔になった。「これだけは信じてくれ。赤間がことは、まったく日吉の与《あず》かり知らぬことじゃ。日吉が生まれ素性を言われる度《たび》にわしの胸は張り裂けそうになった。百姓の息子でさえ卑しいと言われておるのに、もしこのわしのことが露見したら、と思うとの」

「お婆殿の気持ち、分からぬではない。が、それを気にする日吉ではない筈だ。確かに、貴《とうと》い御方の御落胤《ごらくいん》だとか、誰ぞの養子となり位を得たりしているようだが、あれは政《まつりごと》のための素性を作ろうとしているのであって、独り秀吉になれば、昔の日吉ではないか」

二ツは尚《なお》も言い募《つの》った。

「お婆殿と龍爪が行なったことは、日吉への裏切りでもあるのだぞ」

「分からぬのじゃ。根っからの山の者ではない、そなたにはの」

「何と？」

思いも寄らぬ言葉だった。二ツが怯《ひる》んだ。

「日吉から聞いたわ。そなたはどこぞの城の若様だったそうだの。そなたには、かつては人の上に立っておった、という支えがあるのだろうが、わしらは里の者から喰いものを投げ与えられたことしかない渡りの群れにおったのじゃ。そんなわしが、天下人《てんかびと》の母になった。子を守ろうとするのは当然のことであろう」

「ために、罪のない者を殺してもか」

「一つの集落が消えた。それだけのことだわ」

「そうやって心を閉ざすのか」

二ツには答えず、わしは話した、と久米が、空木に言った。

「そなたの番じゃ。聞きそびれておったが、そなた、名は何と申す？」

「空木にございます」

「……空木か」

久米の目に、よぎるものがあった。

空木と二ツは、顔を見合わせてから、久米が話すのを待った。

「京のお屋敷におった頃のことじゃ。そなたの父御《ててご》が空木の苗木を持って来てな。毎日水をやってくれと言うて、小銭をくれたのじゃ。小銭と言うても、当時のわしには大金であった……」

何を思い出したのか、久米は小さく笑うと続けた。

「わしはその小銭で赤い布を買《こ》うた。大事に大事にしておった。京を脱する時も、赤間に着いた時も、ずっと持っておった。日吉が生まれた時に、それで小さなお守りを二つ作り、わしと日吉の首に掛け、なか殿に預けた。日吉の馬鹿は直ぐになくしてしもうたが、わしは随分と長く持っておった。布の寿命よりも長く生きてしもうたゆえ、今はもうないがな……」

「今も、その木は？」

空木が尋ねた。

「京を出た後のことは知らぬが、あの苗木を枯らさずに若木に育てたのは、わしじゃ。夏の初めには、白い小さな花が咲いておった」

そんなこともあったという話じゃ。さっ、話すがよいわ。久米が空木を促した。

「久米殿は、毒にお詳しいゆえ、嘘は申しませぬ」

空木は、幼い頃から毎日毒を少量ずつ飲まされ続けて来たことを話した。突然目が見えなくなったこと、耳が聞こえなくなったこと、痺れが一月《ひとつき》も続いたこと。半年後、ぼんやりと目が見え始めた時のこと、音が聞こえるようになるまでには、三年の日数が掛かったことなどなど、話し過ぎる程に空木は話して、口を閉ざした。

「わしも毎日毒を飲んでおったゆえ、そなたの話に嘘がないこと、よう分かる」

久米が己の両の掌を見詰めながら言った。

「わしの身体にも毒は残った。だが、わしの身体の毒は、そなたのように濃いものではなく、また十年も経たずに消えてしもうた。それが、どうしてなのか、今でも分からぬ。そなた、何か毒とともに飲みはせなんだかの？」

「…………」

思い当たるものがあったのか、空木の身体が小さく弾《はじ》けた。

「何だ？」

久米が、詰め寄った。

「烏梅《うばい》を飲むよう、きつく言われました」

烏梅とは、水で洗った青梅に竹炭をまぶして燻《いぶ》し、天日《てんぴ》に干して作る真っ黒な梅だった。見た目から烏の名が付いている。

「して、飲んだのか？」

「必ず……」

飲んだ毒を烏梅で殺し、そこに毒が入り、また毒を殺す。降り積もる灰が薄い層になるように毒が身体に残り、毒に耐える身体になる……。久米には、思いも寄らぬ方法だった。

「そなたの父御は、白い花を付ける空木を、黄緑の花の咲く毒空木に変えたのじゃ」

久米は、遠い記憶を呼び起こすように言った。

「他の者と違い、婢《はしため》のわしを師匠と呼んでくれたこともあった。変わった御人《おひと》ではあった。父御をさぞや恨んでおろうな？」

「幻庵の娘に生まれ、風魔の中で育った私の運命《さだめ》と思えば、恨む筋合いではございませぬ」

「よい覚悟だと褒《ほ》めてやりたいが……」

どうじゃ、と久米が言葉を継いだ。

「北条は滅ぶ。間違いなく滅ぶ。そなた、わしと組み、毒を極めてはみぬか。さすれば、七ツ家なんぞに用はない。放してやるぞ」

階上《うえ》を、急ぎ近付いて来る者がいた。

「お婆様」

梯子の上から、声が届いて来た。

「殿下がお呼びにございます」

「はて？　用向きは何であろうかの？」

「薬湯を頼みたいとのことにございます」

「使いは誰じゃ、治部《じぶ》か」

「左様にございます」

「待たせると、うるさいの……」

「治部少輔《じぶのしよう》様には何と？」

階上の《木霊》が、梯子の降り口から顔を覗かせた。

「仕方あるまい。直ぐに行くと伝えい。だが、この二人の獲物については、治部は勿論、殿下にも内密にな」

「心得ております」

《木霊》の顔が引っ込み、足音が表の引き戸の方へ向かった。

「そなたら、わしが戻るまで眠って待っておれ」

久米が白い粉を二ツと空木の口中に零《こぼ》した。

苦く、不味《まず》い粉だった。

二ツは、空木と二人で隠れ湯に浸かっていた。

風はなく、鳥も啼《な》くのを忘れ、山の湯は静けさの中にあった。

「叔父貴殿、湯がぬるうございます」

確かに、いつになくぬるい湯だった。

「これでは風邪を引いてしまいます」

「そうだの」

「何か羽織るものはございませぬか」

「ここで、着るのか」

「それが、何か」

「湯の中だぞ」

「叔父貴殿」

空木が執拗に急《せ》かせて来る。

「叔父貴殿、叔父貴殿……」

二ツの目が覚めた。

瞬時、己が今どこにいるのか分からず、辺りを見回した。薬で眠らされていたために、混乱していた。どれくらい時が経ったのかさえ、分からなくなっていた。

「よう眠っておいででした」

台の上に縛られたままの姿で空木が言った。

椀のような乳房が、堅く凍《こご》えている。

「夢を見ていた……」

「まあっ」

「隠れ湯に二人で入っていた。空木様が、湯がぬるいと言うてな、着るものを寄越せと責めるのだ。困っておったところで目が覚めた」

空木は白い歯を零すと、もう一度、と言った。

「あの湯に入りたいですね」

「ここを抜け出すことが出来たら、また来るがいい。千太はそなたに母を見ている。そなたの子として育ててもよいのではないか」

「風魔の力になると言うてくれましたが」

「北条が滅びたら、風魔も滅ぶ。今更《いまさら》修羅に生きてどうするのだ。山で生きることを考えてみてはどうだ？」

「それはまた先の話にございます。ここを脱け出してから考えましょう」

空木の物言いには、自信が溢れていた。

「何か」と二ツは、思わず問うた。「策でもあるのか」

「これでも風魔にございます。叔父貴殿は、これから何が起こっても、暫《しばら》く目と耳を塞《ふさ》いでいること。よろしいですね？」

二ツには、策など何もなかった。承知するしかなかった。

空木が階上に向かって、叫んだ。

「誰か。誰か、おらぬか」

「何用だ？」

見張りの《木霊》が、降り口から顔を覗かせた。

「水を下され」

「…………」

「咽喉が渇いてたまらぬ。頼む」

「何を企《たくら》んでおる？」

「裸に剥かれ、手足も動かせぬのに、企むことなどないわ」

《木霊》の視線が手足を探り、次いで股間に移った。空木が、視線から逃れるように身体を捩《よじ》った。

「待っておれ」

梯子を降りて来た《木霊》は、空木の手足を縛っている縄に弛《ゆる》みがないか、一つ一つ丹念に調べた。

「儂が口移しで飲ませてやる。嫌なら、水は諦めい」

「何でもよい、早《はよ》う」

「喉笛を嚙み切られると困るでな」

《木霊》は空木の髪を右手で掴むと、竹筒の水を口に含み、口移しに飲ませながら、空いた左手で乳房を揉み始めた。

　空木は逃れようともせず、咽喉を鳴らして水を飲んでいる。

「そなたの身体が毒で出来ておるのは、実《まこと》か」

「死ぬ程の毒なら、疾《と》うに私が死んでおる」

「儂もそう思うが、死ぬのは御免だからの」

「ならば、早う行け」

「うむ」

《木霊》は空木の足許に立ち、秘部に目をやりながら、迷っている。《木霊》の手が伸びた。股間を探ろうとするが、きつく股《もも》を合わせ、腰を引くので思うようにならない。

「暴れるではないぞ」

《木霊》が片方の足の縄を解き、持ち上げた。秘部が露《あらわ》になった。

「あっ、お婆様」

《木霊》がぎょっとして振り仰いだのと同時に、空木の足が翻《ひるがえ》った。《木霊》の首筋から、紐のような血潮が噴き出した。

足指に喰い込むように嵌《は》めた、細く小さな半円の鉄輪に、刺《とげ》のような刃が付いていたのだった。

(あの時か……)

青屋口でスグリらと別れた後、空木が背を向けて足拵えを直していたのを思い出した。

空木はもう片方の足の縄を切ると、両の足を頭上に跳ね上げ、手の縄を切った。自らを解き放った空木は、二ツの縄を切りながら、走れるか、と訊いた。

無理だった。身体を起こそうとしただけで、ふらついた。久米に飲まされた毒消しでは量が足りなかったのだろう。それに眠り薬を飲まされている。

空木は《木霊》の懐や腰回りを探ったが、首を横に振ると、片隅の暗がりにしゃがみ込み、黒い小さな塊を取って来た。

「炭です。よく嚙んで飲み込んで下さい」

炭は毒を吸ってくれるのだ、と空木が説き明かした。

「水を探しますので、とにかく嚙んでいて下さい」

掌に小山が出来る程の量を差し出した。

二ツが奥歯で嚙んでいるうちに、椀になみなみと水を注いで来た。

生臭い水だった。

「毒ではなかろうな？」

「その心配はございませぬ。蛙《かえる》が泳いでおりました」

「……なら、安心だな」

蛙の糞尿がたっぷり入った水で、炭を胃の腑《ふ》へ流し込んだ。

「どうだ、毒消しはあったか」

「ざっと見たのですが、それらしきものは置いてございませぬ。と言って、あれこれ探している暇《いとま》もなく……。とにかくここを脱することが先決と考えますれば」

「分かった」

武器になるものは、《木霊》が身に付けていた忍び刀と苦無《くない》と手裏剣だけだった。

二ツが忍び刀を、空木が苦無を取り、手裏剣は分け合った。

足腰のしっかりしている空木が先になって梯子を上り、そのまま階上に躍り出た。

《木霊》が二人、土間に腰を下ろし、切り刻んだ葉を嚙んでいた。数種の葉を混ぜ合わせ、効能を調べていたらしい。

突然目の前に現われた全裸の空木を見て、《木霊》の表情が一変した。が、立ち上がることも、声を出すことも出来なかった。一人は胸に苦無を深々と刺され、もう一人は手裏剣を額に受けていたのだった。

「叔父貴殿、これを」

捕らえられた時に脱がされた刺し子などが、ひと纏《まと》めにされていた。

「そなたも」

「私は、少しの間でも毒消しを探します」

空木が、棚の瓶の蓋《ふた》を端から開けている。手で何かを払った。細い糸のようなものが、光って消えた。

（蜘蛛《くも》の糸か……）

二ツの心に、何かが引っ掛かった。

本丸と二の丸を結ぶ極楽橋のたもとでも、蜘蛛の糸に掛かっていた。

「早う、ここを出るのだ」

しかし、既に遅かった。

待月庵の引き戸が開き、《木霊》がなだれ込んで来ていた。

空木は倒れている《木霊》の太刀《たち》を引き抜くと、寄せて来た《木霊》を押し返し、後ろ手に引き戸を閉め、叔父貴殿は火を、と叫んだ。

「火を付け、庵を燃やして下さい」

「そなた一人で大事ないか」

「お任せを」

探した。再び襲って来た目眩を、吐き気を堪《こら》え、火種を探した。いつも身に付けている火種を入れた筒は抜き取られている。庵の中を調べた。火打ち石すら、どこにもなかった。外からの声が二ツの耳に届いて来た。

「斬り刻め」

焦《あせ》った。焦りで、どこに何があるのか、見当も付かなくなっていた。

その時、裏の板壁がくるりと回って開き、抜刀した《木霊》が躍り掛かって来た。鋭い切っ先が頰を掠めた。躱す間もなく、二の太刀、三の太刀が続いた。

その頃、引き戸の外では、《木霊》の群れの中から、蜘蛛の玄達が歩み出て来たところだった。

「《糸綴《いとと》じ》の秘技、見せてくれるわ」

玄達が袂《たもと》から革袋を取り出した。それは対手《あいて》の気を誘う目眩《めくら》ましだった。既に夥《おびただ》しい数の蜘蛛が、木の枝先や檜皮葺《ひわだぶ》きの屋根から、空木の身体に飛び掛かろうとしていたのだった。

空木が、それと気付いた時には、逃げる術《すべ》は残されていなかった。空木の全身を蜘蛛が埋め尽くし、嚙み付いた。

空木が一歩前に踏み出した。

空木を取り囲む《木霊》の輪が縮まった。

顔に取り付いた蜘蛛の隙間から、空木の笑みが零れた。

「…………？」

玄達にして、初めて見る末期《まつご》の顔だった。

(何を企んでおるのだ……)

右手を横に振り、皆を下げようとして、己の顔が血飛沫《ちしぶき》に濡れたことに気が付いた。

空木が自らの首筋を斬り裂き様《ざま》、その場で身体を独楽《こま》のように回したのだ。若い身体から噴き出した血潮が、取り巻いた《木霊》の頭に、顔に、雨のように降り注いだ。

「おのれ」

掌で顔の血潮を拭き取ろうとして、玄達らの手が止まった。

目に焼けるような痛みが奔《はし》ったのである。

引き戸を蹴破り、空木の名を呼ぶ二ツの声を聞きながら、玄達はその場に頽《くずお》れた。

その傍らには、血と蜘蛛に塗れた空木が倒れていた。


二ツは目眩と吐き気に震えながら本丸の石垣を伝い降り、極楽橋まで駆け、橋杭に取り付いた。そこからは、手指の力に頼って、橋を渡るしかなかった。

息が切れた。目が眩《くら》んだ。頭も割れんばかりだった。

だが、諦めるわけにはいかなかった。

（燃やしてやる。必ず、燃やしてやる）

二ツは必死になって腕を手繰《たぐ》り、極楽橋を渡り切り、青屋口へと急いだ。

背後に怒声《どせい》が起こった。

追っ手の声だった。《木霊》を前に押し出し、見回りの城兵と番屋の侍が追って来ている。算盤橋の前には、人垣が出来ていた。斬り込むだけの力は、使い果たしてしまっている。二ツは塀を乗り越え、堀に飛び込んだ。水音を頼りに、七ツ家の助けが来ることに賭けたのだ。

水の冷たさに、徐々に手足が痺れ始めた。身体が重くなっていった。

どこだ？　どこにいるのだ？　堀の石垣を見渡した。

「叔父貴」

ヤマセの声だった。声のした方を見詰めた。ヤマセと甚伍と千太の姿が見えた。ヤマセが手を振り上げ、縄を見せた。

縄が投げられた。二ツが手を伸ばした。届かない。もう少し泳がなければ、縄は握れない。泳ごうとした。だが、凍えた手足は思うに任せなかった。

誰かが、飛び込んだ。石垣の上にいるのは、千太とヤマセだった。

(甚伍か)

甚伍の泳ぎには力があった。近付いて来た。

伸ばした二ツの手に、明かりが射した。龕灯《がんどう》が灯《とも》されたのだった。

「射殺せ」

弓矢が、耳を掠め、腕を掠め、堀に落ちた。

甚伍の姿が堀に消えた。潜ったのだ。二ツも、最後の力を振り絞り、堀に潜った。

「空木のお姉さんは？」

千太がヤマセを見上げた。

二ツの様子からして、捕らえられたか、死んだか、二つに一つと思われた。

「分からぬ。が、当て推量するよりも、先ずは叔父貴を助けることだ」

「大丈夫だよね」

「易々と殺《や》られる姫ではないからの」

「ねえ」

と千太が、ヤマセの袖を引いた。

「何だ？」

「投げてもいいかな？」

千太が掌に乗せた《礫》を見せた。ヤマセは堀の向こうから矢を射掛けている兵を見渡した。堀の幅は、二十間（約三十六メートル）はあった。

「届くのか」

「まあ、見てな」

千太の左腕が弧を描いた。千太の指から離れた石は、するすると空中を滑るようにして飛ぶと、櫓《やぐら》の上に立ち、矢を番《つが》えていた兵の頭を直撃した。

「これは、たまげた。凄い腕だな」

ヤマセが感嘆の声を上げた。

「そうかな」

千太が、怒ったような顔をして言った。

「どんどん投げろ」

「分かった」

今度は、石塀の上に立っていた兵に当たった。

「曲がって飛んだな？」

「あれは、《飛燕《ひえん》》という投げ方だ」

「千太が名付けたのか」

「叔父貴だ」

「成程。違う技もあるのか」

平らな石が水面を掠めて飛び、石垣の直前で浮き上がり、兵の顎をとらえた。

「《埋火《うずみび》》というんだ」

箱に火薬を仕掛けて土に埋め、踏むと爆発するという忍びが使う地雷だった。

「分かる気がする。次を見せてくれ」

千太の《礫》は的を過《あやま》たずに兵を倒し続けた。

「大したものだ。風魔は止めて、七ツ家に来い」

「駄目だ。男が一度風魔と言ったからには、風魔だ」

「小僧、気に入ったぞ」

「別に褒められても嬉しくないよ」

「そうか」


「手を貸せ」

石垣の下から、二ツの声が聞こえて来た。

ヤマセが二ツの手を取って引き上げた。甚伍が続いた。

「空木のお姉さんは？」

千太が割り込むようにして二ツの前に行き、尋ねた。

答えるより先に、二ツの口から黒い水が迸《ほとばし》り出た。千太が、驚いて飛《と》び退《の》いた。

「安心しろ、炭だ」

「炭を喰ったのですか」

「喰った」

「…………」

ヤマセと甚伍と千太が顔を見合わせた。

「あれを」

甚伍が青屋口の算盤橋が延びて来ているのに気付いた。追っ手の兵が乗っている。

「走れますか」

「どうにかな」

「千太」ヤマセが千太の掌を顎で指した。「投げろ」

「お姉さん、死んじゃったの？」

「……そうだ」

二ツが答えた。千太の顔が、歪《ゆが》んだ。

「……分かった」

千太の腕が大きく撓《しな》った。

二十一　隠れ里

幻庵と供の者が去り、俄《にわか》に座敷が広くなった。

母屋と数寄屋を結ぶ渡り廊下を、幻庵らの足音が遠のいて行く。

日に二回、朝と晩に行われる見舞い行だった。

二ツは、久野の幻庵屋敷にいた。庭に張り出た数寄屋で、毒気の抜け切らぬ身体の養生をするよう勧められたのだ。

――よう知らせて下された。礼を申す。

鶴のように痩《や》せた身体で、目だけを光らせて娘の最期を聞いていた幻庵の姿が、思い返された。

北条氏最長老の幻庵は、この年九十七歳を数えていた。その年で娘の死の報を受けたのは、四日前のことになる。覚悟して送り出したとは言え、耐えるには年を取り過ぎていた。足音からも張りが失《う》せている。

「叔父貴」

千太が、握り締めていた小石を袂《たもと》にしまいながら言った。

「もう眠った方がいいよ」

「そうだな……」

目眩も吐き気もなくなったが、どうにも身体が重かった。五十代には感じたことのない疲れだった。改めて、己の年を数えた。六十一も終わろうとしていた。まさか、この年まで生きようとは思ってもいなかった。

（なかなか死なぬものだの……）

そう思う反面、若くして没した者たちの多さに、戸惑いも覚えた。

（儂《わし》は生き過ぎておるのやもしれんな……）

逝《い》ってしまった者たちの名を呟いているうちに、二ツは深い眠りに落ちていった。

「叔父貴」

千太の声ではなかった。霧が晴れるように急速に目が覚めた。枕許にいたのは、金剛丸だった。

「お休みのところを申し訳ございません。大事が起こりました」

金剛丸は隠れ里にいる筈だった。それが、ヤマセから居場所を聞き、異変を伝えに小田原まで駆けて来たのだ。尋常なことではない。

「何があった？」

跳び起きるが早いか、訊いた。

「隠れ里が襲われました」

「対手《あいて》は？」

「錣《しころ》一族です」

「いつのことだ？」

二ツが空木と山里曲輪に忍び込んだ日だった。

(それで、龍爪が現われなかったのか)

心の中で合点しながら、

「死んだ者はいるのか」

「九名が……」

「誰と誰だ？」

金剛丸が口早に名前を挙げた。七十を越えた老婆を筆頭に、子を育て上げた母親から乳飲み子までいたが、男衆は一人しか含まれていなかった。

「男衆の殆どは、《冬の七つ巡り》の手伝いで里を離れていたのです」

七ツ家には、二つの《七つ巡り》があった。七歳になった年の七月七日に行なう

《夏の七つ巡り》と、十歳になった冬、山にその冬最初の雪が降ってから十日目前後に行なう《冬の七つ巡り》の二つだった。昔は夏だけだったが、十年前、冬の山に迷い込み、熊に襲われた子供が出てから冬にも行なうことになっていた。夏でも冬でもやることは同じだった。たった一人で夜中に、明かりも持たず、決められた七か所を通って、近くの峰々を回って来るというものだった。

「毒か」

「左様で」

《七つ巡り》のため、多数の者が山に散っていたとは言え、一村が全滅した赤間に比べ、信じられないほど亡くなった者の数が少なかった。理由《わけ》を尋ねた。

「束《たば》ねが、一の家を爆破するよう源道《げんどう》の叔父貴に命じたのです」

「あそこは……」

「塩硝倉《えんしょうぐら》です」

射込まれた大国火矢が破裂し、白い粉が舞い上がるのを見、

(これがヤマセの言うていた毒か……)

半信半疑ながらも束ねは、《七つ巡り》の帰りをともに二の家で待っていた小頭《こがしら》の源道に、息を詰めて風下にある塩硝倉まで走り、火を放つように言ったのだ。

太い火柱が夜空を焦がす勢いで噴き上がった。次いで、二の家にも火を放った頃には、風向きが変わり始めていた。

(何が起こったのだ？)

《七つ巡り》に駆り出されていた男衆は、迷子らのために用意していた火矢を、それぞれの持ち場から一斉に打ち上げた。己の居場所を知らせると同時に、直ぐに駆け戻るという合図だった。

だが、そのようなことは鍛の知るところではなかった。隠れ里を取り囲む山の峰々から打ち上げられた十指に余る火矢を見て、

(察知されていたのだ)

《木霊》が浮足立った。

——騒ぐな。何がどうなっておるのかは分からぬが、我らの攻撃が知られていたとは到底思えぬ。

手筈《てはず》通り斬り込むよう命じ掛けて龍爪は、風が向きを変え、己らの方に吹き付けて来ていることに気が付いた。土地を熟知していれば、風がどこの谷をどう流れるか読めるのだが、隠れ里辺りは鍛にとって未知の土地だった。風を躱《かわ》すことも出来ず、況《ま》してや斬り込めば、毒を吸うのは撒いた鍛自身であった。

——退却だ。

鎹の攻撃は、火矢の打ち込みのみで終わったのだった。

「丸よ、主《ぬし》の知らせで北条は生き返るやもしれんぞ」

二ツの顔に血潮が差していた。

「どういうことか、分かりませんが……」

「儂は弥陀ヶ原の折、風向きを変えようと森に火薬を撒いた。覚えているな？」

手伝ったのは、ヤマセと己の二人だった。金剛丸が忘れる筈もなかった。

「なのに、儂自身が忘れておったわ。風は向きを変えられる、ということをな」

「それが、どうして北条と繋がるのです？」

「幻庵様は鎹に毒がある以上籠城は出来ぬと考えておられる。が、風の向きを変えられれば、毒をこちらの武器に出来るではないか」

小田原城を取り囲む秀吉軍から毒の粉が射込まれる。海と箱根の山に挟まれた土地だ。海風と山風は必ず吹く。風の道筋を調べ、適所に薪《まき》と火薬を用意しておけば、射込まれた毒を城の外に吹き飛ばせるかもしれない。

（籠城が出来ぬとは、言い切れん）

二ツは障子を開け、板廊下に出ると、「どなたか」と声を上げ、風魔を呼んだ。

金剛丸を数寄屋に案内した後、離れて控えていた嘉助が直ぐに現われた。

「何か」

二ツは幻庵への目通りを願い出た。

「暫時《ざんじ》お待ち下され」

嘉助は立ち上がると、そのまま数歩下がり、そこでくるりと向きを変えて、廊下から消えた。

「休ませて貰《もろ》うた礼も言わねばの」

二ツは言いながら、千太を探した。座敷の隅で、夜具を身体に巻き付け、蓑虫《みのむし》のような姿で眠っていた。

「何という寝相だ」

金剛丸の目が、ふっと和《なご》んだ。

「毒は」と二ツが、改めて尋ねた。「まだ里に残っているのか」
ために家財道具などを取り出せないのだ、と金剛丸が答えた。

「雨で流れるか、雪に被われるか、その日を待って動くことになりました。暫《しば》しは草庵暮らしです」

「毒に中《あた》った者は？」

「僅かに吸い込んだ者が六名おりましたが、命に別条はございませんでした」

「里を移らねばならんな」

隠れ里の場所を知られ、襲われたとあらば、その地に留まることは出来なかった。誰にも場所を知られていない隠れ里に、一族の者をひっそり住まわせているからこそ、長《なが》期の務めに出られるのである。

「その件で、束ねが集合を掛け、本日が寄り合いの日になります」

「今日か。間に合わんな」

「叔父貴の留守に渡る先など取り決めをしてしまいますが、決して叔父貴を軽んじている訳ではございません。何分、雪が積もり出す前に、仮の隠れ里を作らねばならんので、束ねも少々焦《あせ》っておいでなのです」

「儂はあれこれ言える立場ではないわ」

久米が秀吉の秘密を守るために赤間を襲ったことがはっきりした以上、鍛が七ツ家を襲った理由《わけ》は唯一つ。

(儂を殺しに来たのだ)

「皆に、取り返しのつかぬ迷惑を掛けてしまった……」

翌朝早く二ツは、千太を幻庵に預け、金剛丸とともに小田原を後に隠れ里へ向かった。

足の運びが軽かった。幻庵屋敷で朝な夕なに供せられた薬湯のお蔭だった。大坂城を脱して街道を走っていた時と同じ足の走りだとは、とても思えなかった。

金剛丸が目敏《めざと》く二ツの腰に巻かれたものに気付いた。

「叔父貴、何です、それは？」

七ツ家の持ち物ではなかった。

「風魔が作ったもので、《風神《ふうじん》》と言ってな。高いところから逃げ出す時に役に立つものなのだそうだが、どうにも扱いが難しそうな代物なのだ」

「……はあ」

「しかも、最後は水に落ちぬと死ぬ、とまで真顔でいわれてしまったぞ」

――嘉助が精魂傾けて作ったものだが、今の風魔には使いこなせる者がおらぬ。二ツ殿は風を招《よ》べると聞いておる。風さえ招べれば、必ず上手く行く。万一の時には役に立とう程に、使《つこ》うてはくれぬか。

昨夜、幻庵から餞別《せんべつ》として貰ったものだった。

嘉助が呼ばれ、使い方を教わったが、出来れば使わずに済ませたいものだった。

走り始めて三日目の昼になった。

隠れ里に後一里という森の中で、二ツは微かな気配を背後に感じた。

(尾《つ》けられているのか)

二ツは金剛丸に気配を伝え、先に行くように言った。

「鍛の手の者かもしれん」

木立の陰から樹上に身を翻《ひるがえ》した。

待った。動かず、木肌に張り付き、呼気を整え、ひたすら気配が近付いて来るのを待った。来た。有るか無しかの気配を微かに放ちながら下草を踏み分け、突き進んで来る。

気配が、不意に止まった。立ち止まり、歩み出すのを躊躇《ためら》っている。二ツは長鉈の柄に手指を掛けた。その瞬間、気配が溶けて消えた。

(どうしたのだ?)

木立の陰から顔を覗かせようとして二ツは、切迫したものを感じた。間髪を入れず、木肌を蹴った。と同時に、三本の棒手裏剣が二ツのいた木陰に突き刺さった。

「よう躱した」

倒木の裏から声が聞こえた。

二ツは倒木に声を送れる間合にある藪を探した。一か所だけ、葉の繁る密度が濃いところがあった。そこに向かって、二ツが言った。

「何者だ？」

「儂は錣の青目。棟梁からの言付《ことづ》けを伝えに参った。出るぞ」

「承知した」

二ツがそこと思い定めた藪とは一間《いつけん》程離れた藪が割れ、青目が姿を現わした。一間の幅は生死を分けるに十分だった。二ツの背を薄ら寒いものが駆け抜けた。男を見た。覚えがあった。北庄城の天守に龍爪とともに現われた男だった。

「言付けとは何だ？」

「其の方らは赤間の衆の仇を討とうと大坂城に忍び込んだ。儂らは其の方を殺さんとて七ツ家を襲うた。だが、ともに目的は遂げられなんだ。どうだ、この際、戦って決着を付けぬか」

「それが、龍爪からの言付けか」

青目は顎だけで頷き、

「伝えるために」と言った。「誰ぞ七ツ家の者が通るのを、待っておったのだ。七ツ家は甲斐武田の《かまきり》を倒したと聞く。しかも其の方は、《かまきり》と戦った生き残りだそうだの。生死を賭けて戦うに、これ以上の対手は望めぬわ」

「どちらが勝っても、恨みっこなしだな」

「無論」

「儂一人か、それとも何人か人数を決めての戦いか」

「人数は集められるだけ集めればよい。後から仇呼ばわりされずに済むからな」

「場所と日時は？」

「七ツ家で決めい。儂らはどこにでも行く。これも棟梁の言付けのうちだ」

「………」

「一つ言い忘れておった。我ら忍びなれば、卑怯の二文字はない。隙あらば毒を撒いてくれるからの。それでよいな？」

「今更錣に多くを望みはせぬ」

「そう言うて貰うと戦い易いわ」

「一月《ひとつき》後の午《うま》ノ中刻（昼十二時）、赤間の集落の北にある滝では、どうだ？　赤間の滝と土地では呼ばれている。その滝壺辺りだ」

青目が空を仰いだ。まだ月は出ていない。昨夜の月を思い浮かべたのだろう。細い鎌のような月だった。

「分かり易いように新月の日としたらどうであろう？」

「異存はない」

「確《しか》と聞いた」

背中から藪に入り掛け、青目が歯を見せた。

「忘れておった。弥陀ヶ原で其の方らの仲間を一人殺《あや》めたが、歯応えがなかった。もそっと腕の立つのを集めてはくれぬかの」

「四釜を倒したは、汝か」

「戦う気力が増したようだの。後ろのお仲間も、そうであってほしいものだな」

二ツが振り向くと、金剛丸とともに幾つかの人影が木立の間から出て来た。青目の姿がかき消すように藪に溶けた。

「聞いておった」

小頭の源道だった。

「隠れ里を壊すため、束ねも来られている。参ろう」

五軒の家が、次々に取り壊されている。常の渡りならば、冬に渡る先を決め、春を待って燃やした後に去り、一夏かけて新たな家を建てるのだが、突然の渡りであり、しかも冬なので、取《と》り敢《あ》えず二軒分の資材《ざい》を、近間《ちかま》に設ける仮の隠れ里に移すことにしたのだった。残る三軒の内二軒はやがて灰にされるのだが、一軒は移すか否か、壊すだけにして、もう暫く様子を見ることになった。

束ねは、隠れ里を見渡す高台にいた。輿《こし》を降り、雪の上に藁束《わらたば》を敷き、投げ出した足を摩《さす》りながら、取り壊されていく家々を見ていた。

腰骨を鉄砲で砕かれる前の束ねは、俊敏な走りで鳴らした男だった。《羚羊《かもしか》の彦《ひこ》作《さく》》。それが束ねとして勘兵衛の名を継ぐまでの通り名であった。彦作は逸話の多い男だった。曰《いわ》く、谷を飛び越えた。曰く、石垣を駆け登り、天守を這い上った。一発の弾丸が、その男から走りを奪ってしまっていた。

「話は分かった」と、束ねが言った。「万一の時は、骨は儂らが拾おう。叔父貴の思うようにやるがよいわ」

二ツは頭《こうべ》を深く垂れて、礼を言った。

「四釜を始め、計十名の者が鍛《や》に殺られた。内九名は、不意打ちだった。我らとしても黙ってはおれぬ。七ツ家が総力を上げて戦うべきかもしれぬが、渡りの始末もあり、男衆総出とはいかぬ。ここは秀吉や北条幻庵との因縁から考え、叔父貴に任せる。人は出す。誰でもよい、何名か選び、その者を使い、思う存分戦ってくれ」

束ねの言葉を補うように源道が口を添えた。

「毒を撒かれている以上、ここには留まれぬし、病んでしまった者を新たな隠れ里に運ばねばならんしの。叔父貴に背負わせるようで済まんが……」

「とんでもないことです。お言葉だけで十分です」

「叔父貴」

と改めて源道が言った。

「錣の毒で母を殺された者と嫁を殺された者がいるのだが、連れて行ってくれんか」

「承知しました……」

源道が二人を呼んだ。

「泥目《どろめ》です」

「橋三《はしぞう》です」

橋三とは目礼を交わすだけの間だったが、犠牲になった嫁御《よめご》は明るい、笑顔の絶えぬ女子《おなご》だった。

「お子は？」

「嫁の腹の中に……」

「そうか。済まぬことを聞いたの」

「いいえ」

橋三のきつく結んだ唇の端が震えた。

「頼むぞ」

二ツは橋三の肩を叩くと、泥目と向き合った。泥目とは泥目の父の代からの付き合いがあった。七ツ家の中でも取り分け夜目の利く家系であり、息子の泥目も夜の務めには欠かせない者になっている。

「母御《ははご》が亡くなられたのか」

「左様で」

「後で墓への案内《あない》を頼む。花を手向《たむ》けさせてくれ」

「ありがとうございます」

泥目と橋三が、礼の言葉を重ねた。

「他には？」

源道が言った。

「ヤマセ、金剛丸、甚伍の三名をお借り願えれば」

「いや、その他にだ？」

「これ以上増えますと、どこで誰が何をしているのか、追い切れません」

「分かった」

束ねが、源道に頷いて見せた。

「錣の噂は聞いている」と源道が言った。「下忍には名を与えず、全てを《木霊》と呼んでいるそうだが、その《木霊》がまた手強《てごわ》いらしいの？」

「なかなかの腕であることは、認めます」

「勝算は、あるのか」

束ねが訊いた。

「ございます」

「一月《ひとつき》後の赤間は凍《い》て付いておるぞ」

「そこに勝機を見出《みいだ》しているのでございます」

「策はあるようだな」

「はい」

と答えはしたが、果たして錣に通じるのか、二ツにも分からなかった。

二十二　決闘・赤間の滝

極寒の赤間谷は、飛驒の山奥の地に生きて来た錣《しころ》一族にしても、ついぞ覚えのない風であり雪であり、寒さだった。

風は吹き降ろして来たかと思えば、足許を掬《すく》うように吹き上がり、それに雪が加わった。手甲から食《は》み出した肌は、直ぐに紫に変わった。

風が唸った。雪も吠えた。凍り付いた雪が小石のように顔を撃った。目を開けても、行く手が見えない。蠢《うごめ》く白く厚い壁があるだけだった。

赤川沿いに足を急がせていた錣だったが、赤間に向かうのも、雪洞を掘ることも断念し、人家のある街道際《ぎわ》へと引き返した。

約定の十日前には赤間の集落に入り、七ツ家を迎え撃つ。そう考えていた龍爪《りゅうそう》だったが、秀吉の警護という任務があった。政庁である聚楽第ではなく、武の砦《とりで》である大坂城に秀吉の出御《しゅつぎょ》を願い、西海道と山陽道の備えに回していた迦楼羅《かるら》と天魔《てんま》を呼び、秀吉の警護を任せ、早目に赤間へ着くよう算段した。ところが、迦楼羅らの到着が遅れ、出発が四日も日延べされた。ために、暴風雪に閉ざされてしまったのである。

「おのれ、迦楼羅に天魔奴《め》」

兄弟が遅れなければ、暴風雪の前に行き着いた筈だった。

「どこまで逆らうつもりなのだ」

苛立ちが募った。

「棟梁、まだ日数には余裕がございます」

青目が両の手に椀を持って来た。

「雑炊でも喰うて、ゆっくり休みましょうぞ」

百姓家に一夜の宿を乞うたのだった。腰の曲がった老夫婦は、宿賃として渡された金の小粒に驚き、土間に額を押し付けると、不足も言わず納屋に引き移って行った。

風と雪は、翌日になっても吹き止まなかった。

「いつも、このように吹き荒れるのか」

納屋から呼び出され、脅えている老夫婦に、青目が首を竦《すく》めて見せた。

「もっともっと吹きますだよ。一度荒れたら四、五日は覚悟しておかねば」

話している間も、風で家が軋《きし》んだ。

「赤間に行きたいのだが、どこぞに抜け道はないものかの？」

「ねえですだ。川に沿うてしか行けんし、あったとしても、今外に出たら死ぬだけですだ」

「待つしかないのか、風と雪が止むのを」

「この寒さは飛ぶ鳥を凍らせると言いますからの。おとなしくしているしかありゃせんのでございますだよ」

「分かった」

青目は竦めていた首を伸ばすと、

「もうよい」

老夫婦を母屋から暴風雪の中に追い出した。

結局四日の間百姓家に留まり、龍爪らは赤間への道に戻った。道は一変していた。雪だけではなく、草も、葉も、枝も、木立も、何もかもが凍り付いていたのだった。

(寒い……)

青目は熱湯を詰めた竹筒を握り締めた。指を凍《こご》えさせては、縄を手繰《たぐ》れぬ。そのための備えだった。

(焦ることはない)

自らにそう言い聞かせるのだが、まだ二日の行程が残っていた。赤間に着くのが約定の当日となるのは避けられなかった。考えてもみなかった遅れだった。

龍爪を見た。

右肩が上がっている。苛立ちが頂点に達した時の姿だった。

青目は、不意に嫌な予感に襲われた。

(何とかせねば……)

だが、思い付かぬまま昼が過ぎ、夕刻となった。

歩みを止め、露宿の仕度を始めた。

雪を垂直に一尺半(約四十五センチメートル)程掘り、掻き出した雪を穴の周囲に積む。枝を折り、穴の底に厚さ三寸(約十センチメートル)になるくらいまで敷く。そこで穴に入り、枝の上に座り、積み上げておいた雪を集めて天井を作る。後は息をする穴を小さく開け、油紙を纏《まと》うだけである。雪洞に籠もり、干し飯と干し肉を食べ、朝を待った。


「まだか」

龍爪の不機嫌な声が、先頭を行く《木霊》に飛んだ。

「そろそろ着く頃合かと……」

《木霊》が辺りを見回した。

「では、何ゆえ滝の音が聞こえぬ」

「そう言えば……」

《木霊》は、赤間に近付くにつれて、静けさに包まれて行く己に、不安に似たものを覚えていた。

（……聞こえぬ）

「迷ったでは済まぬぞ」

龍爪が先に立って歩き始めた。

凍て付いた森を抜けると、集落の入り口らしい拓《ひら》けたところに出た。雪を頂いた石仏があった。

「どこぞに隠れておるやもしれぬ。固まらずに続け」

十五戸程の粗末な百姓家には、人の隠れている気配はまったくなかった。

「約定の場所は滝壺であったな？」

龍爪が青目に訊いた。

「恐らく」

と青目が、板葺きの屋根に石の重しをのせた家並みの向こうを指さした。ゆるやかな勾配《こうばい》の土手が続き、青い空の裾を隠している。

「あれを越えた辺りかと」

「相違ないか」

龍爪が案内役をしていた《木霊》に言った。

「間違いございませぬ」

《木霊》が叫ぶように答えた。

「参るぞ」

龍爪は左右に青目と朱鬼を従えると、両の指で指示を出し、《木霊》を散らしながら土手を越えた。

「…………！」

息を飲んだのは、龍爪だけではなかった。

青目が、朱鬼が、《木霊》のすべてが、立ち尽くし、前方の滝を見詰めた。

滝は凍り付き、白く輝く巨大な氷塊になっていた。氷の層はせめぎ合い、重なり合い、岩壁に貼り付くようにして、その圧倒的な重量を支えていたのである。

やがて龍爪らは、滝壺の手前の氷原に黒い点が六つあることに気が付いた。

二ツら七ツ家の者どもだった。

「六人か。嘗《な》められたものよの、錣も」

龍爪が、笑みを含んだ声を上げた。

「一面の氷原で隠れるところはなく、しかも我らは風上。山猿ども奴《め》が、兵法《へいほう》のへの字も知らぬと見えるの」

「これでは、力で押せば勝てますな」

朱鬼が言った。

「そうだな……」

龍爪も一瞬攻め下ろうかと考えたが、やはり毒を放つことにした。

「左右の森に人を配しておるやもしれぬし、ここは折角《せっかく》用意して来たのだ。お婆様にも手柄を取らせて差し上げねばの」

《木霊》の口許から笑みが漏れた。

「七ツ家、所詮それまでの者よ」


二ツは、集落手前の小高い土手に現われた錣一族の人数を数えた。

「二十一人、いるぞ」

中央にいた龍爪が、何やら合図をした。

《木霊》なのだろう、四人ずつ左右に散り、氷原を挟んで広がる森に七ツ家の者が潜んでいないか、調べている。

(用心深い奴だの。そのようなことより、龍爪、早《はよ》う前に出て来い)

二ツの祈りが通じたのか、龍爪以下十三名の者が氷原に降り、ゆっくりと進んで来る。

「叔父貴、まだでしょうか」

金剛丸が語尾を震わせた。

「落ち着け」

「落ち着いていきます」

「ならば、よいと言うまで待て」

龍爪らが氷原の中程に達した。

「約定通り参った」大声を発したのは、龍爪だった。「覚悟はよいか」

「赤間の衆の仇、討たせて貰おう」

「出来るか、七ツ家ごときに」

龍爪の右手が空を切った。

毒の筒を仕込んだ大国火矢が放たれた。

「今だ」

二ツが金剛丸に命じた。

「待ってました」

通常《つね》の倍の火薬を仕込んだ宝録火矢が、氷塊と化している滝に投げ付けられた。

と同時に、七ツ家の六人は氷に掘った溝に身を翻《ひるがえ》し、氷原の端へと走った。

先に毒の筒が炸裂《さくれつ》し、白い粉が舞った。粉は風に乗って、七ツ家が飛び降りた溝の方へと流れた。

遅れて宝録火矢が氷塊に当たり、爆発した。細かな氷片が、日を受けてきらきらと光った。

火薬を得手とする朱鬼が眉根を寄せた。

「棟梁、嵌《は》められたわ」

「何だと!?」

氷原が震え、凍った滝に罅《ひび》が奔《はし》った。氷塊に隙間が出来、水が噴き出している。地鳴りのような轟音《ごうおん》が響いた。

龍爪の頰を小さな氷片が掠めた。刃物に触れられたように斬れている。

「散れ」

叫んだ。

遅かった。

鋳は亀裂となり、滝は巨大な氷塊となって剝がれ、落下した。

氷塊は滝壺に落ちると砕け、鋭利な氷片と化して氷原を滑り、そこに立つ者を切り裂き、薙《な》ぎ倒した。

躱《かわ》す間もなく胴を割られた《木霊》が、赤く染まって転がった。それを見ていた《木霊》の首が飛んだ。

錣が放った毒は雪煙に吹き飛ばされ、《木霊》らの絶叫が轟音に掻き消された。

雪煙が収まるのを待って、溝から飛び出した二ツらが見たものは、氷塊の山であり、五体を寸断された《木霊》らの骸《むくろ》だった。

「叔父貴、あそこに」

橋三が赤間の集落に続く土手を指さした。

氷塊を脱した龍爪ともう一人の錣が駆け登っている。左右の森を調べていた八人の《木霊》が、それに加わった。

「残るは十人、油断するな」

氷塊の上を跳ね、二ツが追った。ヤマセらが続いた。

二ツは振り返らずに、金剛丸に命じた。

「丸、二、三発放り込め」

「合点でさぁ」

金剛丸は足を止めると、背の袋から宝録火矢を取り出した。

「……汝《うぬ》の火薬か」

声の主は氷塊と氷塊の間にいた。肩口から片腕をもがれ、血達磨になった身体を氷に凭《もた》せ掛けている。金剛丸は、男から一歩離れ、身構えながら対峙《たいじ》した。

「よい音であった。火薬はああでなくてはの」

氷上に流れ出た滝の水が、嵩《かさ》を増している。男の腰は水中にあった。

「火薬に詳しいようだな？」

「儂が、か」

男の咳《せ》き込むような笑い声に合わせて、肩口から血が迸《ほとばし》り出た。

「儂の名は、朱鬼。鏹四人衆の一人だ」

「…………」

「儂も火薬を得手にしておっての。特に水火薬では誰にも負けぬ」

「水……」

金剛丸は膝まで達した水を見た。何か紐のようなものが水底に見えた。

それは朱鬼から蜘蛛の巣状に伸びていた。

「地獄で会おう」

「破！」

跳んだ。跳んで脱しようとした。だが、火薬に仕込まれた鉄片の方が速かった。無数の鉄片が金剛丸の身体に喰い込んだ。


「丸！」

宝録火矢は飛んで来ず、金剛丸は姿を見せず、背後の氷原から爆発音だけが届いて来た。二ツは甚伍に、何があったか見て来るように言った。

金剛丸の安否もあったが、もし敵に生き残りがいれば、挟み撃ちになってしまうことを恐れたのだ。甚伍が煙の上がっている氷原に向かった。

「行くぞ」

二ツは、腰に巻いていた幻庵の餞別を木の枝に掛けると、ヤマセと橋三、自身と泥目の二組に分けて、坂道を下った。

百姓家の戸を蹴破った。屋内に入り、床下や天井を調べ、気配を探り、外に出た。

一軒目を終え、二軒目に移る。

（誰ぞ、いたか）

向かいの百姓家から出て来たヤマセに指文字を送った。

（誰もおりません）

ヤマセが指で答えた。

再び戸口の脇に立ち、中の気配を探った。戸の近くに人の隠れている気配はなかった。戸を蹴破り、土間に足を踏み入れた。

何かが二ツの足に触れた。その細さ、強さからして髪の毛だった。髪の毛が二つに切れた。

「下がれ」

泥目の胸を突き飛ばし、己も真後ろに跳び、地に着いたところで横に転がった。轟音とともに、戸口付近が飛び散り、土煙が辺りを覆った。

「叔父貴、怪我は？」

ヤマセと橋三が百姓家から飛び出して来た。

「大丈夫だ」

「泥目は？」

「俺は不死身よ」

「伏せろ」

二ツが叫んだ。

橋三が一瞬遅れた。肩と胸と腹に棒手裏剣を受け、前屈みに腰を落とした。

土煙が流れ、視界が晴れた。集落の中央に、龍爪と青目と《木霊》が居並んでいた。

「七ツ家、ここが汝どもの墓場と知れ」

龍爪は言い放つと太刀を抜き、

「鎹の刃、受けてみよ」

突進して来た。青目が、《木霊》が、倣《なら》った。

二ツの手槍を掻《か》い潜《くぐ》った龍爪が、鋭い一撃を二ツの腹に叩き込んだ。寸の間合で躱した二ツは、左に走り、太刀を振《ふ》り翳《かざ》していた《木霊》の懐に潜り、跳ね飛ばした。

翻筋斗《もんどり》打って倒れた《木霊》の咽喉を、泥目の手槍が刺し貫いた。

「おのれ！」

青目の手から分銅の付いた縄が真っ直ぐに飛んだ。

縄は泥目の手槍を中程から叩き折ると、生き物のように蠢《うごめ》き、泥目の足に絡んだ。

縄を断ち切ろうと振り下ろした長鉈に、カチリと触れるものがあった。縄から小さな刺《とげ》のような針が出ていた。

「毒か」

微かに目眩のようなものを感じた。身体の動きが鈍った。そこを目掛けて《木霊》が斬り掛かって来た。躱すには太刀筋が鋭過ぎた。

(これまでか)

目を閉じた泥目の脇に《木霊》の首が転がった。

ヤマセだった。

ヤマセは縄を草鞋《わらじ》で踏み付けると、長鉈で切った。

「直ぐに毒消しを飲め」

泥目を背に隠し、手槍と長鉈で身構えた。

左右から《木霊》が襲い掛かって来た。泥目は毒消しを入れた革袋を口に銜《くわ》え、つんのめるようにして百姓家の戸に体当たりした。戸が倒れ、土間に転がり込んだ。革袋から毒消しを取り出し、竹筒の水で流し込み、更に両頬に一粒ずつ含んだ。唾《つば》で毒消しが溶け出した。苦く不味《まず》い汁が口の中に溜まった。だが、目眩は治まった。

手槍と長鉈を両手に持ち、ぽっかりと開いている戸口から飛び出した。

鎩よ、掛かって来い。

叫ぶ筈だった。だが、声は出なかった。

光るものが咽喉を斬り裂いていた。

口から血が溢れた。長鉈を捨て、咽喉に触れてみた。指が切り口に潜《もぐ》った。

「何を夢見ておる」

声のする方を見た。龍爪が太刀を振り上げていた。

必死になって手槍を繰り出そうとしたが、血で手槍が滑った。

泥目には、続く一撃を躱す力など残されていなかった。


手槍の柄を《木霊》の血が伝い、掌が粘った。二人分の血糊《ちのり》だった。

二ツは軒下に駆け込み、雪で掌の血を洗い落とし、柄を拭った。長鉈の柄も拭い、序《つい》でに雪の塊を口に含んだ。

誰かが駆け寄って来た。

草鞋が見えた。七ツ家の草鞋ではない。編み方も厚さも違う。長鉈に手を伸ばし、指に触れた瞬間、対手《あいて》に向けて投げ付けた。《木霊》の頭蓋が割れ、脳漿《のうしょう》が飛び散った。

左右を見回し、ヤマセを、泥目を探した。泥目が横様《よこざま》に倒れた。上半身が落ち、下半身が後に続いた。事切れた者の倒れ方だった。

（泥目！）

龍爪を睨《にら》み付け、地を蹴った。

怒りで、二ツの心が乱れた。

「奴を倒すは、今ぞ」

一人の《木霊》が、脇にいる《木霊》に言った。

生き残っている《木霊》は自身を含めて三人になっていた。うち一人は龍爪の傍《かたわ》らにいる。

二人の《木霊》が二ツに狙いを定めた。

左右から同じ型の剣を、斬られる覚悟で繰り出し、倒す。自らの命を捨てた暗殺剣だった。

（殺《や》られる）

ヤマセが、二ツの背後に割り込もうとした。

「通さぬ」

前に立ちはだかったのは青目だった。青目の手から縄が伸びた。

二ツが《木霊》の陰に隠れた。二ツと二人の《木霊》が一つになったように、ヤマセには見えた。

青目の目から笑みが消えた。

血を噴き上げて這ったのは、二人の《木霊》だった。

二ツは右手をくいっと上に振った。細紐に引かれ、長鉈が宙を飛んで二ツの掌に収まった。

頰に掛かった返り血を手の甲で拭うと、二ツは龍爪に向かって足を踏み出した。

最後の《木霊》が龍爪の前に立った。

「お主の対手は俺だ」

駆け寄った甚伍が二ツの前に出た。

「遅くなりました」

「丸は？」

黙って首を振った。

「……分かった」

甚伍が《木霊》に斬り掛かり、誘った。斬り結びながら、息絶えた泥目の脇を抜け、百姓家の土間に重なり合ったまま転がり込んだ。

ヤマセは横に走った。

縄が追った。分銅が地を掘り、板戸を穿《うが》った。

「いつまでも逃げられると思うなよ」

「逃げぬわ」

「何？」

縄を伝うように長鉈が飛んだ。

青目は縄を握った手首を回転させた。縄が長鉈を搦《から》め取《と》った。

長鉈を奪おうと縄を引き寄せ、青目は縄に長鉈の細紐が絡んでいるのに気付いた。

勝手が利かない。

青目は舌打ちをすると縄を捨て、太刀を抜いた。ヤマセの手槍が伸びて来た。難無く躱し、太刀を打ち込んだ。二度三度と斬り結ぶ度《たび》に、ヤマセの躱す間合が狭まっている。青目に焦りが生じた時、再びヤマセの手槍が青目の胸許に伸びて来た。

後ろに跳ぶか、踏み出すか、青目は瞬間迷った。後ろに跳べば棒手裏剣が使え、踏み出せば手槍を二つに断ち切れる。

武器を奪うが先と決め、大きく足を踏み出し、太刀を横に払った。手槍の穂先が飛んだ。

嵩《かさ》に懸《か》かった青目が、太刀を振り翳した。ヤマセが、間合に飛び込んで来た。ヤマセの手には、穂先を斬られた柄があった。ヤマセの腕が伸び、柄が伸びた。青日は上体を反らして躱そうとした。

だが、間合は消えていた。見開いた青目の右の目に、手槍の柄が突き刺さった。

甚伍は両手で頭を抱えた。

瘤《こぶ》があちこちに出来ていた。組み討ちの最中に、《木霊》に刀の柄で何度も殴られたのだ。

「おお、痛《い》てぇ」

呟《つぶや》きながら、外の様子を窺《うかが》った。静かだった。

(終わったのか……)

万が一にも、己一人が生き残っていた時は、どうすればいいのか。龍爪にしろ青目にしろ、とても勝てる対手ではなかった。

恐る恐る戸口から顔を出した。

ヤマセがいた。

その向こうに二ツと龍爪が向かい合っていた。

甚伍は、そっとヤマセに近付いた。

気配に気付き、ヤマセが振り向いた。

甚伍と分かると、大きく頷いた。それだけだった。ヤマセは再び背を向けた。

「決して手出しはするな」

二ツはヤマセに言うと、手槍の目釘《めくぎ》を外し、杖を捨て、山刀の姿に戻した。左手で山刀を握ると、長鉈の柄に付けていた細紐を切り、山刀と左手を縛り付けた。指が三本欠けているのを補うためである。右手に長鉈を握り締め、立ち上がり、龍爪との間合を詰めた。

「待たせたな」

「死に急ぐことはない」と龍爪が言った。「言い遺《のこ》すことは?」

「ない」

「ならば、始めるか」

龍爪が太刀を抜いた。反りのない、肉厚の直刀である。太刀が閃《ひらめ》く度に、唸りが生じ、大気を斬り裂く音が響いた。龍爪の剣には、指を三本欠いた二ツの左手では、到底受け切れぬ力と鋭さがあった。

二ツの額に脂汗が浮いた。

切っ先が二ツの左腕を掠った。肌に毛筋程の朱が走り、血玉が二つ、三つと並んだ。

龍爪の太刀が上段から振り降ろされた。

二ツの足が前に跳んだ。背を屈め、両の手に収めた武器で身構えながら、龍爪の懐に飛び込んだ。

二ツの右手が弧を描いた。だが、龍爪は長鉈の届く間合の外に飛び出していた。

「見切っておるわ」

太刀が二ツの右から、左から、打ち込まれた。

十字に重ねた長鉈と山刀で受け、後ろに飛んだ。二ツが飛び退《の》く様に併せて、龍爪が飛んだ。龍爪の太刀を長鉈と山刀で受けたまま、押し合いが続いた。

「どうする？」

龍爪の唇の端が吊り上がった。

離れようとすれば龍爪の間合となり、このままでは膂力《りよりよく》に優《まさ》る龍爪に分《ぶ》が出て来る。

二ツは渾身の力を込めて押した。

更に押した。そして押し返される力を利用して、龍爪の背に回り込んだ。

龍爪の太刀が二ツを追った。二ツは長鉈で受けると、太刀を撥ね上げた。

太刀を撥ね上げられた龍爪はくるりと回り、振り向き様《ざま》に袈裟《けさ》に斬り降ろした。

（…………！）

そこに二ツの姿はなかった。

振り向いた。いた。目の前にいた。龍爪の全身から汗が噴き出した。間合がない。

逆袈裟に太刀を振り上げた。

二ツは太刀を長鉈で受けると、龍爪の胸に深々と山刀を突き刺した。

龍爪の咽喉が鳴り、口から血が溢れた。

「儂に」と龍爪が、血を吐き出しながら言った。「手落ちがあったとすれば、汝どもを北庄の陣屋で殺しておかなんだことだ」

「…………」

「ぬかったわ……」

自らが吐き出した血に浸《つ》かり、龍爪が事切れた。

「叔父貴！」

ヤマセが、甚伍が、駆け寄った。

「終わりましたな」

ヤマセが言った。

「まだだ。まだ赤間の衆の仇を討ち終えてはおらん」

二十三　風神

櫓《ろ》の軋《きし》る音が川面《かわも》に響いた。

ヤマセは櫓を船縁《ふなべり》に置き、棹《さお》を手にした。三日月を過ぎたばかりの痩せた月が、冷え冷えと夜空に掛かっている。

二ツらを乗せた川舟は平野川を滑るように進んだ。

川岸に残るまばらな枯草の上に、月光に縁取られた大坂城が黒々と聳《そび》えていた。

「叔父貴」

ヤマセが、薦《こも》を被《かぶ》り、身を潜めている二ツに小声で言った。

「あれを見て下さい」

二ツに続いて甚伍も薦から顔を出し、ヤマセの指さす先を見た。

子供が川辺に立って、こちらを見ていた。暗い。それでも目を凝らして見ると、子供の背後に草で編んだ草庵らしきものがある。

「千太でしょうか」

「千太は小田原でしょう？」

甚伍が答えた。

「その筈だが」

「近付いてみます」

棹が差され、舳先《へさき》が岸の方に向いた。それに気付いた子供が、川辺を数歩走り寄って来た。袂《たもと》に何かを忍ばせているのか、左右の袂がぴんと垂れている。

「やはり千太のようです」

夜目の利くヤマセが、名を呼んだ。

子供が左手を振り上げて、飛び跳ねた。

千太は、小田原を出て半月になると言って涙を見せた。

その間一人でいたことに、二ツは驚いた。

「どうやって飯を喰ってた？」

先にヤマセが訊いた。

千太が、袂の小石を取り出しながら、へへへっ、と笑った。

「鳥を捕っていたのか」

「路銀をたんと貰ったけど、鳥や兎も売った。捕っても捕っても、皆売れた」

だから、と言って千太は腹を摩《さす》った。

「毎日美味《うま》いものを喰っておった」

「参った小僧だの」ヤマセは大仰《おおぎょう》に仰《の》け反《ぞ》って見せると、改めて聞いた。「よく俺たちがここを通ると分かったな？」

「叔父貴のことだから、庵を焼きに来る。来るならここだ、と思ったんだ」

「よう読んだ。それは偉かったが」二ツが訊いた。「幻庵様の許しを貰って来たのだろうな？」

「そのことで、知らせることがあるんだ」

「何だ？」

「幻庵様、死んじゃったよ」

「…………」

暗い廊下を歩み去る、老いた幻庵の後ろ姿が蘇《よみがえ》った。

「いつだ？」

「今月の一日。眠るように逝《い》ったって」

その日に二ツらは鍛と戦っていた。

「どうして千太が、それを知っているのだ？」

「嘉助のおじさんが教えに来てくれたんだ」

「ここへか」

「そうだよ」

「いつのことだ？」

「今日だよ。申《さる》ノ中刻（午後四時）の鐘が鳴っている時だった」

「初めから、順を追って話せ」

千太は、二ツらが小田原を発《た》った二十日後に、大坂に向けて旅立った。

幻庵が亡くなったのは、その約十日後になる。千太は旅立つ前に、大坂で草庵を作って二ツらを待つ場所を嘉助に教えていた。そこで嘉助は馬を乗り継ぎ、幻庵が亡くなったことを大坂周辺に散っている風魔に伝える序《つい》でに千太の草庵を訪ね、二ツへの伝言を頼んだという訳だった。

「嘉助殿の様子はどうであった？　変わりはなかったか」

「何だか、ふらふらしてた」

「顔色は？」

「分からないけど、よくはなさそうだったよ」

さらしをきつく巻いたとしても、小田原から馬に乗り続ければ腸《はらわた》をやられてしまう。そうだと分かっていても、刻《とき》を稼ぐには馬を駆るしかなかったのだろう。

「そうか……」

「幻庵様は最期まで小田原のことを心配してた、って嘉助のおじさんが言ってた」

「錣の棟梁らを倒したこと、聞かせてやりたかったの」

ヤマセと甚伍が頷いた。

「じゃあ、錣と戦ったんだ。いつ？　いつ、なんていいや。どこで？」

「赤間でだ」

二ツが答えた。

「倒したってことは、勝ったんだ」

「まだ何人か城に残ってはいるが、赤間で戦った者どもには勝った」

「ヤマセのおじさんも戦ったの？」

「戦った」

「甚伍のおじさんも？」

「勿論《もちろん》だ。ばったばったと薙《な》ぎ倒したぞ」

甚伍が両の手を右に左に振って見せた。

「強いんだ！」

瞳を輝かせていた千太が、二ツの目を覗き込んだ。

「空木のお姉さんは死んじゃったし、今度は誰と行くの？」

城へ忍び込むのは一人と決めていた。七ツ家が襲われた以上は七ツ家の戦いでもあったが、元はと言えば二ツと秀吉の因縁が引き起こした隠れ里襲撃だった。それに、これ以上七ツ家の者を死なせる訳にはいかぬという思いが、二ツには強くあった。そのことを説き、大坂に至るまでに、ヤマセと甚伍からは、渋々だが諾の答を受けていた。

「儂一人だ」

千太が、ヤマセと甚伍を見た。

「案ずるな、火を点けたら直ぐ戻る」

この前のことを考えてみろ、と二ツは千太に言った。堀に飛び込んだ儂を助けてくれたのは、外で待っていたヤマセであり、甚伍であり、千太だったであろう。

「だから身軽な方がよいのだ」

「それは？」

千太が二ツの腰に巻かれた布を指さした。幻庵に餞別として貰った《風神》が入っていた。

「これは、万一の時に使う道具だそうだ」

「その時のために、おいらたちがいるんだろ？」

「お前たちの手が届かぬ時に使うのだ。あまり使いたくないゆえ、懸命に逃げて来るからな。その時は助けてくれよ」

「分かった。また、《礫《つぶて》》を投げてやるからね」

「心強いぞ」

「死んじゃ駄目だよ」

「死なん」

「おいら、まだ《風招《かざおき》》出来ないんだからね」

「俺もです」ヤマセが言った。

「二人とも、吹いてみろ」

千太は皆を静めてから、すっ、と息を吸い、細く強く吹き出した。暫く待ったが、風の吹き出す気配はなかった。ヤマセが続いて吹いたが、やはり変化はなかった。

「もう一度」

千太が吹いた。

「念じろ。風よ、起これ、と念じて吹くのだ」

二ツの言葉に頷いた千太が、息を吹き続けた。突き出した唇が震えている。息が切れ掛かっているのだろう。

「止めるな。吹け」

千太が、目を吊り上げて、吹き上げた。

どこかで、枝がざわ、と鳴ったが、それまでだった。千太が苦しげに咳き込んでいる。

「兆しはあったな」

「あった」千太が叫んだ。

「続けるんだ」

「続ける」

「俺も、続けます」ヤマセが言った。

千太を加えた一行は、平野川から水路に入り、そこで舟を隠し、青屋口へと向かった。

青屋口に架かる算盤橋の渡り方は、前の時と同様、ヤマセと甚五の世話になることになった。

「まさか同じところから来るとは、誰も思わぬでしょう」

「千太は読んでおったぞ」

「他の方法を知らぬからです」

ヤマセと甚伍が渡した綱を伝い、算盤橋を抜けた二ツは、更に走って二の丸の極楽橋へと出た。橋桁にぶら下がり、伝うようにして渡り、本丸の石垣に取り付いた。山里曲輪《ぐるわ》は塀を越えた向こうにあった。

鋖の天魔は、山里曲輪にいた。

――待月庵から目を離さぬようにな。

棟梁の龍爪の命令だった。

大坂城の警備は、東半分を天魔が、残る西半分を迦楼羅《かるら》が受け持った。それぞれに九名の《木霊》が付けられ、それが大坂城に配されている《木霊》のすべてだった。

心躍る任務ではなかった。

秀吉に思い入れはなく、久米にもなく、沉《ま》してや当代の龍爪にはまったくなかった。だが、先代の龍爪には恩義があった。先代の恩義に報いるために、当代に仕えているだけのことだった。

月を見上げた。

三日月を過ぎた月が、少しずつ凍《い》て付いた空を動いて行く。

天魔は細い月が好きだった。特に、薄《うす》ら氷《ひ》が溶けていくような、日々痩せていく月が好きだった。

(いつまでこのような務めをしなければならぬのだ……)

前歯の隙間から、ちっ、と唾を吐き捨てた。手の甲で拭おうとして、《木霊》とは違う気配が漂い来るのに気付き、天魔は地に伏した。まだ、遠い。気配の主は、本丸北東の角にある菱櫓《ひしやぐら》脇の石垣を登って侵入して来たらしい。

(一人、か……)

気配は一つしか感じられなかった。

(七ツ家)

即座に思い浮かぶ者は、他にいなかった。だが、七ツ家であるならば、龍爪も青目も朱鬼も、十八名の《木霊》も、皆殺《や》られたことになる。七ツ家とは、それ程の者なのか。天魔の背を悪寒《おかん》に似たものが駆け抜け、目に光が宿った。

(よう呼び戻してくれおった。棟梁に感謝せねばの)

天魔は革の陣羽織の裏から吹き矢を取り出し矢を仕込むと、庭の中程に進み出た。

物音一つせず静かだった中庭から、人の話す声が聞こえて来た。

久米は手を止め、聞き耳を立てた。

天魔が先に名乗り、対手《あいて》の男が後から名乗った。

「七ツ家の二ツ」

久米は一瞬、耳を疑った。しかし、声に聞き覚えがあった。疑う余地はなかった。龍爪は殺られたのだ。乳鉢を持つ手が小刻みに震えた。涙が目尻を伝った。久し振りの涙だった。

（おのれ、七ツ家……）

一刻も早く仇を討ちたいと思いはしたが、今はそれどころではなかった。

二ツが再び忍び込んで来た訳は分かっていた。待月庵を燃やしに来たのだ。空木が死ぬ前に、燃やせと叫んでいた、と《木霊》から聞いている。

（願いを聞き届けるために、死を賭《と》して来たか）

燃やされてたまるものか。久米は振り向き、

「任せたぞ」

と呟くと、乳鉢の中に肉の小片を入れた。

（心得ました）

戸口の樽《たる》に腰を降ろしていた男が、僅かに身体を前方に傾けた。男の目には布が巻かれていた。空木の血を浴び、目を傷《いた》めた玄達だった。

戸の外から、庭を跳ね、駆け、転がる音が聞こえた。

ふっ。

吹き矢を放つ音が混じった。

ふっ、ふっ、ふっ。

天魔は三本の矢をほぼ同時に吹くことが出来た。間合の取れぬ庭先の戦いで躱すのは至難の業《わざ》だった。

久米は肉の小片を丁寧に擦《す》り潰《つぶ》しながら、気配を探った。

だが、直ぐにまた二人の男の争う音が起こった。

（…………）

久米は、熊の胆囊《たんのう》から滴《したた》り落ちた汁に、人の肝臓を干した時に滴り出た汁を加え、潰しておいた肉片に掛け、ゆるりと掻き混ぜた。粘りのある丸薬状のものが出来上がった。

「うっ」

という短い呻《うめ》きが、庭先で起こった。

久米は玄達を見た。

玄達にも分からぬらしく、身構えたままでいる。

吹き矢の筒を斬り飛ばされ、天魔は思わず呻き声を発した。

得意技を封じられたからには、太刀で戦うしかない。

太刀を抜き、構えた。

敵の長鉈が唸りを生じて襲い掛かって来た。太刀で受けた。重い。敵の左腕が動いた。左手には山刀が握られている。躱すには間合がなかった。山刀が脇腹を抉《えぐ》った。

その瞬間を待っていたのは、天魔だった。

（勝った！）

天魔の唇が薄く開き、口に含んでいた竹筒の先がのぞき、吹き矢が放たれた。

獲物は僅か一尺先にいた。射損なう筈もなく、逃げられる筈もない間合だった。だが、矢を吹き放った時には、目の前に敵の顔も、姿もなかった。最期の力を振り絞って発した吹き矢は虚空に流れて消えた。

「どうして……？」

天魔は、膝から崩れ落ちると、地面に二ツと書き遺《のこ》して果てた。

待月庵の戸口に立ち、手を掛けようとして、二ツは動きを止めた。

二ツは数歩戻ると、天魔の太刀を拾い、待月庵の戸口に深々と突き立てた。

戸が内側から倒れ、胸を刺し貫かれた玄達が、戸に横たわった。

「よう、分かったの……」

「蜘蛛だ」

二ツが、下敷きになっている戸を長鉈で指した。

「蜘蛛が戸に集《たか》っておった」

「抜かったわ」

二ツは玄達の脇から待月庵の敷居を跨《また》いだ。薄暗い庵の中は異臭に充《み》ちていた。

二ツは、奥に蠟燭の明かりに照らされた久米を認めた。

「死んだのか」

誰のことか、龍爪か、それとも戸口の男か分からなかったが、ともに己が命を取っていた。二ツは答えた。

「死んだ」

「殺《あや》めたは、そなたか」

「そうだ」

「亡骸《なきがら》は野晒《のざら》しか」

龍爪がことか。ようやくにして、誰の話か分かった。

「何分沢山だったので、穴も掘れず、家を焼き、荼毘《だび》に付した」

「十分じゃ。礼を言う」

久米が僅かに頭を下げた。

それにしてもひどい臭いだった。何をどうすると、こんな臭いになるのか。

「臭いの元は、そなたの連れじゃよ」

久米の言っている意味が分からなかった。尋ねた。

久米は肉片を手に取ると、分かるか、と言った。

「これは、幻庵が娘の肝じゃ。毒にまみれた、の」

「…………」

「死骸から取り出し、天日《てんぴ》に干したものだ。干す時に滴り落ちた汁と熊の胆嚢を干した時の汁を合わせて練り固めたものが、これじゃ」

久米が乳鉢の中のものを二ツに見せた。

「恐らく、死に掛けた者をも蘇らせる秘薬となるじゃろうて」

「正気か」

吐き気に襲われ、二ツは思わず板壁に手を突いた。棚から、幾つもの肉片が吊り下げられているのに気付いた。

「これは？」

「娘の臓物よ。上手《うま》く乾いてくれたわ」

堪《こら》え切れず、二ツは胃の中のものを床に吐き出した。

（…………！）

久米の手が天井から下がっている紐に伸びた。引いた。

梁《はり》と桁《けた》の陰から、毒針が飛び出し、雨霰《あめあられ》のごとく二人に降り掛かった。

紐を引くと、竹の発条《ばね》が毒針を弾き飛ばす仕掛けになっていたのだ。

針にまみれた久米が、針鼠になっている二ツに勝ち誇った。

「龍爪が置き土産よ。見事に掛かったの」

発条の力が弱かったのと、刺し子の厚みがものを言ったが、それでも二十本以上の針を受けてしまっていた。

懐から毒消しを取り出し、口に放り込んでいると、裏の板壁が開き、三人の《木霊》が飛び込んで来た。

「お婆《ばば》様、御無事で……」

《木霊》らの声は、そこで途絶えた。

二ツが振り向き様《ざま》に投げた長鉈を受け、三つの首が胴と離れたのだった。長鉈は、回転を続け、柱に刺さって止まった。

「囲まれたわ。もう逃げられぬぞ」

「元より、生きて戻ろうなどと、思ってはおらん」

二ツはよろける足を踏み出し、久米の前に立つと、老婆の両の掌を板壁に押し付け、棒手裏剣で刺し留めた。久米の咽喉が笛のように鳴った。

「儂の仕度が整うまで、凝《じ》っとしとれ」

二ツは油の瓶を探し、床に撒いた。

「何もかも、燃やし尽くしてくれる」

「待て。待つのじゃ。この庵には、わしが何十年も掛けて集めた薬草があるのだ」

久米の叫びを、秀吉の声が消した。

「叔父貴、秀吉だ。日吉だ。猿だ。入るぞ。よいな、入るからな」

秀吉が、目玉を大きく剝《む》き出して駆け込んで来た。

金糸と銀糸で織られた羽織が、庵の中を明るくした。

「久し振りだの、日吉」

二ツは壁に寄り掛かりながら言った。

「叔父貴、何ゆえこのようなことを？」

言い掛けて、久米に気付いた。両の掌を刺され、壁に張り付けられている。

「惨《むご》い！」

秀吉の唇の端から泡が飛んだ。

「お婆が何をしたと言うのだ？」

戸口の方で影が動いた。

「誰だ？　返答なくば、汝《うぬ》が主を殺すぞ」

「治部《じぶ》にございます。二ツ殿、お見忘れでございましょうか。北庄城落城の際、陣屋まで案内《あない》させていただいた石田治部少輔《じぶのしょう》三成にございます」

（あの男か）

覚えがあった。相変わらず小才《こさい》がきくらしく、答えさせて、立ち位置を探ろうとしている。二ツは身体を移すと、秀吉に返事をするよう指で命じた。

「口出し致すな。儂なら大事ない」

「ではございましょうが……」

「くどい、下がっておれ」

「では、そのように致しまするが、待月庵の周りは《木霊》と兵で蟻《あり》の這い出る隙間ものうなっておること、お心にお留め下さいますよう」

「分かったゆえ、早《はよ》う下がれ」

影が消えた。

篝火《かがりび》が焚かれたのか、明るい光が戸口から差し込んで来ている。

「知らぬらしいの。汝が母者《ははじゃ》と弟らの所業《しょぎょう》を」

「母者、弟……」

秀吉が慌てて久米を見た。

「知られてしもうたわ」

「そうか……」

「お婆を調べているうちに、日吉に行き着いたのだ」

「何もかも隠し遂《おお》せるものではない。叔父貴らのような山の者の目からは、特にな。

それより、所業とは何だ？」

二ツは、再び襲って来た吐き気と目眩に堪えながら、赤間の集落のことから、七ツ家の隠れ里が襲われたことまでを話した。

「皆殺しにしたのか」

「そうだ」

「実《まこと》か、実なのか……」

秀吉が久米に詰め寄った。

「龍爪らの姿が見えぬであろう」

口を閉ざしている久米に代わって、二ツが答えた。

「戦いを迫られ、龍爪も四人衆も、皆倒した」

「皆……」

秀吉が、目を据えて久米の顔を覗き込んだ。

「叔父貴の話したことに嘘偽りは？」

久米が首を横に振った。

「ないのだな？」

久米の首が縦に動いた。

「相手に致すな。儂はそう言った。母者も、地下で聞いておった筈であろう。なのに、何ゆえ仕《し》掛《か》けた？」

「何ゆえとは、何じゃ!?」久米の目が怒りに尖った。「そなたのことを思うてやったに決まっておろうが」

「じゃと言うて、赤間の衆には世話になったではないか」

秀吉が、両の手を振り上げ、顔を歪《ゆが》めた。

「叔父貴にだって、言葉では尽くせぬ程世話になった。よう話したではないか」

「日吉、わしは十代の時、人を殺して京を逃れた女だ。そして、その前も後も、山の者として暮らしておった。そのような者が生みの親だと知れたら、そなたのためにならぬ。わしは全てを闇に葬り去りたかったのだ」

「言うてくれればよいであろうが、殺してもよいか、と。なぜ黙ってやった？」

「手を汚すのは、わしと龍爪の務めだ。他に理由《わけ》などないわ」

「早まったの」

秀吉が床に両の手を突き、二度三度と叩いた。

「儂が天下を取ったばかりに、余計なことを考えさせてしもうたのか。済まなんだ……」

秀吉が掌を振った。妙な仕種《しぐさ》だった。拳で鼻水を拭っている秀吉に、

「どうした？」

久米が首を伸ばした。

「気を付けい。あちこちに針が落ちてるではないか。刺してしもうたぞ」

久米と二ツが目を合わせた。

「秀吉、それは毒針じゃ。早う毒消しを飲め」

「どこにある？」

久米が、二ツと秀吉を交互に見た。

「叔父貴も刺したのか」

「うむ」

「何本だ？」

足許の針を指さした。こぼれ松葉のように散っている。

「母者、教えてくれ。儂は死にとうないし、叔父貴も死なせとうないのだ」

「……分かった」

久米が瓶の在《あ》り処《か》を口にした。

秀吉は瓶を手に取ると、二ツに差し出した。

「受けた針の数が違う。先に飲んでくれ」

「よいのか」

「飲んでおかねば、逃げられぬぞ」

二ツは瓶を受け取ると、手を入れ、底にある粉を摘《つ》まみ取った。

飲もうとして、蛭《ひる》を入れていた瓶があったことを思い出した。蛭の瓶に粉を落とした。

「…………」

　秀吉が暗い目で見詰めている。

　蛭が苦しそうに悶《もだ》え、腹を出した。

「騙《だま》されるところだったわ」

　二ツは瓶を放り捨てると、七ツ家の毒消しを飲み足した。目眩が先程より強くなっている。

「叔父貴、儂にもくれい」

「駄目だ。針の一本や二本くらいでは死なぬ。そうであろう？」

　久米に言った。

「膿《う》んで熱が出るくらいじゃ」

「我慢せい。儂を騙そうとした罰だ」

「……あれで騙される叔父貴ではなかろう」

「日吉も悪くなったな」

「だから、天下を取れたのだ」

「悪くなければ取れぬ天下など、捨ててしまえ」

「最早《もはや》引き返せぬところに来てしまっているのだ。捨てれば、国中が引っ繰り返る」

「戦《いくさ》になるか」

「乱れに乱れるわ」

「だから毒を作り、試したのか」

二ツが久米に尋ねた。

「逆らう者がいなくなれば」久米が答えた。「天下はまとまるでな。毒は調法なものなのじゃ」

「本当にそう思うたのか」

秀吉は久米の正面に行くと、顔を付けるようにして怒鳴った。

「毒は戦の抑えになると思うたのか」

頷く久米を見ようともせずに、秀吉は言った。

「誰が、頼んだ?」

「…………」

「何ゆえ儂の言い付けを守らず、勝手を致した?」

「勝算はあったのだ」

「遅かったわ。母者の所為《せい》で錣一族をなくしてしもうたわ」

秀吉は皺の多い顔を歪めて叫んだ。

「おとなしくしておれば、余生を安楽に過ごさせてやったものを」

久米がいやいやをするように首を振った。

「もそっと早く、母者は死んだ方がよかったの」

秀吉は久米の左手から棒手裏剣を引き抜くと、間髪入れずその心の臓に突き立てた。老いた顔に苦悶《くもん》が走った。

「済まぬの。済まぬの」

秀吉は泣きながら両の掌で久米の顔を撫で回した。苦悶の表情が消えるのと同時に、久米が息を引き取った。

「どうするつもりだ？」

今まで泣いていたのが嘘のように、秀吉が二ツに険しい眼差《まなざ》しを向けた。

「逃げ道はないぞ」

「庵を燃やして、逃げる。そなたを人質にしてな」

「出来るかな」

二ツは秀吉に縄を打つと、柱から長鉈を抜き取り、火種を入れた竹筒を割った。火の粉がふわりと舞った。火種を油目掛けて放った。油の上を炎が奔るのを見て、二ツは秀吉の背を押しながら庵を出た。待月庵の前には、夥《おびただ》しい数の《木霊》と兵がいた。

炎が立ち、屋根から白い煙が上がった。

待月庵の周りを囲んだ兵らが、少し後退《あとじさ》った。

二ツは縄を摑み、山刀を秀吉の首筋に押し付けると、ヤマセらの待つ青屋口とは逆の方へと山里曲輪を横切り始めた。ふたりの周りを《木霊》と兵が、隙を窺《うかが》いながら足を運んでいる。

（引き離してくれる）

出来れば青屋口から脱したかったが、余りに敵の兵が多過ぎた。毒を浴びた己を抱えていたのでは、ヤマセと甚伍と千太では、《木霊》と兵を振り切り、逃げ遂すことは出来ないだろう。

腰に巻いた布に命を託すしかなかった。

北条幻庵の言葉が思い返された。

――二ツ殿は風を招《よ》べると聞いておる。風さえ招べれば、必ず上手《うま》く行く。

（そう易々と行くのだろうか……）

思いに浸っている間に、取り囲んでいる輪が狭まったような気がした。

二ツは、執拗に周りを見回し、輪を広げると、

「毒消しの瓶だが、何か合図が決めてあったのか。これは毒だ、と」

「何も決めてはおらぬ」

秀吉の額から脂汗が流れ落ちた。

「では、なぜ毒だと分かった？」

「あれは毒しか入れぬ瓶だったからだ。母者の癖での、毒を入れていた瓶には、毒消しは入れぬのだ」

「咄嗟《とっさ》に日吉なら気付くと思うたのか」

「そうであろうの」

秀吉は目だけ横に動かして尋ねた。

「叔父貴こそ、よう毒だと見抜いたの？」

「日吉が毒消しを譲る男か否か、儂が知らぬと思うてか」

秀吉が、石段で躓《つまず》きそうになった。山刀の刃が首の皮を僅かに斬り裂いた。血が流れ出た。

「叔父貴、しっかりしてくれ。痛いではないか」

「日吉も躓くでないわ」

「儂は、どこまで行けばよいのだ？」

「天守だ。しっかり案内《あない》せい……」

聞いた方も答えた方も、ともに足許がもつれ始めていた。

(天守か……)

一人、二ツと秀吉を取り巻いた輪から抜け出した者がいた。

迦楼羅だった。

(鎹を虚仮《こけ》にしおって。目玉を刳《く》り貫《ぬ》いてくれるわ)

迦楼羅は、懐から鳥笛を取り出すと唇に当てた。


走った。時折振り返ると、天守を見上げ、再び走った。

山里曲輪は天守の真裏に位置している。

迦楼羅は山里曲輪を駆け抜け、菱櫓《ひしやぐら》の屋根に上った。そこからは、天守の様子がはっきりと見て取れた。

待月庵はまだ燃え続けていた。火の粉と煙が真っ直ぐ立ちのぼっている。

(風は、ない……)

夜空を見上げた。

鳥が、五羽十羽と集まり始めていた。

「もっとだ。もっと集まれ」

迦楼羅は、鳥笛を音高く吹き鳴らした。

笛に鳥が啼《な》いて応えた。


「あんなに鳥がいるよ……」

千太が南の空を指さした。

小さな黒い点が数を増している。

鳥は夜目が利かぬ筈なのに、その鳥が大挙して飛んでいる。そこにヤマセは不吉なものを感じた。

(叔父貴に何かあったのか)

久米の庵に火を掛けたらしく、山里曲輪辺りの空が赤くなったが、上手く逃げ出したのなら、もう疾《と》うに姿を現わしてもよい刻限だった。

待つべきか、動くべきか。考えあぐね、空を仰いだ。鳥の影が濃くなっている。

青屋口の番屋を見た。格子窓の中に人影がない。鳥を見に外に出ているのだと思われた。

「千太はここに残っておれ。甚伍、行くぞ」

ヤマセが、甚伍が陰の中から飛び出した。千太も続いた。

「なぜ言うことを聞かぬ」

「だって」

問答をする間が惜しかった。

「言う通りにするのだぞ」

「する」

算盤橋を渡り、二の丸の石垣を伝い、警備の手薄な番屋と武家屋敷の境を抜け、堀を挟んで本丸を見渡すところへと出た。

「叔父貴は、どこ？」

千太がヤマセに訊いた。

「分からん……」

山里曲輪から人の声が微かに聞こえて来た。火の手は既に収まっていたが、煙と物が燃えたにおいは二の丸にまで漂っている。

まさか火にまかれ、逃げ遅れたのではあるまいな。ヤマセは、湧き起こってくる不安を懸命に打ち消した。

「寄るな。それ以上近付くと、本当に斬るぞ」

二ツは秀吉の襟を引き寄せた。首筋の傷口が開き、血が流れ落ちた。

「治部、皆を下がらせろ」

三成が、両手を広げて兵を止め、二ツとの間合を空けた。

「まだ、上るのか」

秀吉が肩で息をしながら言った。

「己が建てた城であろう。弱音を吐くな」

言った二ツも肩で息をした。目眩と吐き気に頭風《ずふう》（頭痛）が加わり、頭も手足も自分のものではないような気がしていた。

更に階段を上った。

最上階に続く階段に着いた。

「治部殿」

二ツが三成を呼んだ。

「何だ？」

「明かりを持って、先に上がれ」

「身共が、か？」

「誰ぞ隠れておったら、秀吉の首を搔っ斬るから、そう思え」

「分かった。身共が参る。手は出させぬ」

三成が蠟燭を手に、治部だ、と叫びながら階段を上った。

隅に駆け寄る音がした。

「行くぞ」

秀吉を促し、階段を上り切り、天守の最上階へと出た。

片隅にいた五人の者を階下に降ろしてから、三成に四方の板戸を開けさせ、廻縁《まわりえん》を探った。

誰もいなかった。

「治部殿も下がり、梯子《はしご》を外せ」

「殿下は？」

「もう少し付き合って貰う」

三成が降りると梯子が外れた。

「最早《もはや》行き場はない」秀吉が階下に聞こえるように言った。「諦めい」

「まだ行けるわ」

二ツが高欄《こうらん》の外を顎で示した。

「飛び降りるのか」

「そうだ」

「儂も、か」

「飛び降りたいか」

秀吉は首を強く何度も横に振ると、

「儂には」と言った。「まだやることがあるのだ。死ねぬ」

「何をやるのだ？」

「北条を滅ぼす」

「そのために風魔が死に、錣もそなたの母者も死んだ。それでもまだやる気は失《う》せぬのか」

「戦のない世にするためだ。叔父貴が何と言おうと、やる」

「他には？」

「……皆が笑うて暮らせる世にする」

「飯はどうした？」

「皆が米の飯を食えるようにする」

「実《まこと》だな？」

「嘘は言わぬ」

「分かった。一人で飛び降りるわ」

二ツは山刀を口に銜《くわ》えると、腰の布を解き、中から鼯鼠《むささび》の飛膜《ひまく》のように縫い合わされた黒い布を取り出し、両の手首と足と腹に縛り付けた。

「叔父貴、それは何だ？」

「《風神》と言ってな、風魔から貰《もろ》うたものだ」

答えながら、秀吉の縄を解いた。

「どうするのだ？」

「まあ、見ておれ」

二ツが風を招《よ》ぼうとした時、

「叔父貴」と、秀吉が言った。「儂は本当は、叔父貴のように生きたかったのだ。それが、どういう訳か、亡き右大臣様に可愛がられての。出世している間に、こうなってしもうたのだ。もう二度と会わぬが、達者での」

「日吉もな」

「日吉ではないと言うたであろう。天下様と言うてくれ」

「天下様も達者でな」

「うむっ」

秀吉が微かに得意げな顔をした。

昔の、幼い頃の日吉だった。

廻縁に出た二ツは、高欄に片足を掛け、口を窄《すぼ》めると、細く鋭い息を吐き出した。

待った。風が渡り来るのを、凝っと待った。

遠くで、微かに梢が騒いだ。草が揺れ、檜皮葺《ひわだぶ》きの屋根が鳴き、戸が鳴った。風が立ち、渡り始めたのだ。

「風だ」秀吉が奇声を上げた。「風が立ちおったわ」

「風を招ぶ七ツ家の技《風招》だ。風が吹いたら、儂を思い出せ」

二ツは高欄を越え、屋根に飛び降りた。黒い布が吹き上げて来た風を孕《はら》んだ。踏み出した二ツの足が、三歩目で屋根を離れた。


「何だ、あれは？」

迦楼羅は、天守の屋根から飛び立った黒い布を茫然《ぼうぜん》と見上げた。

(空を、空を飛んでおる……)

信じられなかった。夢にも描いたことのない光景だった。どうしてそのようなことが出来るのか、どう考えても分からなかった。

だが、分かっていることが一つだけあった。対手《あいて》が空を飛んでいるということだった。空にいてくれさえすれば、鳥の格好の餌食《えじき》であった。

(逃がさぬ……)

迦楼羅は空に向かって鳥笛を吹いた。

(殺せ。目玉を抉《えぐ》れ)

天守の上空を旋回していた鳥が、動きを速めた。

黒い渦が漏斗《じょうご》のように下方に向かって延び始めた。


「彼奴《あいつ》だ」

とヤマセが、菱櫓の上にいる男を指した。

「彼奴が鳥を操っているのだ」

「狙え」

と甚伍が、千太の袂《たもと》を叩いた。

「あの笛を止《や》めさせるのだ」

「ちょっと遠いけど、やってみる」

千太は袂から平らな石を取り出すと、慎重に狙いを定めて投じた。だが、石は途中で力を失い、堀に落ちた。もっと力を込めて、二つ目を投げた。堀は越えたが、櫓には届かなかった。

「風だ。風の力を借りよう」千太が、唇を尖らせた。

「まだ、招べないだろうが」ヤマセが言った。

「今度は招べるかもしれないさ」

「やってみるか」

「やろう」

「よしっ」ヤマセも唇を尖らせた。

吹いた。二人で空を見回した。何も起こらない。

「もう一度」千太が言った。

吹いた。

「もう一度」ヤマセが言った。

吹いた。耳を澄ましていた甚伍が首を横に振り、言った。

「もう一度」

吹いた。甚伍も加わって、三人で吹いた。

どこかで、風が唸った。

「風だ」と甚伍が言った。

「本当？」千太が訊いた。

「俺はまだ風を招べんし、甚伍は数にも入らん。千太の風だ」

「おいらの!?」

「そうだ。もっと吹け。俺たちも手伝う」

三人の唇から、細く鋭い風が吹き出した。ヤマセの束ねた髪が、甚伍の髪が、風にそよいだ。

「風だ。風だ。すごいぞ」甚伍が拳を振り上げた。

「投げろ。風に乗せて投げてみろ」ヤマセが言った。

「分かった」

櫓は遠かった。しかし、五、六歩駆けて勢いを付けて、石を風に乗せれば、届くかもしれない。

「いいかな？」

塀の陰から飛び出すことになる。

「構わん。やれ」

ヤマセが言った。

駆け出した千太の指先から《礫》が飛んだ。《礫》はゆるやかな弧を描いて堀を越えると、風に乗ってぐいと伸び、男に向かって飛んで行った。男が、糸の切れた操り人形のように櫓から転げ落ちた。千太が跳び上がった。

どこかで呼子《よびこ》が鳴った。幾つもの黒い小さな人影が、何か叫びながら駆け寄って来ている。

「逃げるぞ」

ヤマセが叫んだ。

騒いでいた鳥が、急に静かになった。

二ツは、夜の空を滑るように飛んでいた。

堀を越えた。川を探したが、月が雲に隠れてしまい、地面が見えない。どこに降りればいいんだ。腹を括《くく》り、手足に力を込めた。飛膜が風を孕み、びりびりと震えている。

雲が切れた。ヤマセが、甚伍が、千太が、足の下に見えた。二ツを追って走っている。

川面が見えた。暗く沈んだ野面《のづら》の先に、大和川なのだろうか、光って見えた。

あそこだ――。

この約二十日後、秀吉は諸大名に北条氏討伐を命じ、翌年の三月、小田原へと出陣する。総勢二十二万に達する秀吉軍を迎えたのは、北条軍五万六千。広大な小田原城を完全に包囲された氏政・氏直父子は、三月《みつき》余の籠城《ろうじょう》の後、秀吉の軍門に降《くだ》った。ここに、五代百年に及んだ北条氏は滅ぶのである。

二ツと千太は、北条氏の滅亡を遥か北の陸奥《むつ》の地で聞いた。短い夏が終わり、秋の風が吹き始めた頃のことだった。

参考文献

『五街道細見』岸井良衞編　（青蛙房　一九五九年）
『大坂時代と秀吉』脇田修著　（小学館　一九九九年）
『時代考証　日本合戦図典』笹間良彦著　（雄山閣出版　一九九七年）
『毒草を食べてみた』植松黎著　（文藝春秋　二〇〇〇年）
『日本の古代医術——光源氏が医者にかかるとき』槇佐知子著　（文藝春秋　一九九九年）
『毒薬の博物誌』立木鷹志著　（青弓社　一九九六年）
『図解　猛毒植物マニュアル——トリカブト、ハシリドコロからケシ、猛毒キノコまで』和田宏著　（同文書院　一九九八年）
『図解　中毒マニュアル——麻薬からサリン、ニコチンまで』死に至る薬と毒の怖さを考える会編　（同文書院　一九九五年）
『毒の歴史——人類の営みの裏の軌跡』ジャン・タルデュー・ド・マレッシ著　橋本到／片桐祐訳　（新評論　一九九六年）

『毒の文化史』杉山二郎／山崎幹夫著（学生社　一九九〇年）
『ガマの油からＬＳＤまで――陶酔と幻覚の文化』石川元助著（第三書館　一九九〇年）
『新版　身近な山野草のすべて』斎藤文治著（三興出版　二〇〇一年）
『早わかり　食べられる山野草12か月』那須浩編（主婦と生活社　一九八七年）
『歴史群像　名城シリーズ①　大坂城』学習研究社編（学習研究社　一九九四年）
『歴史群像　グラフィック戦史シリーズ　戦略戦術兵器事典⑥　日本城郭編』（学習研究社　一九九七年）
『三角寛サンカ選集　第一巻　山窩物語』三角寛著（現代書館　二〇〇〇年）
『日本の食生活全集⑲　聞き書　山梨の食事』「日本の食生活全集　山梨」編集委員会編（農山漁村文化協会　一九九〇年）

あとがき

〈嶽神伝シリーズ〉をご愛読下さいましてありがとうございます。

　本来ならば、『嶽神伝　無坂』『孤猿』『鬼哭』に続く『最終巻（無坂を主人公とするシリーズなので、以降『嶽神伝　4』と表記する）』を刊行する予定でいたのですが、昨年（二〇一七年）の夏、病気をいたしまして、まだ脱稿に至っておらず、今秋、シリーズ始まりの書『血路』と終わりの書『死地』に朱入れをし、大幅に加筆修正したものをシリーズに組み込んで改題改訂し講談社文庫として刊行する運びとなりました。

『血路』と『死地』は、私の原点ともいうべき小説です。先に刊行されてから十五年余りの時を経て、新たに朱を入れる機会を与えて下さったことに感謝しています。小説は生き物です。読み返すたびに、加筆したい箇所、削除したい箇所が出てきます。それを丹念に書き留めておいたものが役に立ちました。我が原点の決定版をお贈り出来ることに、無上の喜びを感じています。

　このシリーズを初めて読まれる方のために、『血路』と『死地』を含め、〈嶽神伝シリーズ〉を時代背景順に並べておきます。

①から⑥までは、武田の信濃侵攻から滅亡までを背景にした物語で、⑦は滅亡の後日譚、⑧は秀吉の賤ヶ岳の戦いから北条征伐前夜までを背景にした物語です。どこから読んでも、一話で完結していますが、歴史的な流れを踏まえるならば、①から順にお読みいただくのもおすすめします。

①嶽神伝　血路　　主人公／南稜七ツ家の二ツ
②嶽神伝　無坂　　主人公／木暮衆の無坂
③嶽神列伝　逆渡り　　主人公／四三衆の月草
④嶽神伝　孤猿　　主人公／木暮衆の無坂
⑤嶽神伝　鬼哭　　主人公／木暮衆の無坂
⑥嶽神伝　４（仮題）　　主人公／木暮衆の無坂
⑦嶽神　　主人公／涌井谷衆・蛇塚の多十
⑧嶽神伝　死地　　主人公／南稜七ツ家の二ツ

山の者のシリーズは、今後も書き継いでいく予定です。二ツや、無坂や、多十とも、またどこかで再会出来るのではないでしょうか。

二〇一八年九月　静岡の草庵にて　長谷川　卓

本書は『死地　南稜七ツ家秘録』（ハルキ文庫）を
改題改訂したものです。

|著者| 長谷川 卓　1949年、神奈川県生まれ。早稲田大学大学院文学研究科演劇専攻修士課程修了。'80年、「昼と夜」で第23回群像新人文学賞受賞。'81年、「百舌が啼いてから」で芥川賞候補となる。2000年、『血路 南稜七ツ家秘録』（改題）で第2回角川春樹小説賞受賞。主な著書に「高積見廻り同心御用控」シリーズ、「雨乞の左右吉捕物話」シリーズ、「嶽神伝」シリーズなどがある。

嶽神伝《がくじんでん》　死地《しち》

長谷川《はせがわ》 卓《たく》

講談社文庫

定価はカバーに
表示してあります

2018年11月15日第１刷発行

発行者――渡瀬昌彦
発行所――株式会社　講談社
東京都文京区音羽2-12-21　〒112-8001
電話 出版 (03) 5395-3510
販売 (03) 5395-5817
業務 (03) 5395-3615

Printed in Japan

デザイン―菊地信義
本文データ制作―講談社デジタル製作
印刷―――豊国印刷株式会社
製本―――株式会社国宝社

ISBN978-4-06-513436-8

講談社文庫刊行の辞

二十一世紀の到来を目睫に望みながら、われわれはいま、人類史上かつて例を見ない巨大な転換期をむかえようとしている。

世界も、日本も、激動の予兆に対する期待とおののきを内に蔵して、未知の時代に歩み入ろうとしている。このときにあたり、創業の人野間清治の「ナショナル・エデュケイター」への志を現代に甦らせようと意図して、われわれはここに古今の文芸作品はいうまでもなく、ひろく人文・社会・自然の諸科学から東西の名著を網羅する、新しい綜合文庫の発刊を決意した。

激動の転換期はまた断絶の時代である。われわれは戦後二十五年間の出版文化のありかたへの深い反省をこめて、この断絶の時代にあえて人間的な持続を求めようとする。いたずらに浮薄な商業主義のあだ花を追い求めることなく、長期にわたって良書に生命をあたえようとつとめるところにしか、今後の出版文化の真の繁栄はあり得ないと信じるからである。

同時にわれわれはこの綜合文庫の刊行を通じて、人文・社会・自然の諸科学が、結局人間の学にほかならないことを立証しようと願っている。かつて知識とは、「汝自身を知る」ことにつきていた。現代社会の瑣末な情報の氾濫のなかから、力強い知識の源泉を掘り起し、技術文明のただなかに、生きた人間の姿を復活させること。それこそわれわれの切なる希求である。

われわれは権威に盲従せず、俗流に媚びることなく、渾然一体となって日本の「草の根」をかたちづくる若く新しい世代の人々に、心をこめてこの新しい綜合文庫をおくり届けたい。それは知識の泉であるとともに感受性のふるさとであり、もっとも有機的に組織され、社会に開かれた万人のための大学をめざしている。大方の支援と協力を衷心より切望してやまない。

一九七一年七月

野間省一